われら戦友たち

SHou
SHiBata

柴田翔

P+D BOOKS
小学館

目次

われら戦友たち

序章　待機する人々

1

地下鉄の駅から猫の額《ひたい》ほどの狭い三角の広場に出、そこから粗く無表情なコンクリートの壁にはさまれた暗い小路を少し歩いて、広い電車通りに出た時、鶴木康吉は、突然、めまいに似た感覚に襲われた。

ゆらゆらと陽炎《かげろう》をあげる大通りを、黄色い都電が激しい音を立てて疾走して行く。交叉点にひしめき合う車の群れは、パニックに襲われた野ねずみのように、甲高い悲鳴をあげながら、互いの上を乗り越えても前へ進もうとし、その間にはさまれた巨大なバスは、病んだ老象のような図体をもてあまして、一歩進むごとにきしみ、ふらつき、喘《あえ》いでいる。町並みに立ちならぶ店々の看板は、色も形もさまざまな、肉太の象形文字の重さを支え兼ねて、崩れた扇形に歪み、雑踏と熱気に軟化した舗装道路は、自らの上にかかる荷重に呻《うめ》きもだえながら、蛇のように身をくねらせる。しかも、それらすべてが、康吉がそこへ一歩踏み入れた時、突然、現実の感覚、生きた動き、具体性を失い、まったく抽象的な何ものか、彼にとってはまったく白々しい何ものかと化して、動きと響きに充ちたまま、死の世界のように、そこにはりついたのだった。

康吉の前で、すべては猥雑な生に溢れていた。それはあたかも、梅雨に入りかけた六月の、むれるような湿気のなかで、都会のうちにひそむ人間たちの生と欲望が、もはや失われた自然の代りに、突然繁茂し始めたかの如くであった。だが、羊歯《しだ》のように繁茂するその光景は、一方で異様な力に溢れ、康吉を呑みこむばかりに彼の眼前にありながら、他方、不気味な静寂さに包まれ、その静寂さの中の異様な力は、そこに立つ康吉をまったく無視して、自らの世界の内のみで働いていた。康吉の前の光景は、通常現実が我々に見せている硬さと確かさ、我々を安心させる何ものか、を、二重に失っていた。それは現実の確かな枠組を越えて、異常な生の輝きを氾濫させながら、しかも康吉とはまったく無縁な世界としてそこにあった。その異様な世界にあって、交叉点をめぐる町の轟音は、聴覚をひきさくような激しさで耳に響き、彼の前に生起する光景は、その一つ一つの細部まで、明確に網膜に映りながら、しかもそのすべてはあたかも無限に遠い世界の、無限に遠い時点における現象のように、康吉に何らかかわることなく、動き、溢れ、過ぎて行った。

待つのだ――。

康吉はその光景の前で、突然の眩《まぶ》しさに堪えるかのように、じっと眼を細めて、自分に言った。

そのめまいに似た感覚は、康吉にとって決して目新しいものではなかった。それはむしろ、慣れ見知ったものであった。だが、たとえそれが何度訪れ、どれほど見知ったものになっても、彼は決してそれになじむことができなかった。

それが何故自分を訪れるのか、康吉は問うたことがなかった。それは問う必要のないことであった。彼はただ、自分の決してなじむことのできないものの何度かの訪れの中で、どうそれに対処すればよいかだけを学んだ。じっと待つこと。何事もないかの如く、じっと待つこと。奇怪に目まぐるしく動きまわり、同時に真空のように稀薄で抵抗感のない外界のなかで、そこに、いつも通りのしっかりした秩序と硬い確かな手応えのある現実が存在しているかの如く、信じ、待ち、そして身体を動かすこと。それだけがすべてを救い、かつ、そうすれば確実に切り抜けられる。そうしていれば危険は去り、また次第に、見慣れた、安心できる、まっとうな世界が戻ってくる。

今も康吉は、眼を細めてめまいに堪えながら、自分の意志で自分に強いて、殆ど自動的に歩き始めた。何の抵抗感もない世界。明るい陽光を受け、白茶けて、ざわめき過ぎる人混み。だが、こうやって歩いて行けば、すぐにすべてはいつもの通りになる。

康吉は交叉点に近づき、無意識に信号に眼をやり、自分に言う。

ほら、赤だぞ。気をつけろ――。

だが、危いと思い、それが赤だと思いながら、康吉の足は歩道の縁から、軽三輪、オートバイ、小型トラックが、けたたましい騒音を立てながら群がり走る車道の中へ、一歩踏み出しかける。わずかにその時、意識の片隅に残っている何か、康吉自身も知らぬ何かが、危い、危いと叫び続け、辛くもその動きを止めた。

やがて信号は青に変わり、康吉も、まわりに立つ群衆とともに、横断歩道を渡り出す。そして、それとともに、彼にも次第に現実感覚が戻り始め、彼のまわりを流れる何の意味もないざわめきは、やがて了解可能な単語となり、会話断片となり、彼が横断歩道を渡り切った頃には、もうそこには、いつも通り電車が走り、車が流れ、それらすべては、もう何の不思議もなく、康吉の視線を安心して受け入れてくれるのだった。

何でもないことだ――。

康吉は張りつめていた全身から力を抜き、大きく息をしながら、そう自分に呟いた。だが、彼の足はなお表通りを避けて、逃げるように脇道へ曲り込んだ。脇道から更に左へ曲ると、高い煉瓦塀の上に蔽いかぶさるように茂った大学の樫の並木と、不揃いに並ぶ商店の勝手口とに挟まれた狭い裏通りが、人気なく静まりかえり、北へ向って真直ぐにのびていた。康吉はその通りに入って、漸く足取りをいつもの早さに戻した。その時、彼の左側の足元から、灰色に薄汚れた一匹の白猫がころがるように飛び出し、通りの中央で二、三度、激しく足をもつらしながら、右側に駐車していたライトバンの荷台に飛びのり、そのまま勢いをつけて、高い塀に飛び移り、すぐ大学の構内へ姿を消した。

みんな、生き急ぐ――。

声にならぬ呟きを呟きながら、康吉は真直ぐに前を見つめて歩いて行ったが、三百メートルほども行ったところで不意に立ち止ると、右側の塀に小さく開いた通用門から大学のなかへ姿を消し、あとには人気のない真昼の通りだけが残った。

一九六×年六月十三日、金曜日――。その日は、彼、鶴木康吉にとって、様々な事件に充ちた長い日になることになっている。電車通りで彼が見た生の繁茂は、ことによると、その前兆だったのかも知れない。が、今、大学構内の抜け道を研究室へ向って歩いて行く彼は、その日、何が彼を待ちうけているか、そして、その日の様々な経験が、自分を明日から、どこへ導いて行くか、何も知っていない。彼は、ただ、この十年間、学生として、大学院学生として、そして今は、助手として、通いなれた道を、今日もまた、美術史研究室に向って、歩いて行くだけだ。

いや、彼にも、この日の、そして翌日からの出来事を知るための機会は与えられていた。その前日の夜遅く、数日の間田舎に帰る女友達の森川祐子《ゆうこ》を東京駅に送っての帰り、かすかな安堵にも似た気持と共に歩み出た人気のない深夜の丸ビル前広場の上には、空一面に星々が煌《きら》めいていたが、もし、彼に、その満天の星を打ち眺め、そこに心をしずめる用意があれば、音もなく、またたき動いて行く無数の星座は、その翌日の、そして、その後一週間の、彼の行手とその果ての彷徨を、余すことなく語っていたに違いない。折しもその時ポケットに突っ込まれていた彼の手は、彼が数日前、奇妙ないきさつから買ってしまっていた一枚のダンス・パーティ券に触れていたのだが、そのパーティ券からもまた、未来を知らせる信号が、彼の手に伝わっていたはずだ。

だが、所詮、人には、永遠の相の下に動く星々が語る秘密を、読みとる心は、与えられていない。自分のそばにある物体が、ふと送ってよこす未来への信号を、感じとる敏感さも持っていない。人は、それにふさわしい勇気を持つにせよ、持たぬにせよ、何をもたらすか知れぬ明日という未知の国の中へ、何の道標《みちしるべ》も持つことなく、踏み込んで行く他はない。人は、それにふさわしく生まれついているにせよ、いないにせよ、みな、冒険者であることを強いられているのだ。

生の冒険――。人が、もし、そのことを自覚するならば、彼には、また、逆に、永遠の宇宙を音もなく滑って行く星々の動きに、自らの運命を読みとることも可能になるのかも知れない。が、多くの場合、人はそれを認める勇気を持たず、明日もまた、今日と同じような日が来るだろうと自らに言いきかせ、眠りにつく。彼、鶴木康吉もまた、その時、すっかり燈りを消した丸ビル前の広場で暗い夜空を見上げ、自動車の排気ガスに汚された東京の空にも、まだ星があることに驚いただけで、すぐ、少し肩を落し、ポケットに手を突っ込んだまま、地下鉄への階段を降りて行ってしまったのだった。

2

狭いアジトのなかを、豊田豪次は、小さな檻に入れられた猛獣のように、いらいらと歩きまわっていた。

アジトと言っても、東京の山手線の内側、北西の隅の狭い谷間の町にある粗末な木賃アパートの二階の四帖半で、米軍の放出ベッド、その下に押し込まれた資料入れのみかん箱二、三個、本棚ひとつ、書類や本が乱雑に積み重なった勉強机と椅子一組に、その上に載った電話機一台と数え上げれば、あとは、辛じてあぐらをかけるだけの畳が残っているばかりで、歩きまわる余地は殆どない。だが、豪次は、その殆どない空間を、なおもいらいらと他人の前では決して見せない表情で歩き続ける。

　彼はいったい何に苛立《いらだ》っているのか。彼が五年前、査問の呼び出しを受けた人民党本部に、逆に大学細胞の同じ呼び出しを受けた仲間たちと押しかけ、激論の挙句派手な撲り合いを演じて脱党したことは、関係者の間で名高いが、その時つくり上げた人民同盟は、今では、全学連のうち、自治会数で三分の一、学生数で半ばを手に入れ、事実上独立した学生組織を作り上げている。しかも、ここ半年、この国の政治の焦点となってきた東アジア条約の反対運動でも、人民同盟系の左派全学連は、その展望の確かさと果敢な戦闘性で、先導的役割を果たしてきた。すべてはうまく行っている。いったい何に、彼が苛立つことがあるのか。一年前、数行の新聞記事で報じられた左派全学連の数百人の外務省デモに始まった運動は、半年前、調印に隣国の首都へ飛ぶ首相を阻止するために五千の学生が敢行した首相私邸前坐り込みを契機として、労働者にまで波及し、今では、全労連、人民党本部派全学連も含め、連日十万を越えるデモ隊が国会周辺を埋めるようになっている。豪次の提唱した現場主義——単に示威し、世論に訴えるデモではなく、現場で物理力となるデモを、という方針が成功し、彼らの点火した火花が全国に燃え拡がったのだ。政府は、外交上の秘密を口実に、国益特別委員会の論議を乗り切り、十日後には、民議院で強行採決しようとしている。だが、それは出来ないだろう。いや、そうさせてはならないのだ。昨年秋、条約のために新外相がアメリカに呼びつけられて、羽田をたつ日、二万のデモ隊が訪米反対のプラカードをふりながら、丸の内の裏通りを合法的になごやかに散歩していた愚を、くりかえしてはならないのだ。丁度来週の今日、二十日の金曜日には、共闘会議の条約批准阻止全人民行動日が設定され、共闘会議から除名されている左派全学連も、その全人民行動日を、単に名目に終らせないために、ひそかな計画に従って全力を投入するだろう。すべては、豪次の目論見通りに用意が整っている。とすれば、何で彼が苛立つことがあるのか。

だが、彼は苛立っていた。彼は机の脇から本棚の前までの畳二帖もないL字型の空間を、腹の空いた熊のように、ひっきりなしに爪を噛みながら歩きまわり、時折、電話機に鋭い視線を投げた。来るはずの電話が来ないのだ。いったいどうしたのか。吉なのか、凶なのか。重要な線、彼が持っているなかでも最も重要な線が切れたのだ。三日前から、何の予告もなく、突然。

彼の今いるアジトは、本当の秘密アジトだった。人民同盟の同志たちも、誰ひとりとして、豪次がここにアジトを持っていることを知らない。彼はここで、ひそかに休み、眠り、考え、いくつかの線を辿って情報を集めるのだった。新聞記者、人民党内反対派、国民党の一匹狼の秘書、内閣情報室の下っ端スパイ。だが、数ケ月前から、ある正体不明の線がつながってきた。電話だけのやりとり。年齢の判らない、ややしゃがれた高めの声。しかし、それがこの国の政治の中枢に直結していることは確かだった。首相私邸前坐り込みを計画していた時、曖昧な表現で首相のスケジュールを教えてきたのは、その声だった。豪次が代りに与えたのは、坐り込みが乱入になることは差し当りはないだろうという暗示だった。

その声は、ここ十日ばかりの間、殆ど毎日のように接触してきていた。その声が知りたがっていたのは、二十日の金曜日に起きる事態についてだった。豪次が知ろうとしたのは、その日に国防隊の鎮圧が予定されているかどうかだった。互いに駈け引きと言外の恫喝のやりとりが続き、何も決定的なことは判らず言わずのまま一週間ばかりが過ぎ、三日前から突然その線が沈黙した。打合せられた時間に打合せられた番号をまわしても応答はなく、故意に時間をずらしてみても、ベルは空しく鳴り続けるだけだった。

その線から派生したもう一本の線も同時に切れた。その派生した線は、ここ数ケ月の間、月毎にかなりの額の金を豪次の手元に流してよこしていた。それを逆に辿れば、どこに行きつくか、以前の経験から彼にはほぼ判っていたが、彼は黙ってそれを受け取っていた。たとえ学生が主体の組織ではあっても、闘争を組むには金が要ったのである。金は川の水と同じだ。三尺流れればきれいになる。右の分水嶺から来ようが、左の分水嶺から来ようが、もとは天から降った水だ、というのが、彼の信条だった。だが、その金も、二十日の金曜日を前に、特別の金額を引き出そうとした矢先に、突然切れた。

線が切れたことはかまやしない――。豪次は、相変わらずいらいらと歩き続けた。情勢の急変に恐怖して、線をつなげてきたのは、あちらなのだ。こちらは、それをいなして、必要な情報をとるだけだ。だが、今になって急に切れたのは何故か。その意味するところは何か。吉か凶か。それが問題だ。それから、口惜しいが、金。人民党が、自治会やサークルの金をいっせいに切ろうとしてきた。だが、あと一週間は是が非でも金を続かせなければならない。いや、そのあとのためにも、金を用意しなければならない。一週間後の血の金曜日が、たとえ勝利に終ろうとも敗北に終ろうとも、そのあとのためにこそ金がいる。誰にも制約されず、人民同盟とも関係なく、まったく彼ひとりで自由に使える金がいる。

突然、電話のベルが鳴り、豪次は飛び上った。右手が反射的に電話にのびる。だが、待て。あの線からの電話ならば、飛びついてきたという印象を与えては駄目だ。豪次は一呼吸、二呼吸入れ、ベルが五度鳴ったのを数え終ってから、受話器に手をのばし、精一杯の無愛想な声を出した。

「ああ、誰だ」

だが、相手は、豪次の声など聞かずに、いきなり甲高い女の声を降らせた。

「鴨南そばふたつに……」

「違うよ。間違いだよ」

豪次の声は、今度は本当に無愛想になったが、相手はなおもしつこい。

「だって、更科《さらしな》でしょ。出前しないの」

「うるさいばばあだな。間違いだってのが判らないのか」

「じゃあ、どこなの」

「どこなのって……。馬鹿野郎、余計なお世話だ」

まだくどくどと何か言いそうな相手の鼻先で思い切り乱暴に電話を切って、漸く少し虫がおさまった豪次は、そのまま机の前に腰を下ろした。が、尻が椅子についた瞬間、今度は、入口の扉《とびら》が乱暴に叩かれて、彼はまた飛び上った。ここのアジトの場所は誰ひとり知らないはずなのだ。何本かの線にも、知らせてあるのは電話番号だけで、会うのはすべて外だ。畜生、つけられたのか！　彼はベッドの枕元にたてかけてある木刀を手にとり、扉の脇に慎重に身を寄せてから、低い声でたずねた。

「誰だ」

「管理人ですよ。電気代の立替え、払って下さい」

管理人の帰ったあとの扉に鍵を掛けると、彼はがっくりして、ベッドに寝ころがった。俺としたことが！　何でそんなに神経過敏になることがある。線の一本や二本切れたって、それが何だ。出かけるまでにあと三十分ある。一休みした方がいい。たいした額ではないが、今晩も少しは金になるはずだ。緑の奴は、うまくメンバーをかき集めてくれたろうか――。

彼は暫く、天井の雨のしみを睨んでいたが、やがて、ひとつ大きく深呼吸をし、それから、いつの間にか、眠り込んだ。

次第にまた浅瀬に浮かび上ってきた眠りのなかで、豪次は、広い河原を駈けまわっていた。うしろから、彼を追いかける仲間の子供たちの声が響いてきた。だが、駈けることでも、撲り合いでも、勉強でも、彼は一度もひとにひけをとったことがないのだ。彼は河原から浅い水のなかに一気に駈け込んだ。足元で水しぶきがあがり、魚が二、三匹、銀色の腹を見せて、彼の眼の前を空へ向けて飛び去って行った。うしろからまた子供たちの罵る声が追いかけてきて、彼は、空まで魚を飛ばせるのは俺だけなんだと、誇らしく考えた。また子供たちの叫び声があがった。

眠りの膜が次第に薄くなり、そして消えた。豪次は大きなのびをして、起き出した。さっき、ベッドにまた立てかけておいた木刀が、畳の上に倒れて転がっている。日はもう西に傾いている。眠りながら木刀を倒しても気づかぬくらい、意外によく眠ったらしい。明けてある窓の外から、路地で遊ぶ子供たちのやかましい叫び声が響いてくる。見下ろすと、谷間の町に細く差し込んでくる西日のなかで、五、六人の子供たちが身体をぶつけんばかりに、何か真剣に言い争っている。

子供の姿を見て、豪次の身体に活気が戻ってきた。そうだ、あれが本当の子供なんだ。豪次は、思わずそのいかつい顔をほころばしながら考えた。彼がここにアジトをもうけたのは、都心や大学に便利なためだけではなく、ここが戦前からよく知られた労働者の町だからだった。彼は労働者の町に住むのが好きだったのだ。もっとも、彼自身はそれを認めるのを恥じて、こういう町の方がアジトの秘密を保つのに便利だからと、自分に説明していたのだが。

何をくよくよ考えることがある。俺たちは五年前、無から始めた。俺たちには、失うものは何もない。恐怖しているのはあちらなのだ——。

「おお、頑張れ！」

豪次は、二階の窓から、言い争っている子供たちを大声で励ました。子供たちは、びっくりして上を見上げたが、すぐ二階へむかって口々に悪態をつくと、やがてそれにもあきて、夕日のなかを四方へ散って行った。豪次は時計を見、自分が寝過ごしたことを知って、手早く仕度をし、今夜の集まりの場所へと急いだ。

3

ひどいもんだ。ひどいもんだ——。

下之条緑は、窓からぼんやりと下の光景を見下ろしながら、そのなかなか美しい顔の、頬のあたりを少ししかめ、ふと、そう小さく口に出して呟いてしまった。

Lデパート三階の片隅を囲った、下之条緑コーナーのデザイン室から眺め下ろすと、丁度、昼食時だからだろうか、揃いもそろって、まるで烏のように黒っぽい背広ばかり着たサラリーマンたちと、これまた味気ない事務用上っ張りをはおったオフィスガールたちが、入り乱れて通って行くのが見える。緑はそれを眺めていて、思わずそう口走ってしまったのである。ひどいもんだなあ。よくもあんななりで、過ごしていられるものだ。一度しかない人生なのに。美しさなしに生きて行けるなんて、よほど仕合せな人たちに違いない——。

だが、緑の呟きをそう真面目にとるにはあたらない。ひどいもんだ、ひどいもんだ、というのは、緑の口癖なのである。仕事に少し疲れた時など、窓から歩道を見下ろし、そこにうごめいている無数の人間どもを眺めていると、何とはなしに、そうした言葉が口をついて出てしまうのである。

そういう時、緑が、何を指してひどいもんだと言うのかを、強いて言おうとすれば、それは、まあ、緑も含めて、人間が生きているという事態を、だろうか。デザイナーとしてはスタートの遅れた緑が、三十になるやならずで、ここまでこぎつけるには、勿論、それなりの苦労もし、女としてのきわどいふちも、時にはすりぬけ、時にはすりぬけそこなったこともあり、人に踏みつけられたこともあれば、場合によっては、不本意ながら、人を踏みつけもしてきた。そして、緑は、そういう時、自他ともの、そうした人間諸悪にあっぷあっぷしながら、ひどいもんだ、ひどいもんだと呟くことで、その場をしのいできたのだ。それは諸悪の行為そのものへ向けられたというより、彼女も含めて人間たちが、そういう行為をしたりされたりしながら、それでも結構生きていることへの感嘆だった。だから、その呟きには、諸悪にあっぷあっぷする人間生活への、ひそかな愛が隠れていなかったとは言えない。大体、もしそうでなかったなら、緑のように人生を楽しむのが好きな女に、ひどいもんだなどと呟く資格など、あるはずがないのだった。

「先生、何、考えていらっしゃるの」

そう、少し舌たらずの甘え声で、声をかけたのは、部屋の奥で仕事をしていた、緑の助手の亜左子だった。

「別に、何も考えていないわよ」

緑は亜左子の方へ向き直ったが、

「嘘だわ。今朝から、何度も、ぼんやりなさってたわ」

亜左子は、そのいつも夢みるような眼差を、緑の視線にからませた。

緑は少しびっくりした。この子、なかなかの観察眼だわ。それとも、こんな子にも判ってしまうくらい、今日の私は、だらしがなくなっているのかしら。でも、今日は、だらしがなくなってたっていいんだ。緑は亜左子の視線に笑い返して、言った。

「判る？　いいことがあるの」

「先生、今晩、お出かけなんでしょう」

亜左子は、先生のことなら、みんな判っているのだというように、言った。

「ええ」

「何処ですの。教えて下さらないの」

「亜左ちゃんのような子供には言えないところ」

「先生のいじわる」

亜左子は、それだけでもう、ぼんやりとしたピンク色の下まぶたの上に、今にもこぼれ落ちそうに涙を溜めてしまう。同性が甘えるのを見るのは嫌いな緑だったが、相手が亜左子だと、それを許せてしまい、思わず引き込まれてしまいそうになるのが、我ながら不思議だった。緑は気を引きしめて、ふと思いついた言葉をわざとそっけなく言った。

「ド・オ・ソ・オ・カ・イ」

「あらっ」

亜左子は、びっくりしたような声をあげて緑の顔をみつめていたが、すぐ、さも可笑しそうに、涙を溜めたままの顔で笑い出し、一度笑い出すと、もう止らず、弁解しながら、笑いつづけた。

「だって、だって、先生と同窓会なんて」

「あら、可笑しい？」

「だって、先生と同窓会だなんて、何だか……」

亜左子は、もう一度同じことをくり返すと、まだ笑いながら、きいた。

「高校のですの、中学のですの？」

「同窓会みたいなもの、本当のじゃなくて……」

そう言うと、緑もまた、自分と同窓会という言葉が、急に、似つかわしくないように思えてきた。デザイナーを志した時、過去の彼女は死んだはずではなかったのか。緑は、前の言葉を打ち消すように、短くつけ加えた。

「嘘よ。ダンス・パーティ」

「あらっ」

「古いお友だちが来るかも知れないのよ」

亜左子は、急にまた、今まで笑っていた顔を曇らせ、眉の間に悲しそうにしわを寄せて、緑の顔を見つめた。

「昔の恋人？」

「馬鹿ね。唯のお友だちよ」

「私、お留守番ね。淋しいわ」

亜左子は、もう、本当に淋しそうに、その軟かな、ぼんやりした視線を、緑から外して、窓の外の遠い何処かにあてどなくさまよわせた。亜左子は、六本木にある緑の店の二階で、緑と一緒に暮しているのだった。緑は、その淋しげな様子に、心を突かれて、無駄とは知りながら、言った。

「いいわ。亜左ちゃんも、一緒にいらっしゃい」

「駄目」

亜左子は、やはり、首を振った。

「男の人と踊るなんて。それに、先生が、男の人と踊っているのを見るなんて、私、辛くって……」

亜左子は、淋しそうな甘え声で、消え入るようにそう言うと、緑に背を向けて、仕事に戻った。

4

時間って奴は、何て早く過ぎて行くんだ。そのくせ時間って奴は、何てのろのろしているんだ。俺はもう十七だ。それなのに、今日はまだ二時だ——。

揺れる国電に足を踏んばって立ち、眼の前の窓ガラスに写る自分を睨みつけながら、三木一生《かずお》は地団駄踏む思いで、思った。

俺のでっかい、無恰好な身体。その上の、ニキビの出た、曖昧な、変に子供っぽい、俺の大きらいな、俺の顔。あの、のんべんだらりと慣れ合って、それが世の中なのだと、心得顔に暮してゆく大人たち。あの、べちゃくちゃ、べちゃくちゃおしゃべりをする、薄汚れたねずみの仔のような女の子たち。少しでも男の心を引きつけようとし、笑わなくたっていいことに、けらけらと笑い、そして俺たち同年輩の男には、横目で陰険にちらり、ちらりと、侮蔑の視線を投げてよこす奴ら。そして、それから、ああ、俺には凡そ無関係な、猥雑な自己満足に輝く教室。猥雑な幾何学定理。猥雑な教師たち。そして、それから、それらを、それらすべてを、まったく、みな、平気で当り前に受け入れている、あのいつもにこにこと笑っている秀才たち。

――幾何学定理がぼくたちと無関係だなんて、それは誤りだ。ぼくらが、それを公理から演繹しうるということ、しかも、それの正しさを確信しうるということ――それは、ぼくらのうちなる幾何学の存在を立証している――。

ああ、俺の望んでいることは、そんなことではない。幾何学が俺の中にあるかどうか、――そんなことではない。一生は、それを言った生っ白《なまちろ》い同級生の顔を思い浮かべながら、歯ぎしりするように思った。――俺を生きること。俺の俺を生きること。俺の俺を生きて、俺を生き切ること。俺を生き、俺を生き、俺を生き切って、燃えつくすこと。今の俺、ここの俺、俺の今摑んでいる俺を、明日の俺と取替えたりせず、今、すぐ、ここで、燃やしつくすこと。ああ、即座にとことん燃やしつくすこと。ああ、肉の一片、血の一滴まで、燃やして、燃やして、燃やしつくすこと——。

三木一生の頭の中で、いくら言葉を重ねても、ついに言葉にならない焦躁が、ぎりぎりときしみまわった。

焦躁、焦躁。それこそが、彼を支配していた。彼は家にいても、学校にいても、こうして電車に乗っていても、いつも、今、自分がしたいのはこんなことではない、こんなことであろうはずはない、という思いに追いかけられる。しかも彼には、自分がしたいことは何かが判らない。そして、それが判らないまま、十七歳のリゴリズムで、それが判らないのは自分が自分の生活の枠をこわすだけの勇気がないからだと結論を下す。そうなのだ。現に今日だって、朝の二時間だけで、それ以上教室に坐っていることが、もう、どうにも、できず、学校を飛び出してきてしまったのだが、何故か、その、学校を飛び出す前、わざわざ生っ白いクラス委員のところへ行って、頭が痛いから帰るなどと、いらぬ口実を言ってしまった。そしてそれを言った瞬間、彼は、自分の顔をひっぱがしたい程、言ったことを悔んだのだが、その上、相手の生っ白い野郎がにっこり笑って、わけ知り顔に、ぼくは君の味方だよと言わんばかりに、うなずいたので、彼の悔恨は更に百倍にもふくれ上ってしまった。こんな奴に何が判る。彼は心の中で罵倒する言葉を探して、歯ぎしりした。が、彼には、こういう時、いつだって、自分の気持をあらわす言葉がみつかった例《ためし》がない。彼は、ただ、いきなり、むっつりした顔のまま、向きをかえて、教室の外へ出てしまっただけだった。にっこり笑ったクラス委員は、それでも、すべてが判るような余裕のある笑顔で、彼の後姿を見送り、彼は、その自己満足にふくれた笑顔を背に感じて、口惜しさに、もう一度、歯をきしらせた。

彼の母親はとっくに死んでしまった。父親は財界の有力者で、夜になっても帰らない。昔、兄さんがいた気がする。が、いつからか、そんなものはいないことになっている。そして、大学へ行っている姉の公子《きみこ》は、近頃は一生のことなど忘れたように、学生運動に熱中して、暗くなる前に帰ったことがなく、時折は泊ってきたりする。あとは、ばあやだけ。ばあやなんてうるさいだけだ。

電車がいきなり止って、一生はよろめいた。前に坐っていたサラリーマン風の若い男が、よろめいた一生をじろっと見ると、立ち上って、降りて行った。

何だ、あん畜生！　青びょうたんの、ひょろひょろ野郎――。降りてゆく男の背をねめつけながら、一生は空いた席に腰かけもせず、心にののしった。ああ、もし俺がナイフを持っていたら――。ナイフをその男の背中に、ずぶっと、さし通した時の快感を思って、彼の手と心はふるえた。と、その途端、電車が、不意にがたんと動き出し、彼はまた、よろめいて、今度は隣りに立っていた五十がらみの労務者風の男にぶつかってしまった。彼は思わずその男を睨みつけたが、その、背の低い、長年の焼酎に焼けたあから顔の、無気力な眼をした男は、何の反応もしめさず、ぼんやりと窓の桟のあたりを見ていた。

彼は、眼を、ちらりと腕時計に走らせた。しかし、それはまだ二時十三分にしかならない。ああ、夕方までの四時間！　あと四時間、こうやって乗りつづけるのか——。

彼は絶望的に思った。

今日こそ、今夜こそ、彼は何ものかになるのだ。何ものでもないものから、何ものかであるものになるのだ。何かを果たした男になるのだ。だが、それまでの四時間をどう過ごせばいいのか。

いや、それは元より、むつかしいことではないのだ。ただ待てばいい。じっと待てばいい。だが、彼は待つことに慣れていなかった。

不安と焦躁が彼をつかんで離さなかった。

今夜こそ、俺は何ものかになる。計画にむつかしいことはない。俺はそれを実行する。必ずしてみせる。絶対やってみせる。そうすれば、それさえやってのければ、俺はもう、何もせずに地団駄ばかり踏んでいるような、青二才ではない。俺は、何かを果たした男、になるのだ。

その時、俺にとって、すべてが始まるだろう——。

ああ、だが、夕方までの四時間。更に現場へ行ってからの二時間。俺は一体、どうやって、それを持ちこたえればいいのだろうか。いざとなった時、俺は突然、何もできなくなってしまうのではないだろうか——。

いや、何を馬鹿な！　あんなうじ虫どもをやっつけること位。奴らが恥しさにうめいて、二度と、いい気なことをしないようにしてやる——。

彼は自分を勇気づけるために、網棚の上に置いてあるボストンバッグを見た。そこには、今晩にそなえて作った「武器」が、収めてある。彼は、今朝方、その「武器」をひとつずつそっと鞄に詰めていった時の、手の震えるような感触を思い出した。そうなのだ。彼が今晩決行することに間違いはないのだ。

だが——。

彼は突然思った。

だが、姉さんは、どう思うだろう——。

そう思った時、彼は不意に太い鉄の棒で突かれたような、殆ど生理的な痛みを胸に感じた。

それは、もう、今にはじまった疑問ではなかった。一週間前、今日の決行を決意した瞬間から、それは絶えず、彼を苦しめていた。それがまた、この期に及んで突然、彼の意識に戻ってきて、彼を苦しめるのだ。

いや、元はと言えば、姉さんのためではないか——。

一生は自分にもう一度くりかえした。

姉さんは、だまされている。姉さんは、革命とか、平和とか、人類の自由とかのためなら、本当に身を捨てるつもりでいる。姉さんは、いつだって、他人のために自分を捨てるんだ。この十年間、まだ自分だってほんの小さな子供だったころから、俺のために母代りになって、すべてを犠牲にしてきたように。だが、姉さんのまわりに居るあの連中！　奴らは、何も信じちゃいない。ただ、仲間が欲しくて、革命とか、平和とか、響きのいい言葉のまわりに、砂糖菓子にたかるありのように群がっているだけだ。本当に信じているのなら、仲間も言葉も要らぬ。一人が一人、アメリカ兵を、この国の権力者たちを殺せばいい。それが出来ないのなら、黙れ。ああ、奴らのちっぽけな権力欲。この世界で唯一の支配者たらんとする勇気もなく、多勢の中にまじって、おしきせを大声に叫び、それによって、少しばかりの権力をおすそ分けしてもらって、「遅れている」大衆にむかって啓蒙してやろう、いばってやろうという、まったく吝《けち》この上なしの権力欲。姉さんは馬鹿だから、馬鹿だから——。

一生は、四つ年上の公子のことを、泣くような気持で、思った。

一生は、自分の、今晩これからの行動を、公子は決して許さないだろうと信じていたし、姉の公子に軽蔑されることほど、彼のおそれることはなかった。が、他方、彼は、姉の公子を、誰にもまして愛すればこそ、今晩のことを決行するのだ。彼は、姉があんないい加減な連中とつき合っていることには我慢ができない。

そうだ。姉さんのためなのだ。姉さんがどう思おうと、それはいい。自分が姉さんのために尽すということが大事なのだ——。彼は、姉を愛すればこそ、姉が確実に軽蔑するだろうことをするだろう。この論理が十七歳の一生を、きりきりと苦しめ、同時に、彼にひそかな快感を与えた。

電車が駅に入り、また乱暴に止ったが、今度は用心していたので、よろめかなかった。胸の大きく開いた夏の制服から、肌を大胆にのぞかせた女子高校生たちが、かまびすしくしゃべり合いながら乗り込んできた。一生は、内側から圧迫され、無理やり、ホームの方へ眼をそらした。

ホームには、時計があった。その時計はまだ二時半にもなっていなかった。突然、一生は、海へ行こうと思った。

約一時間後、一生は海岸にいた。いや、正確に言えば、岸壁にいたと言うべきだろう。一生は、海が近そうな駅で降りると、埃と自動車の排気ガスで白茶けた広い道路を、重いボストンバッグをさげ、やみくもに、海の方に向けて歩いてきたのだが、汗まみれになって三十分も歩いて、やっとついた海に、海岸はなかった。そこは、もうすべてコンクリートで固められ、一生が、何の風情もない、ざらざらの壁によりかかって下をみると、はるか下の方で、棒切れや、果物のかすが、油の浮いた水にただよい、そして、それをのぞき込む彼の背中すれすれに、自動車が絶え間なく埃と騒音をまきちらしながら、突進して行った。

一生は、岸壁につけられた階段を探し、立ち入り禁止の鉄柵を乗り越えて、降りて行ってみた。下は、半帖ばかりの台になっていて、そのまわりには、それでも、一帖たらずの広さに、砂地が顔を出している。一生は、その砂地に足を下ろそうとして、思わずそれをひっこめた。いつのまにか陽がかげり、しかも、もう、かなり、西にまわっているので、岸壁の陰は暗くなっているのだが、そばでよくみると、その湿った砂地はまったく油でおおわれ、ぬるぬると光っているのだ。そして、今彼が立っているコンクリートの台の陰には、ねずみの死骸が一つ、ころがっている。

彼は仕方なく、コンクリートの台の上にしゃがんだ。

水は、そばでみると、上でみるより、もっと汚ない。濁り、淀み、泡立ち、堪え切れない臭気が鼻をつく。向うを、土か、塵芥を一杯につみ上げたはしけが、小さな船に引かれて通ってゆく。遠くをみても、大気が、ぼんやりと濁り、どの辺からか、曖昧に何もみえなくなってしまっている。やがて、さっき通って行ったはしけの起こした波が、ここにまでやってきて、ちやっぷ、ちゃっぷと、汚ない油の浮いた水とその上に浮かんでいる縄の切れ端、腐ったみかん、すりへり割れて水に黒ずんだ下駄などを、コンクリートの壁に打ち寄せる。一生は、鼻をつまみたくなる臭気を我慢し、奇妙なしかめっ面をして、それを見詰めていたが、次第に、その汚れ、淀み、ちゃっぷ、ちゃっぷと揺れる水から、眼をはなせなくなった。そうしていると、その濁り、油と腐った浮遊物を浮かべ、ねっとりと泡立っている水は、一生の心の中でも、ちゃっぷ、ちゃっぷと波打ちはじめた。一生は、汚れ、腐った水から立ちのぼる、吐き気がするような臭気の中にうずくまりながら、そのちゃっぷ、ちゃっぷという波動が自分の中に拡がって行くのに身をまかせ、それとともに、内臓から四肢へ、不思議な快感が拡がっていくのに身をまかせた。それは、一種の無力感に似た、それでいながら、人を行動に誘う快感であった。

一生は、ねっとりと泡立つ汚水の波動に身をまかせ、その無力な快感に身をまかせ、自分が内側から狂暴にふくれ上ってくるのを感じながら、何の意味もなく、殺してやる、殺してやると、呟いた。

第一章　舞台裏のパーティ

1

時計はもう七時をまわり、六時から始められたハンドボール部主催のダンス・パーティは、今や大盛況。神田十七丁目の一歩裏に入ったところにある飯山ビルの大ホールは、背広、セーター、ポロシャツとさまざまな恰好の若い男の子たちと、ふんわかと内巻きカールにチューリップスカートのお嬢さん風、黒いトックリセーターにジーパンぴったりの前衛派、普段着のスカートに赤いカーディガンをはおって、にっこり笑う庶民的カワイコちゃんと、これまた色とりどりな女の子たちのカップルに埋まり、竹村和男とトオキョオ・ハニカミーズのバンド演奏、坂口レイコ歌うところの『飾り窓のガラス人形』の陽気で軽やかで、少しばかり絶望的なリズムにつられて、踊りの渦がくるくるとまわって行った。

私はガラスのお人形
透きとおる眼と冷たい手
恋に死んだ子の遺した
ブロンドの髪だけが私の頭に
八月のスペインの陽のように
燃え立ち
私は焦れ
冷たく砕ける——

天井にはられた金モールと、それからぶらさがっている色とりどりの銀紙の玉、部屋の中央のミラーボールが、踊り楽しむ人々の渦から立ちのぼる熱気でゆるやかにゆれ、薄明るい赤い照明に映えて時折きらきらと光る。こちらでは、ゆるやかなスカートをはいたはたちばかりの女の子が、熱気に顔を美しく上気させ、相手に近づき、はなれ、くるくるまわり、丸く拡がるスカートの動きを楽しみ、むこうでは、互いの肩に頭をあずけてぴったりと抱き合ったカップルが、わずかに身体を揺らしながら、もう殆ど身動きもしないで人混みの中の二人ぼっちに没頭している。

六時から始まるパーティに一時間近く遅れてきた鶴木康吉は、まだ踊り始めずに、そうした光景をずっと眺めていた。四時から始まった文学部助手会が、ここ暫くの学内状勢の急変にもまれて、予定より大分長びいたのだった。

俺はどうも、場違いのところに来てしまったようだなと、康吉はひとり呟いた。どこを見ても、はたち前後の学生たちばかりで、康吉の年齢のものは、ひとりもいない。考えてみれば、彼がこうしたパーティに出入りしていたのも、随分と昔のことになってしまった。

君たちははたちだ。康吉は、身動きもせずにしっかりと抱き合っているカップルを眺めながら思った。それは、人生のもっとも美しい季節だ、などとは言わせない、と言ったって、やはりそうなんだから仕方がない。はたちにして、そういう二人ぼっちを経験する人間は仕合せだ。あるいは、はたちにして、それを経験しなかった人間は不幸だ——、と言うべきか。

だが、俺はそのどちらだったのか——。康吉の心を、かつての自分の姿が横切った。彼も確かに、こうしたパーティで、まわりの眼を無視し、相手の女の子としっかり抱き合ったまま、ゆるいリズムに揺られて、長い時間を過ごした覚えがない訳ではない。だが、その時、彼は仕合せだったのか。二人ぼっちだったのか。

康吉の向いのテーブルに、若い学生がひとり、連れもなく黙って坐って、抱き合って踊っている人々を、じっと見ている。

あいつは、パーティに来ていながら、踊りもせずに坐っている。だが、俺だって、結局はあいつと同じだったのではないだろうか。康吉は思った。たとえ踊っていても、抱き合っていても、それは見かけだけのことだった。俺はあの頃、何ひとつ自分が手に入れたものでは満足できず、俺が欲しいものはこんなものではないと思い続けていた。俺は何故、もっとダンスそのもの、パーティそのもの、二人ぼっちそのものを楽しまなかったのだろう。俺は若かったから、その時、その場の仕合せを見捨てることなど何とも思わずに、先へ先へと、自分でも判らない何か、自分が決して持たない何かを追っかけていた。

悔恨と誇りが、康吉の心をばらばらに通り過ぎて行った。

——三木公子は来ているのだろうか。

康吉は気分を変えるように立ち上って、会場の左右に視線を投げた。だが、公子の姿は見えなかった。

公子は何処にいるのだろうか。公子を寄こした奴は、来ているのだろうか——。康吉は、数日前の、公子との会話を思い出して、考えた。

康吉はこのパーティの券を、三木公子から買ったのだった。

三木公子は、康吉が助手をしている美術史学科の学生だった。やせて、小柄な三木公子は、学生新聞『大学の旗』の文化面の編集部員をしていて、研究室へは滅多に現われなかった。その公子が、先週末のある日、夕方近く、研究室の扉を明けた。

彼女は、その時、少しぎごちない歩き方で扉のところから真直ぐに歩いてくると、康吉の前に小学生のように姿勢正しく立ち、挨拶抜きでいきなり言った。

「お願いがあります――。ダンス・パーティの券を買って頂きたいんです」

康吉は研究費関係の書類で一杯になっている机から向き直ると、改めて公子の顔を見た。やせてちっぽけな三木公子とパーティ券のとり合せは、ひどく、思いがけなかった。が、公子はくりかえした。

「ダンスの券を買って頂きたいんです。今度の金曜日なんです」

「ぼくはもうダンスはしないんです」

康吉は答えた。だが、公子はにこりともしないで、またくり返した。

「買って頂かなくては困るんです。鶴木さんに必ず一枚買って頂くようにって、言われているんです」

康吉は鉛筆を置いた。

「――言われているって、一体誰からですか」

「来て頂けば判るんです」

公子はそう言うと、手にもっていた封筒から赤いパーティ券を一枚出して、康吉の机の上に置いた。そして、もう一度、康吉を正面から見た。

「お金は当日でもいいんです。でも、来て頂かないと困るんです。お金のことじゃなくて、必ず来て頂くようにって、言われているんです。でも、いらっしゃる、いらっしゃらないは、鶴木さんのご自由なんです」

公子はそう言うと、こちらに背を見せ、また入ってきた時と同じように、少しぎごちない歩き方で真直ぐに扉から出て行き、そして康吉の机の上に赤いパーティ券が残った。

鮮かな赤の地に黒でくっきりと印刷されたその券は、机上に積み重なる寝ぼけた薄緑の書類ファイルを背景に、一段と華やいで浮かび上ってみえた。

一体、誰が彼女を俺のところへ寄こしたのだろうか。

康吉には何の心当りもなかった。昔の友人たちは今はもうみな社会人で、学生のダンス・パーティに関係があるはずはない。康吉はもう一度その券を見直した。ハンドボール部主催——。いったいこれは何だ。康吉は、思わず心に呟いた。ハンドボール部主催——。これは何だ。いったい何故、あのやせてちっぽけな三木公子が、ハンドボール部のパーティ券を売るのか。

2

相変わらず公子の姿は見当らなかった。

いや、慌てることはない。向うからこちらを呼んだのだ。公子をよこした誰かはそのうちに姿を現わすだろう。踊りながら待とう。

康吉は思い直して、まだ踊らずにいる周囲の女の子たちを見わたした。だが、みな、あまりに若い。康吉は妙に気遅れを感じて、立ちそびれた。彼は苦笑しながら、浮かしかけた腰をまた下ろした。

へんなものだ。昔はパーティにひとりで来るのも珍しくなかったのに。俺は臆病になったのだろうか――。

自嘲する康吉の前を、青と白のオプアート調のドレスを着た華奢な女の子が、細い腰を男の手にゆだね、やせた上半身をややそらし気味にして、暗い視線を宙にさまよわせながら、踊り過ぎて行った。それを見た時、康吉の心に急に激しく動くものがあった。お前は自由だ、と何かが、康吉の心のなかで囁いた。昨夜別れた祐子の表情が心をかすめ、鮮明になろうとし、またすぐ消えた。心のなかの何かが、なおも囁いた。三木公子の言う通りだ。お前は、お前の自由において、ここにやってきた。お前は自由だ――。

康吉の女友達の森川祐子は、地味な女であった。それは、たとえて言えば、あの、苦しい暮しの中でもおくれ毛をかき上げながら内職の仕立物に励み、亭主を助けて晩酌の一本もつけようという女房たち、あの日本の庶民の中に脈々と生きつづけてきた甲斐性ある女房たちの一人だった。だが、その地道さの中には、時折、ふと一種捨鉢なあきらめのようなものがのぞいた。生きていたって、いなくったって、たいして違いはないけれど、生まれてしまった以上、ともかく、まわり並み世間様並みに恰好だけはつけ、つじつまだけは合わせて、やって行こうという姿勢だった。いや、ことによったら、その地味な庶民的な着実さと、他方の、まあ、一種のニヒリズムとも呼べるようなものとは、深い所では同じ一つのことの二つの面かも知れなかった。

それは、祐子とはじめて一緒に夜を過ごした翌朝のことだった。先に眼が覚めて、横でまだ眠っている祐子の顔を眺めた時、康吉には、その祐子が、もう十年も連れそっている相手であるかのように思えた。それは安心と侘しさのまじりあった、一種うら淋しい感じだった。康吉は腹ばいになり、頰杖をついて煙草を吸いながら、寝乱れた髪を幾筋か額にはりつかせてしっかりと熟睡している祐子の顔を改めて眺めた。そうしていると、彼は次第に、自分が長い旅路の一つの終りにいるかのような錯覚にとらわれた。

康吉は眠っている祐子を目覚めさせぬよう、そっと蒲団から出た。薄いガラス窓一枚を隔てた外からは、秋口の朝の冷気がひやひやと伝わってきて、浴衣一枚の彼を震えさせた。彼は窓際の狭い板敷に置いてある椅子に浅く腰掛けると、カーテンの隙間から外を覗いた。そこはすぐブロック塀で、窓とブロックとの間の僅かな空地には、葉を落した細い木が二、三本、秋の朝の明るいが力弱い光線に滑らかな木皮をさらしていた。彼はもう一度、祐子の方を見た。祐子は、康吉の滑り出たあとがまだ少しふくらんでいる蒲団の中で、乱れない正確な呼吸を続けていた。それは何の危げもない、しかし今ふとそれが止って、そのまま死へ移行しても何の驚きもない、そうした正確さであった。それを見つめていると、康吉の心に冷えびえとした何かが秋の冷気と一緒に拡がって行った。

それ以後、祐子を女友達として過ごした二年近くの間、そうした一種の侘しさは二人の間柄についてまわった。そして、彼はそこに、ある充たされなさを感じつづけた。だが、しかし、それが何だろう。そうした侘しさ、充たされなさ。それが、つまり、生きるということなのだ。その充たされなさは、同時に一種の安定感でもあるのであり、つまりは自分が祐子とこうした間柄になった、そもそもの理由ではなかったのか——。康吉はそう考え、祐子に忠実であることを自らに課して、その日々を送ってきた。そして、祐子との間柄が彼にしては異例に長く続いてきた今、康吉は、結局のところ俺は祐子と一生を過ごすことになるだろうという、やや他人事のようにせよ、自分としては決していい加減でないつもりの見通しを持つようになっていたのであり、かつその見通しを破るまいと決心してもいたのだった。

だが、しかし、それならば、数日前の夕方、本と雑誌と研究費書類の積み重なった机の上に置かれた赤地に黒の一枚の華やかなパーティ券が、何故、祐子の留守の今夜、彼をこの広く陽気なパーティの会場に連れてきたのか。たとえ謎に充ちた誘いがあったとしても、すべては公子の言った通り、まったく彼の自由において起きた事柄ではなかったか。いや、そのかけられた謎に動く何が、彼の心になお残っていたのか。そして、華やかに踊る若い女の子の暗い視線が、彼に呼び起こす動揺は何なのか。彼の心に、お前は自由だと囁くものは、何なのか。

音楽が途切れて、踊りの渦が崩れた。バンドが休むための小休止なので、みな壁際の椅子に戻ったり、小さなバルコニーに出たり、てんでんに別れて行く。ホールの片隅の仮設売店では、冷たい飲物が飛ぶように売れて行った。

間もなくバンドと歌手が戻ってきて、音楽がはじまった。曲はゆるやかなブルースに変わり、それに合わせて一組、二組とホールの中央へ滑り出して行き、またすぐに、ホールは踊る人の群れで一杯になる。先ほどの気遅れはもう消えていた。康吉は、視線を左から右へ、壁に沿って動かして、若い女の子たちの間に誘う相手を探した。

気がつくと、向いのテーブルの学生は、今度も立ち上らずに、話し相手もなしにビールのコップを前にして坐っている。康吉は、ふと、その学生をどこかでみかけたことがあるような気がした。が、どこでだろう。それは思い出せない。

ところどころに、まだ誘われないで坐っている女の子たちがいる。彼はひとりの女から他の女へと、視線をずらして行った。丁度、右側の角の売店の前に、アメリカ人らしい、ぬうっとした大柄な金髪の女の子がひとり、連れもなく、つまらなそうに坐っている。その重そうな身体の触感を、一瞬、康吉の眼が量っている閑もなく、すぐに横からひとりの学生が近よって、申し込んだ。それに応じて金髪の女が立ち上った時、康吉は思わず視線を止めた。今まで大柄な彼女にさえぎられて見えなかったが、売店の飲物の瓶を積み上げた横に、やせて、小さな三木公子が坐っていた。康吉は立ち上った。その時、ふと気になって向う側を見ると、さっきの学生は依然としてそこに坐ったままだった。康吉は、黒っぽいオープンシャツの袖をめくり上げて黙って坐っているその学生を、自分の視野の片隅に感じながら、壁に沿って公子の方へ歩いて行った。

3

ゆるい音楽と巧みな相手のリードに身をまかせて踊って行きながら、ジェーンは、突然、ニューヨークの高架鉄道の荒涼とした駅の風景を心に見た。彼女が二年間を暮した下宿のそばのその駅は、すりへった灰色のプラットホーム、さびた鉄骨、がたがたになった幅のせまい旧式のエスカレーターが、風雨にさらされた人骨のように組み合わされ、角ばった鉄の爬虫類を思わせる電車が入ってくると、けわしい眼とそびやかした肩と疲れた顔を持った孤独な人々の群れが、北風に運ばれてくる砂粒のようにぎしぎしと流れ過ぎて行った。そして、ジェーンは、今この居心地のよいトオキョオのダンス・パーティ会場で、突然、それらすべてに鋭い郷愁を感じたのだった。

——私は、結局のところアメリカにしか住めないのだろうか。

ジェーンは思った。

——この国の青年たちは、まるで、薄いが強靱《きようじん》なゴムの被膜でおおわれているみたいだ。こちらがどんなに鋭いナイフの刃をもって、彼らの心を突きさそうとしても、そのナイフの刃は何の手応えもなく受けとめられてしまう。それでも、いくらかでも傷を与えたかと思って手を引くと、彼らをおおうゴムの被膜はすぐ素晴しい弾力で元の形に戻り、何の痕跡も残さない。

彼女は、この国に来てからの一年間、この国の青年の口からノーという言葉をきいたことがない。いつも、イエス、バット……、イエス、バット……なのだ。ああ、あのイエス、バット……！

今、踊っているダンスも、そうだ。相手の青年は、大柄なジェーンと組んで少しも不釣合のない立派な体格で、その揉上げから首にかけての肌の清潔さなど、アメリカのパーティに連れて行ったら随分と若いティーンエイジャーの女の子たちの人気をさらうに違いない。ダンスにいたっては、こんなにフィーリングよく、足さばき巧みに複雑なステップをこなす青年など、くにの学生パーティになど、まずいない。だが、それでいながら、ダンスとはこんなものではないという気持を、ジェーンは抑えきれないのだ。

ダンスは、本当は、こちらの意志とパートナーの意志とのぶつかり合いなのだ。男にリードされて踊りながらも、一つのステップから次のステップに移る時、こちらの意志する方向と相手の意志する方向は、微妙に食い違う。その時、互いの身体の重みと厚みを通して、一瞬の間にその微妙な食い違いを察し合い、自らの意志を主張し合い、相手の意志を主張され合い、次の瞬間、組み合って一つになっている二人の身体の全体としての重みを仲介者として、二人の共同に意志する方向へむかって身体が滑って行く。その自分と相手の意志の微妙な、しかし強固な主張し合い。そこから生まれる第三の意志。自己の意志を決して放棄しないでいながら、しかも自己そのものではないものに自分をまかして行ける快感——。それがダンスなのだ。それがこの国の青年たちと踊る時には欠けているのだ。

彼らはひどく敏感だ。ちょっとしたターンの時の、一秒の何十分の一かのずれ。普通のパートナーなら気がつきもしない、そうした食い違いも、すぐ感じとる。だが、彼らのうちのどんなにダンスのうまい青年も、その食い違いに対し、決して自分の意志を主張してこようとしない。逆に、彼らは、うまければうまいほど、すっと自分の意志を放棄するかのようにして、こちらに合わせて踊りを作って行く。まるで、こちらの身体の重みが無限に柔い綿の中に吸収されてしまうようだ。そして、彼らのその柔さの中で、こちらの意志は手応えなくはぐらかされ、いつも自分の意志とはまったく無関係に踊っているような気持にさせられてしまう。

私がニッポンで見つけようと思ったのは、こんなものだったのだろうか――。ジェーンは苛立って思った。私がタカシの話から思いえがいたニッポンは、もっと別な世界、もっと明確な世界だった。そこには、何よりも、私たちがもう持っていない手応えのある具体的な生活があるはずだった。具体的な、人を絶望にさえ導きうる鮮烈な生活が――。

十八歳で東部の中都市からニューヨークに出てきたジェーンは、はじめはごく普通の女子学生として暮していた。それは、一つの章の終り毎に練習問題のついている厚い参考書の山に埋まる平日と、ダンスとデートと疲労で充たされる週末とがくり返される生活だった。そうした生活が二年ほど続いたある日、ジェーンは、突然、すべてを投げやった。親からの送金を断わり、その日その日のアルバイトで金を稼ぎ、明日のことは考えなかった。高架鉄道の駅のそばに暮していたのは、その時のことだった。それは、ただパンの為の労働と、男たちと、アルコールと、乱交と、寝ぼけた胃に堅いパンのかけらをインスタントコーヒーで流し込む、昼近くの目覚めとの生活だった。それが二年近く続いた時、ジェーンは、また突然、それらすべてを投げやってヨーロッパへ旅立った。それは、南ドイツにあるアメリカ商社での勤めと、外国で暮しながらアメリカ式生活法を何一つ変えようとしない同国人たちと、退屈さに死にそうになりながらモーツァルトとベートーベンのレコードをくり返すか、アメリカの絶望を更に生気なく模倣するかしか知らぬ鈍重なドイツ人たちとで充たされた生活だった。

ジェーンがタカシを知ったのは、その時だった。彼は若く見えたが、三十代の後半で、そろそろ髪に白髪が混じった。彼は南ドイツのある小さな大学町で大学に講師の地位を持っていて、ギリシャ語とラテン語を教えて暮していた。彼は結婚してはいなかったが、ジェーンの知合いの若い、つつましいドイツ娘と半ば同棲していた。

「ぼくはあの子を愛しているのだよ、ジェーン」

彼は言ったことがあった。

「彼女は何もぼくから求めやしない。彼女は、ただ、ぼくがいつもそばにいて、彼女の語る小さな心配や怖れ、子供の時の懐しい想い出や昔の悲しみ、そして時折はちょっとした喜びといったものに耳をかたむけることだけを望んでいるんだ。夏の永遠に暮れ落ちようとしない夕方、冬の長い夜、彼女は小さな声で、細々したことを語り続け、ぼくはそれにじっと耳を傾ける。そして、ぼくはそうするのが好きなのだよ。それがぼくに合っているんだ。——ねえ、ジェーン」

彼は急に調子をかえて言った。

「君は帰んなくちゃいけないな。外国暮しに本当の生活なんか、ありはしないんだ。本当だよ。これは影の生活なんだ——。ぼくかい。ぼくは、ただ、ふと帰りそびれたんだ。何故って……。

ふと、ふと、帰りそびれた。それだけなんだよ、きっと……」

彼は少し口ごもったが、すぐに続けた。

「いいんだよ。ぼくは、結局のところ、気楽な外国生活の方が好きなんだ。ぼくには何の野心も、執着もない。週末には、ぼくはいつもあの子とバッハを聴く。一つの旋律が、くり返しくり返し、岸辺を洗う波のようにやってくる中で、ぼくはあの子を眺め、あの子の小さな胸の中の心配事をきく。そうしていると、ぼくは、次第次第に、時間とはただくり返しなのだということが信じられてくる。ぼくには過去などありはしない、ぼくに未来がないのと同じようにってね。——ねえ、ジェーン。信じてくれるだろうか。無限にくり返されるバッハの旋律。無限にくり返されるあの子のちっぽけな心配事。ぼくは本当にあの子を愛しているのだよ」

「ええ、信じるわ——」

ジェーンは答えた。が、そう答えながら、ジェーンはこのいつもは明晰で明るい東洋人のなかに、彼を故国に住まわせない絶望が横切るのを垣間みたと思った。ジェーンはその時、そうした絶望を生みうる生活がまだ実在しているらしいその国を、必ず自分の眼でみようと決心したのだった。

4

公子は、もうずっと前から康吉に気づいていたらしかった。彼が前に立つと、別に表情も変えずに彼の顔を見上げて、言った。

「やはり、おいでになったのですね」

康吉は黙ってうなずき、坐っている公子の手をとった。

「――踊りましょう」

「私は踊らないんです」

公子は坐ったまま、それを、まったく自明のことであるかのように言った。

「何故ですか」

康吉はたずねたが、公子は答えなかった。康吉は重ねて言った。

「踊って下さい」

「私は踊らないんです」

公子は無表情に答えた。が、康吉が手を引いて、立たせようとすると、ちょっと顔をかげらせて言った。

「踊る方は沢山いらっしゃるのに、何故、私と踊ろうとおっしゃるのですか」

「折角いらしているのだから――」

康吉は、公子の問いには答えずに言った。

「一度は踊って下さい」

そう言いながら、康吉は突然、今夜自分がほかの誰とでもなく、公子と踊りたいのだ、ことによったら、そのためにこそやってきたのだ、ということを理解した。

公子は何も言わずに、改めて康吉の顔を見詰めた。公子の眼には悲しみがあった。その悲しみは、自分についての悲しみではなく、公子と踊ることに固執する康吉のための悲しみであるようだった。公子は黙って立ち上った。

曲はごくゆるい四拍子だった。右手を、薄い白のブラウスを着た公子の背中にまわすと、公子は見かけよりももっと、殆ど痛々しい位にやせていた。康吉はゆっくりと踊り出した。が、それについてくる公子の足運びには、妙にぎくしゃくしたところがあった。それは慣れていないだけではなかった。先日研究室にきた時、公子が妙にぎごちない歩き方をしていたことが、急に彼の心に甦った。康吉は思わず踊るのをやめた。そして、公子の顔を見た。公子は何も言わず、踊るために組んだ姿勢のままで、ちょっと顔を伏せて、康吉の肩口のところを見つめていた。

やがて公子は、黙ったまま康吉の肩から手をはずすと、彼に背をむけて、席の方へ戻って行った。そうして後からみると、公子はそうひどくはなかったが、はっきりとびっこをひいていた。右足がやや短く細いだけではなく、関節も不自由らしかった。康吉は、これまでそれに気づかなかった自分のうかつさを恥じた。彼は大股に公子に追いつき、その腕をとった。公子は素直に腕を康吉にまかせた。そして、そのまま歩いて壁際まで来ると、椅子には坐らず、半ば壁に寄りかかるように立って、踊る人々の方を眺めた。康吉もその横に立った。

「いいんです――」

公子は言った。

「パーティには、踊る人たちも必要なんですけれど、それを見ている人たちも必要なんです。用意する人たちや、ただ見るだけの人たち、自分は決して楽しみに参加しない人たちも――」

康吉は思わず公子の顔をのぞき込んだ。が、そこには悲しみはなく、ただ、いつも通りの静かで生真面目な表情が拡がっていた。

このパーティは何のためのパーティなのかという疑問が、改めて康吉のなかに甦った。ハンドボール部主催のパーティ。踊っている連中を見れば、別に何の特別な所もない学生たちだ――。が、三木公子は何故ここにいるのか。何を見るため、何を用意するために、三木公子は、自らは踊って楽しむこともせず、ここに立つのか。

康吉のなかで、彼がこの数日見たこと、聞いたことが、静かに、しかし急速に、寄り集まってきて、結晶し始めた。

今学生たちの間では、合法主義を主張する人民党本部派の自治会、あらゆる非合法活動を、と呼びかける新聞部に拠る人民同盟派、それに運動部の右翼系学生の三つどもえの対立が、更に激化している。今日の助手会の報告によれば、今週のはじめに、学生サークル代表者会議で、本部派系のサークル代表者たちが、運動部代表の同調を得て、新聞部の『大学の旗』発行のための予算支出を当分棚上げする決議をし、サークル連合の会計責任者が姿をかくしてしまったので、同盟派は大打撃をこうむった——。

そして、あのハンドボール部——。いったい、彼の大学にハンドボール部があっただろうか。『大学の旗』にしても、あるいは学生部発行の『学園報』にしても、また構内の掲示板にしても、彼の大学のハンドボール・チームの戦績など一度でも見かけたことがあっただろうか。

それから、今日、受付にいた連中。あの体格の悪い学生たち。やせた、狭い肩幅。薄い胸。長い油気のない髪。そして、いつも少し疲れているような血走った眼。あれは、運動部員の体格ではない。あれは、訓練されきった肉体の中に自分のすべてを投入して行ける、あの仕合せな運動選手たちの眼であるはずがない。そして、そうだ。あの黒いシャツの学生——。

康吉は顔を挙げて、さっき彼の向う側に坐っていた学生の方に眼をやった。

その学生は康吉に見られて、慌てて視線を外した。彼は、今まで、康吉を注視していたのだ。彼は、あちこちに視線を動かし、あらぬ方をみている振りをしていたが、しかし、自分を見ている康吉の方に、全身の神経を集中させているのは確かだった。

——一体、何なのか、これは。

康吉は、視線を眼の前にいる公子に戻した。

公子は視線を感じて、かすかに身じろぎした。そして、言った。

「お踊りにならないんですか」

「一体、このパーティは……」

公子の言ったことを無視して、康吉がたずねようとした時だった。公子は、はっとした様子で、康吉のうしろの、あの黒シャツの学生の方を見詰めた。康吉がつられてそちらを向くと、学生はまた、そ知らぬ顔でよそを眺めた。

「どうしたんですか」

康吉は公子にたずねた。

「あの人は、鶴木さんのお知合いですか」

公子は、逆に真剣な口調でたずねた。康吉は、もう一度、その学生をよく見た。確かにどこかで見た覚えがあるのだが、思い出せない。

「知っているような気がするんだが……」

康吉は首を振った。

「今、こっちの方をずっと見ていたんです」

公子はそう言うと、まだ暫く、じっとその学生を見詰めていたが、急に、

「ちょっと失礼します。お金の始末をしてきますから」

そう言うと、さっき自分も売子になっていた売店の方へ急ごうとした。が、ちょっと立ち止ると、康吉の方を振りむいて言った。

「このパーティは危いんです。狙われているんです」

5

窓という窓は、もうみな、明けはなしてあるのだが、それでも、実際、会場はかなりの熱気のこもりようだった。ものの三十分も踊っていれば、もう咽喉が、からからに渇いてしまう。普段は水気のものには随分と用心深い女の子たちだが、こう咽喉が渇いては我慢の仕様がないので、売店では飲物が飛ぶような売行きだった。そして、飲む方がそんなに活況を呈すれば、汗になって出ることがあっても、もう一方の方もおのずから活況を呈する。ロビー右手奥の女子化粧室は、バンドの休憩の時など足の踏み場もない程の混雑ぶりだった。

ところが、六つばかり並んでいる扉のうち、一番手前の扉は、別に故障の札も下がっていず、また、ちゃんと中から赤い使用中のしるしも出て、閉まっているのに、さっきから、一度も開かない。うっかり、その前に立って番を待った運の悪い女の子などは、はじめは足踏みなどし

てごまかしていても、次第に顔が蒼白になり、冷汗がたらたらと流れてきて、今にも卒倒しそうな騒ぎであった。

だが、誰だって、たとえその時腹は立てても、自分の用事さえ済ませてしまえば、もう、なかなか開かない扉のことなど忘れ、さっぱりした気分で、パートナーのところへ戻って行ってしまうから、その扉のことをそれ以上怪しむものなど、ひとりもいなかった。

まして、十七歳の少年が、じっとそこに身をひそめながら、遅い時間の歩みにじりじりしているなどとは、誰ひとり夢にも思ってみなかったのは当然であった。

——ああ、何てことだ！

狭い小部屋のなかで、三木一生は、外から靴が見えぬようになるべく奥によって壁に寄りかかり、疲労と心労でぐったりしながら、心に罵った。

ホールではまた、バンド演奏が始まったらしく、ここまで伝わってくるざわめきも低くなり、浮き立つような音楽がそれに代った。ここに出入りする物音も少し途絶えた。

——まったく、何というトンマで、慌てもので、間抜け野郎で、青二才で、ひょっとこ野郎で、役立たずで、臆病っ子で、うじうじした大馬鹿野郎なんだ、俺は！　決行の前のこの二時間。自分のすべてを、ただその一事に集中すべき神聖な二時間を過ごすのに、ここより他に、ふさわしい場所がなかったって言うのか。暗い舞台の裏だとか、くもの巣の張った物置だとか、風の吹きつける非常階段の踊り場だとか……。俺が姉さんの電話を立聞きしてから、たっぷり二週間。誰にも許らず、一人ひそかに、襲撃の決意をしてから、たっぷり一週間もあったではないか。ああ、それだのに、何だって、俺は、こともあろうに……。

それはまったく一生の計画にはなかったことなのだ。一生は、パーティの始まる三十分位前、色々と準備の人の出入りする混雑にまぎれて、うまくロビーにまではまぎれ込んだ。だが、学生服を着た如何にも高校生らしいその様子で、しかもボストンバッグを下げているのでは、あまりに人目を引き過ぎる。それに気づいた時、彼はすっかり余裕を失った。そして冷静に考えるいとまもなく、ロビーに一秒でも長くいたら忽ち怪しまれるのではないかと、手近の便所に夢中で飛び込んだのだったが、そこが不運にも女子化粧室だったのだ。そして、見慣れぬ様子にそれと気がついた時には、忽ち誰かの入ってくる気配がして、慌ててまた手近の扉の中に隠れて、その場をきりぬけた。が、そのあとは、もう、次第にロビーもお客に埋まって行くらしく、怪しまれずに、女子化粧室から出て行くことはできなくなってしまったのである。

こつ、こつ、こつと、またハイヒールの音が近づいてくる。隣りの扉が開く。一生は、何ひとつ聞きたくない。だが、彼の耳には、すべてが聞えてしまう。そして、それとともに、すべてが鮮明に、彼のなかで見えてしまう。今、彼が心に懐《いだ》いている決行の決意、あと一時間足らずで現実と化する計画、どんな他人とも共有していない、純粋に彼ひとりの計画、彼には何の利益ももたらさない、何のさもしさもない計画、ただ、それをするべきであるが故にのみなされる純一な行為、その行為の純潔さ——。それと対比した時、一生は、執行者たる自分の猥雑さに絶望的になる。たかが女ひとりが隣りで下着を下げたり上げたりする気配だけで、彼の欲望は内部から際限もなくふくれ上り、彼を奴隷のように支配してしまうのだ。

絶望のなかで熱し切った彼の頭を、純白に輝く女の身体が一瞬、通り過ぎる。それは、今ばかりではない。十七歳の彼を夜毎訪れる性的悪夢のなかで、いつも、一瞬、白さに輝いて、彼を救済するのだ。軽く開かれた両脚の間で、恥毛が黒い炎のように燃え立つ。彼はまだ、その聖なる純白の身体の顔をあえて見たことがない。だが、彼はそれが誰であるか、心ひそかに、自らにも語らぬままによく知っている——。

身づくろい仕終った気配とともに、足音が去って行く。一生は、漸くほっと息をつく。そして、彼はその時、もう一度、その遠ざかって行く足音が、こつこつと、規則正しく響くのを確かめ、やっと安堵する。やはり、そうではなかった。そんなことのあるはずはなかったのだ。

また足音が聞えてくる。一生は耳を澄ます。それは、コンクリートの床に、こつこつ、こつこつと近づいてくる。それは、普通の規則正しい足音だろうか。それとも、わずかな乱れが、そこにあるだろうか。一生の胸は、また不安に締め上げられる。わずかな乱れ。わずかな規則的な不規則。わずかな不均斉。わずかかな、彼の聞き慣れている不均斉。彼の毎日聞いている不均斉。彼の聞き育った、懐しい不均斉。もしや、あのわずかにびっこの足音が、あの懐しいびっこの足音が、ここに近づいてくるのではないだろうか。あの、わずかにびっこの親しい足音が近づき、扉を明けるのではないだろうか。彼がひたすらに愛し、彼にとって何の汚れもない無垢にして聖なるものが、今この女子化粧室に入ってくるのではないだろうか。彼はもう不安で死にそうだ。

足音は忽ち近づいてくる。こつ、こつと、それは近づいてくる。それは規則的な、ごく普通の、まったく見知らぬ女の足音だろうか。それとも、もしや、それは、ややびっこを引いた、あの足音ではないだろうか。一生が、不安に乱れる心に、それをどちらとも判らぬうちに、その足音は容赦なく彼の方へ近づいて来る。動くことも、逃げることもできない彼の方へと近づいて来る。

6

会場では、白いタイル敷きの密室に閉じ込められた一生の苦悩など知らぬげに、楽しいパーティが、陽気に華やかに、くるくるとまわり続けていた。が、鶴木康吉は、三木公子が謎のような言葉を残して立ち去ったあと、また踊りの中に入りそこねて、壁際に立ちつくしていた。今晩、ここでは何が起ころうとしているのか——。その疑問が、彼の心を占領してしまっていた。

その時、康吉から見て広いホールの反対側の入口のところに、一際美しい支那服の女が姿を現わした。その女は、微笑を浮かべ、ちょっと背のびをするようにして、ホールを見まわしていたが、やがて、ゆっくりと、踊っている人たちの間に歩み入って来た。

音楽はチャ・チャ・チャに変わっていた。人々は、少しの間隔を置いて向い合い、前後に、左右に、リズミカルなステップを踏んでいたが、その女は、そうした人々の間を巧みに縫いながらホールの中心の方にゆっくりと入って来た。そして、いつの間にか、リズムに合わせて、ひとりで軽くステップを踏み始めているのだった。

単純な意味の容姿という点では、もっと美しい少女たちも、そこにいたろう。だが、二十歳前後の若い女の子たちの間にあって、そろそろ三十歳と思われるその女のあでやかな美しさは圧倒的であった。やや太り出した豊かな肢体をぴったりと包んだ大胆な支那服が、パーティ会場の赤い照明に映えてきらきらと光り、少しもおずおずしたところのない、思い切って深い裾脇の切り込みからは、ステップの度に、生の喜びを楽しむことを知っている張り切った太腿が、息をのむような美しさで現われた。

その支那服の女は、少し唇を開き、かすかな微笑を顔に浮かべながら、踊る人々の間で、ひとりのステップを踏みつづけていたが、よく見ると、実際には、もう、殆どその場を動いてはいなかった。ただ、誰かを誘うかのように、掌を上にして軽く両手を前に出し、その両手でリズムをとりながら、身体をのびやかに小さな動きにのせているだけだった。そして、そうやって踊りながら、ゆっくりと身体を回転させ、ほほえみを含んだ視線を、何かを探しているかのように、ホール全体に投げて行くのだった。

やがて、その女は、踊りながら、ゆるやかに身体を移動させはじめた。それは、肩と肩をこすり合わさんばかりに満員のホールの中を、巧みに人々の間を縫って、はじめは、別に目標もなく、左から右へ、右から左へと、揺れ動いているようであったが、次第に、どうも、その動きが一定の方向を持っているらしいことがはっきりしてきた。しかも、それは、今、鶴木康吉の立っている片隅の方へと近づいて来るのではないだろうか。康吉は、あでやかな美しさに心を奪われ、女の動きを見つめていたが、そのことに気づいて、再び心をひきしめた。これは、また、何なのだろうか——。

——おや。

康吉は思った。その時、女が踊るにつれて、一瞬見せたある顔の表情が、彼に古い記憶の何かを思い出させたのだった。

彼は、しかし、すぐ打ち消した。そんなはずはない。あの女が、ここに現われる訳はない。それに彼女には、こんなあでやかなところはなかった。彼女は、ごく普通の、いや、むしろ、形振《なりふ》りはあまり構わない、ごく地味な女子学生だったではないか。

彼は戸惑った。しかし、よく似ている。視線を動かす瞬間、ちらと見せる放心の表情――。あれなどそっくりだ。そして、女が踊りながら近づいてくると、もう表情だけではない。鼻や頰の辺りの相似が、尚更、はっきりしてくる。

――姉妹なのだろうか。

康吉は疑った。彼の記憶の中にある女と、今、眼の前にいる女とは、近くにくればくるほど、もう瓜二つと言っていいほど似ている。だが、それでいながら、その与える感じは、まったく違っているのだ。それは、同一人とは思えない。記憶の中にあるのは、いつも地味なスーツを着、学校カバンを脇にかかえて、教室の前の方に坐ってノートをとる、地方出身の真面目な女子学生なのに、眼の前にいるのは、漸くそれと気づいて集まる人々の視線を、少しも悪びれずに受けとめながら、パートナーなしで派手やかに踊りつづけている、自信となまめかしさと大胆さに溢れる女盛りの支那服の女ではないか。

女はもう、あと二、三組の踊る男女をへだてただけの近さにまできていた。その視線は、ちらちらと康吉をかすめて動いたが、彼を見ているのか、見ていないのか――。彼に横顔をみせて、早いステップを踏み、腰をひねりながら右足を一歩うしろに引いて、ゆるいステップを踏む。それにつれて、また支那服が妖艶にゆれ、脇の深い切り込みからは、豊かに魅惑的な太腿が惜しげもなくのぞき、その肌の輝きが、康吉の眼を射る。と、その瞬間、康吉の心に、古い、もう忘れ去った記憶の断片が、夏の夜の稲妻のように、鋭くきらめいた。

それは夏だった。数人の同級生が集まった友人の部屋は、東南の明るい六畳間で、真新しい青畳が、夏の新鮮な光に輝くようだった。

康吉は窓を背にして坐り、白いブラウスに黒のスカートのその女は彼の斜め左前に、窓からの明るさを全身に受けるようにして坐っていた。

坐り疲れた康吉は、足を大きく崩して横に投げ出し、右肘を畳の上に突いて、半ば寝そべるような自堕落な姿勢になった。そして、何気なく視線をその女の方へ投げた時、彼の眼に、偶然、女の黒い地味なスカートの下に隠れた、ストッキングなしの輝くような太腿が見えた。

彼女は、長い正坐に疲れて、わずかに足を崩したところだった。新しい畳からの明るい昼光の反射が、やや青味を帯びながら、丁度、彼女のつややかな内腿を照らして、奥の白い下着の端までを、はっきりと見せていた。みなの間に置かれた低い机には、コップと水差しが並べられ、それが康吉の視線の向う方向を彼女から見えなくさせていた。康吉は、息をのむような思いで、スカートの中の暗がりに白く浮かび上っている豊かな太腿を見つめつづけた。

その記憶は、その後、長い間、康吉の心を離れなかった。それは、ただ、美しかったためばかりではない。その太腿の張り切った輝くばかりの美しさ、殆ど豊満といってもよいほどの強烈な印象が、生真面目な女子学生である女の、普段の地味さ、硬さ、時折は、おどおどとしてさえいる態度とまったく食い違っていたからだった。それは康吉にとって、殆ど驚きに近い意外さであった。

それから十年。今、若い学生たちのパーティ会場で、わずか数尺の向うで妖艶に踊る支那服の女の、つややかに豊かな太腿が赤い照明の中にあやしく輝くのを見た時、長い年月をへだてたその記憶、もう忘れ去ったと思っていたその記憶の断片が、あざやかに甦って、彼の心を打った。彼は、もう一度、その女の顔を見つめた。

その女は、康吉が見つめているのを知ると、彼の方をむいて、にっこりと笑った。そして、さっき踊りはじめた時と同じように、殆ど気づかれないほど滑らかに、ステップをリズムから外し、ゆっくりと、しかしはっきりと、彼の方へ歩いてきた。

その女は康吉の前に立った。そして、懐しげに彼の顔を見つめながら、古い友人のように彼の手をとり、ゆっくりと握りしめ、そして、言った。

「お久し振りね、鶴木さん」

康吉は、なおもためらった。康吉は、すぐ眼の前に立つその女の顔を、放心したかのように、じっと見つめた。康吉は、なおも、ためらい、躊躇し、そして口ごもりながら、呟いた。

「君は……」

女は勇気づけるように、もう一度にっこりと笑って、うなずいてみせた。康吉のなかで、十年の時間が次第に消えて行った。康吉は、女の手をしっかりと握りかえした。康吉の手のなかで、女の手は、大きく暖かかった。が、康吉は、それでも、なお、半信半疑であるかのように、女の顔をまじまじと見つめた。康吉たちの前から姿を消して以来の下之条緑の変貌は、それほどに大きかったのである。

7

下之条緑は、大学のジュニアコースの語学クラス、文科十三組での、康吉の同級生だった。同級生の大半が法学部、社会学部への進学希望者であったので、残りの文学部への進学志望者、康吉たち数人は、クラスの中でも、自然と一つのグループをつくって、色々のことを一緒にやったが、緑もその中の一人だった。真面目で、格別目立つところもない女子学生だったが、女の子の少いそうしたグループの中で、男の子たちからは、いつも分けへだてなく大事にされ、遊びや勉強のどんな折にも、抜かすことなく、必ず誘われていた。緑の方も、グループの男の子の誰か一人と特別につき合うということもなく、ごく普通に、みなと満遍なくつき合っていた。劇場からの帰り、みなで喫茶店に寄るような時も、緑は、一座の片隅で、生真面目な顔をして、若い男の子たちのはったりの多い演劇論議に耳を傾けていた。グループの中に、もう一人いた女の子が、特定の相手をつくって、グループの中でカップルになってしまった時も、緑のそうした生真面目な様子は変わらなかった。康吉が、垣間みた彼女の太腿の豊かさに驚いたのも、その頃のある日だった。

グループのそうした関係は、一年半たって、みなが文学部に進学したあとも、本質的には何の変わりもなかったのだが、ただ、各自がそれぞれ自分の専門学科で、新しい友人ができ、専門の勉強の量もふえたという事情から、以前ほど緊密に、始終会う訳に行かなくなったのは、自然の勢いであった。また、丁度、その頃、康吉は一種の彷徨の時期であって、教室には殆ど出ず、従って、二人が会うことも、決して多くはなかった。今にして思えば、グループの誰もが、互いに仲間の知らないところで、ひそかな変容をはじめていたのだろうか。が、しかし、それでも、夏休みや正月に、誰かが言い出して、みな集まることがあれば、以前の親しさはすぐ戻り、何の変化も認められなかった。そういう時、グループは、元通りの打ちとけたグループであり、緑も、また、以前通りの真面目な緑であった。

緑をまじえたそういう会が最後に開かれたのは、彼らが三年から四年になる春休みの始め、まだうすら寒い二月下旬のある午後だった。ガスストーブの炎が青く燃える部屋で開かれたその席で、三月に入り、少し暖かくなったら、三浦半島に遠足に行こうという動議が出て、アルコールの薄い酔いのなかで、みなはすぐ乗り気になり、日にちや時間、幹事も決った。そして、その時は、緑も、その遠足に参加してから、帰郷すると言っていた。その夜、康吉は、少し疲れた表情の緑を、下宿まで送った。二週間ほどのちのある日、その遠足は実行された。だが、緑は来なかった。

他の誰かならともかく、緑が、何の連絡もせずに来ないのは、おかしい。これは、何か、幹事の方の手落ちだったのではないかなどと、みなは遠足の陽気な気分で、冗談半分に、幹事役の康吉を責めた。だが、すべては、緑もいたその前の会で決っていたのだから、手落ちのありようがなかった。康吉は、みなの浮き立った声を聞きながら、二週間前、送って行った夜の緑の表情を思い浮かべようとしていた。彼はその夜以来、緑と会っていなかった。遠足の翌日、彼は、もう一人の友人と、雑司ケ谷にある緑の下宿をたずねた。驚いたことに、緑は一週間ほど前に、その下宿を引き払っていた。

二人は、下宿の前に立って、緑の住んでいた二階の四帖半を見上げた。そこは、電車通りから三分と入らぬ便利なところにありながら、建物にさえぎられて車の騒音が少しも聞えぬ静かな下宿で、緑もたいへん気に入っていたところだった。友人は、半ば独り言のように、どうしたのだろうねと言って、康吉の顔を見た。だが、それは康吉にとっても予期せぬことであった。友人は、黙っている彼にというよりは、むしろ自分に説明するように、緑が何かの都合で急に予定を変えて、もう帰郷したのだろう、そして、新学期には新しい下宿を探すつもりなのだろうと言った。康吉はそれを聞きながら、その四帖半の窓から見える、細い道わずか一本をへだてた隣邸の庭の、豊富な樹木に囲まれた見事な借景を思い出していた。康吉は、緑の郷里の住所宛に、手紙を書いた。が、それへの返事はなく、そのうちに、康吉も、そのことを、忘れるともなく、忘れた。

だが、春休みが終り、帰省していた学生たちが大学に戻ってきても、緑ひとりは、姿を現わさなかった。

はじめは、みな、緑は病気か何かで、郷里にいるのだろうと考えた。が、そのうち、郷里の両親から友人たちへの問い合せで、緑は郷里にもいないことが判った。緑は、春休みには、一週間、帰郷しただけで、すぐ東京に戻ったという。その時、帰京したら下宿を変わるが、新しい住所は決り次第連絡すると言い残した。そして、その後、何の音信もないので、いぶかしんで、緑の机や戸棚を探してみたところすべて整理してしまってあり、ただ一通、走り書きで、自分を探さないでほしいという両親宛の手紙が見つかった。上京してきた緑の父親は、そう康吉たちに語った。

康吉は、帰郷中の緑に変わったところはなかったかと、父親にきいてみた。

「さあ、ねえ。そう言えば少し沈んでいたと母親は言うんですけれど、あの子は、元々、無口な、真面目な子ですからなあ。いつだって、黙っていることをおかしいなどと思ったことはないのですよ」

新潟の小都市で、小学校の校長をしているという律義そうなその父親は、途方に暮れた面持で、若い康吉に訴えるように、そう言った。その時、何故か、康吉の心には、あの地味なスカートに隠された緑のつややかな太腿の、豊かな輝くような印象が、一瞬、あざやかに甦った。

緑は、それ以来、康吉たちの前に現われることがなかった。

8

「また君に会えることがあるとは思わなかった」

康吉は、漸く驚きからさめて、言った。そうしてよく見れば、嫣然《えんぜん》と笑う緑の顔の奥に、昔の無口で聡明だった女子学生の面影が浮かんでくる。懐しさと感動が、ゆっくりと彼の心にひろがって行った。

「私こそ、あなたにまた会う時が来るなんて、思わなかったわ」

そう、さり気なく言う緑の笑顔にも、抑えきれない心の感動が、のぞいていた。暖かい緑の手から、その手に軟かく握られた康吉の手へ、旧い損得抜きの友情が、じんわりと伝わってきた。

「今朝になっても、夕方になっても、まだ、今晩鶴木さんの顔がみられるなんて、信じられなくって」

康吉は気がついて、改めて緑の顔を見た。

「そうよ」

緑は、康吉の顔を見て、可笑しそうに笑った。

「馬鹿ねえ。偶然だと思っていたの？　この広い東京で、偶然だなんて……」

緑は、そこまで言いさすと、急に鼻声になって言葉を切ってしまった。無理に笑おうとしている緑の頬に、涙がこぼれた。

「馬鹿なのは、私の方だわ」

緑は、中指で溢れた涙をそっと拭った。

「こんなことに感傷的になって――」

そして、緑は、まだ涙を浮かべたままの顔でもう一度笑い直した。

「私が、三木さんにお願いして、鶴木さんのところへ行って頂いたのよ。こういう機会ででもなければ、あなたの前に現われるなんて、恥しいもの」

緑は、手をのばし、太いしっかりした指で、康吉の左腕をそっと撫でて行った。様々な疑問が康吉のなかに浮かんだが、みな、言葉になる前に消えて行った。康吉も右手を緑の肩に置いた。絹の支那服を通して感じる緑の肌は、少し火照《ほて》っているようだった。

「踊りましょう」

緑が言った。

「——話したいことも、沢山あるけれど、話せば長いことながら……ってことになるから。私が、鶴木さんに会うの、もう、今日が最後じゃないものね」

緑はそう言いながら、康吉の手をとって、身体の重みを康吉にあずけようとしたが、ふと康吉の顔を見上げると、ちょっと眩しそうにまばたきしながら、またつけ加えた。

「——あなたにね、あとで、このパーティに、一役買って頂きたいことがあるの。色仕掛けで引きずり込もうっていうのだから、ご注意なさった方がいいわよ」

「おっかないことを言うようになったんだね」

康吉は、再会の緊張から漸く解きはなされて言った。

「そうよ。あれから除夜の鐘だって、いいとこ、千近くは鳴ったんだから、女だって化けるわよ」

「精々、気をつけることにするよ。でも、このパーティに、ぼくが一役買えることがあるのかい。どう見ても、このパーティは、ぼくには何の関係もないようだがな」

「きっと、世の中に、何の関係もないことなんて、ないのよ。自分とは何の関係もないって思っていると、あっと言う間に、抜きさしならない関係に落っこっちゃう……。でも、今晩のは、大したことじゃないの。まず踊りましょう。私、鶴木さんと踊ることがあるなんて、夢にも思わなかった――」

緑は、派手やかな笑みを浮かべながら、康吉を見つめたが、その眼には、再び、わずかに光るものがあった。康吉は、緑を引きよせ、踊りはじめた。緑の身体のずっしりした弾力、康吉の手にゆだねられたその軽すぎない重みが、快かった。

だが、それは、康吉にとって、何と運の悪い晩であったことか！　彼は今晩ダンスに来ていながら、今、初めて踊るのだが、そこに、またしても邪魔が入った。というのは、その時、先程緑が入ってきたのとは逆の入口から、三木公子が入ってきて、誰かを探すように場内を見まわしていたのだが、下之条緑を見つけると、悪い足をひきずるようにして、真直ぐに急ぎ足で彼女のところへやってきたのである。

康吉は緑と踊ろうとしているところを公子に見られ、理由のない羞《はずか》しさを感じた。だが、公子は、康吉の方は殆ど見ないで、言った。

「下之条さん。お探ししていました」

「あら、三木さん、今晩は」

下之条緑は、身体を康吉にゆだねたまま、ステップを止めて、にっこりと挨拶したが、公子は、謙虚な、しかしあくまでも真面目な表情でうなずいたのみで、ほほえみ一つ返さなかった。

そして、無遠慮ではないが断乎とした様子で、

「みな、むこうでお待ちしています」

と、緑をうながした。

「そう。早いのね、みんな」

緑は腕時計に眼をやった。

「あら、もうこんな時間。わたし、随分遅刻しちゃったのね。すぐ行くわ」

康吉は、緑の身体にかけていた手を、外した。

「忙しそうだね。あとでゆっくり会おう」

「あら、違うわよ」

緑は、可笑しそうに康吉の言葉をさえぎった。

「あなたにも一役買って下さいって言ったでしょう。みなが待ってるわ」

「みなが待ってる……?」

「いらっしゃれば判ります」

緑は康吉に、嬉しげに笑いかけた。

康吉はその時、ふとためらった。緑を警戒したのではない。一瞬、理由のない不安が、彼の心をかすめたのだった。俺は、とんでもないことに足を突っ込むことになるのではないか――。

が、康吉は、すぐ思い返した。人の住む世の中に起きることなど、たかが知れている——。

康吉は公子に見られていることを意識しながら、緑にほほえみ返した。

「いろいろのことが起きる晩だね」

「まだ、まだ、よ」

緑は言って、もう一度笑顔で康吉にうなずくと、公子の方を向いた。

「御案内します」

公子は、一瞬悲しみと見違えるほどの真面目な表情で、二人を見つめて、言った。

公子は、踊る人々の間を縫って、さっき自分の入ってきた入口から人気のないロビーに出、その奥の部屋へと、二人を案内した。公子は、扉の前で立ち止ると
「こちらです。私は、売店の担当ですから、失礼します」

そう言い残して、ホールの方へ戻って行ってしまった。

緑は康吉の顔を見上げて、ちょっと照れたように笑ってみせてから、扉の方に向き直って、軽くノックした。すぐ、部屋の中から、

「どうぞ!」

と、はりのある若い声が返ってきた。緑が扉を開いた。

9

康吉と緑が入って行ったその小部屋は、華やかなパーティ会場とは打って変わった雑駁な雰囲気であった。広さ五、六坪の、あまり明るくない、縦長のその部屋には、四角いテーブルが並べて二つ置かれ、その上に、鞄やら、ノートやら、ワラ半紙やらが、乱雑に投げ出されていた。そして、部屋の奥では、油気のない髪に、オープンシャツを腕まくりした学生たちが、六、七人、頭をつき合せて、何かしゃべっている。そのうちの一人が、ノックに答えたらしい。身体をまわして、こちらに、きっとした眼差を送ってよこしていた。もし、これで、片隅にガリ版の台でもあったら、完全に、自治会室そのままになるところだった。

緑は部屋に踏み込むと、乱雑さに一瞬眉をひそめたが、奥に人が集まっているのを見て、すぐ、そこへ向って嬉しげに声をかけた。

「豊田さん、お待ち遠さま」

「おう」

頭を寄せて話し込んでいる学生たちの間から、緑の言葉に応じて威勢のいい返事がきこえ、がっしりした体格の男がひとり、立ち上った。年齢は三十近く、頭は丸刈りで、肩はいかつく張り、大きな顔の中の、ねずみのように小さく残酷そうな眼が、今は優しく笑っている。

「やっと御入来か。おう、鶴木も一緒だな」

が、そういきなり名前を呼ばれても、康吉はもう驚かない。その男が誰であるか、男が立ち上った時から、すぐに判ってしまっていた。それは、あのジュニア時代のグループの変わり者、かつての全学連の闘士、豊田豪次に違いないのだ。だが、それにしても、基地反対闘争で全国にその名をとどろかせた彼が、東アジア条約反対の闘争も大詰めの今、こんなところで、若い学生たちにとりまかれて、何をしているのか。

「久し振りだな、鶴木」

豊田は、上機嫌にそう言いながら、学生たちをかき分け、机の端をまわって、こちらへやってきた。そして、がっしりと康吉の手を摑むと、

「近頃は研究室の助手とかで、すっかり出世したそうじゃないか、ああ」

そう、懐しげに康吉の手をふりまわした。

「今度は豊田か。まったく何て晩なんだ、今晩は」

康吉はそう応えながら、自分の前に立つ豊田豪次の全身を、もう一度、上から下まで、ずっと見まわした。流石に学生の頃よりは、まともななりをしている。

豪次は、そういう康吉の様子を、如何にも可笑しそうに眺めた。

「お前は俺のことを、一体どうして食ってるのかなと思っているのだろう。昔から正業にはつ

けそうにもない奴だったが、って。いや、その通り！　俺は、まだ、世のまともな職業になど、ついたこともない。だが、心配は御無用。おてんとう様と米の飯は、どこへだって、ついてまわる。そら、見てみろ、現に、この通り、名刺なんてものさえ、持っている」

豪次は、ポケットの定期入れから、一枚の白い名刺をつまみ出すと、康吉の鼻の先で、ひらひらとふりまわした。

「そうら、見るんだ。世界革命堕落研究所、主任研究員。大した肩書だろう。勿論、所員は今のところ俺一人だがな。革命の堕落！　それだけが、現代において研究に値する唯一の課題だ——。そう、ぶって歩くと、不思議なことに、結構、左からも右からも、金が入ってくる。こないだくたばった元副総理、土建業界のウルトラボスなんか、いいお得意だった。もっとも、人民党だけは金を出さないが、こりゃ不思議じゃない。あいつらは、革命せずして、既に堕落だけはしているんだからな。——いや、しかし、文句は言うまい。俺はさし当り、その堕落で飯を食っているんだ」

豪次は名刺を康吉には渡さず、また元へ収めた。

「だがな、いいか。世の中の大抵の奴に比べれば、俺の方が、ずっと生きているぞ！」

豪次は、手にしていた書類で机の上を二度、三度力強く叩きながら、しゃべり出した。

「ふん、何だい、サラリーマンなんて。たまに、丸の内あたりで、昔知った奴らにでも会おうものなら、糊のついたワイシャツと細身のネクタイに首しめられて、二言目には、うちが、うちが、って、言うがね。手めえは、吹けばとぶよなちっぽけなあばら家に、やっと雨露をしのいでいるくせに、うちってのは、寄らば大樹の陰、わが忠誠を捧げる主君のお家、じゃぁなかった、わが勤める会社のことだよ。自分イコール会社になるんだから、立派なもんだ」

「いや、お前だって、同じようなもんだろう」豪次は嘲るように続けた。

「薄暗い研究室とやらで、本の山の中に埋まりやがって、あわれな奴だよ。その外へ出て行くのがこわいものだから、何百年もの昔の、泰西名画とやらの、何処か片隅の十センチ四方にかじりついて、美術史的にはどうの、技法的にはこうの、思想的背景はと、俺にはさっぱり判らんが、——だが、まあ、いいさ」

豪次の眼に、不思議に優しい微笑がちらと通り過ぎた。

「それも、ブルジョア社会の虚栄心の生み出す、一種のアクセサリーだからな。当面なくなりゃしないよ。お前が、それで嬉しがっていられるなら、俺も嬉しいさ」

「相変わらず雄弁だな、革命家は」康吉も、懐しい友情をこめて、嘲笑し返した。

「革命的ロマンティシズムがいまだ色あせてないのを見て、俺も嬉しいよ。革命成功後は、必ずや粛清される運命だとしてもね」

「なかなかに正確なことをおっしゃる。私は何事につけ正確さが大好きです」

突然女のように優しい声で、割って入ったものがあった。みなが振りむくと、入口のところに、場所柄にも似合わず、瀟洒な麻の夏背広のポケットから白いハンカチをのぞかせ、やや肥満に傾きかけた青年紳士が立っていた。

10

「おや、変な奴が舞い込んできたな」

豪次が、その小さな眼をさらに小さく、鋭くこらして、その紳士の顔を見つめながら言った。

「変な奴とは、ご挨拶ですね。下之条さんのお召しによってはせ参じたのに」

豪次は緑の方を見た。緑は笑って、うなずいた。

「この人も、一役買える芸の持主よ。昔の級友のためなら、喜んで一肌脱ぐって」

それから紳士の方に言った。

「正確さを好むにしては、だいぶの遅刻よ」

「正確は王者の礼儀と申しますが、遠路はるばるの参上故、わずかの遅参はお許し下さい——。と言っても、かのモンテクリスト伯の如くローマからではなく、京都で午後、講演をしていたのですがね」

「空を飛び、陸を走って、売れっ子の助教授が、昔の友人のために一肌脱ぐなどとは、信じられないが——、まあいいさ。折角きたのだ。一役、買ってもらうことにしよう」

豪次にそう言われて、紳士がズボンのポケットから出したハンカチで木のベンチの埃を払って腰を下ろした時、康吉ははじめて、それが誰であるかに気づいて再び驚いた。

そこにいるのは、外の誰でもない、かつてのジュニアコースの同級生でこそあれ、今は豊田豪次とはまったく反対の立場に立つ法学部の最年少助教授、そしてまた、新国家主義を主唱して目下売り出しの論壇の新鋭でもある、飯森重猛《しげたか》だったのである。

しかし、康吉が驚いたのは、ただ飯森重猛をそこに発見したからだけではなかった。久し振りに見る彼は殆ど別人のように見えた。かつて康吉の知っていた飯森重猛は、いつもややだぶつき加減の学生服を着、やせて暗い顔を伏目勝ちにして、必ず最前列左端の席をとり、当てられると、甲高い声を不安定に震わせてテキストを読む、陰気な学生であったのである。——正確は王者の礼儀と申しますが、というのも、その頃、彼らが教室で読んだフランスの歴史小説のなかの一節であった。

だが、飯森については、その暗い顔とともに、もうひとつ何か噂さがあった。しかし、それは何だったか。その噂さの内容がよく思い出せぬままに、それをめぐって当時感じていた飯森への反撥だけが、漠然と康吉のなかに甦ってきた。

飯森は、康吉がそこにいることをあらかじめ知っていたらしい。康吉が自分の古い記憶の暗い海に浮き沈みしているものを、まだ摑まえられずにいる間に向うから声をかけてきた。

「鶴木さん、お久し振りですね」

その言葉を聞いた時、康吉のなかで揺れていた飯森の位置が、急に決った。彼の「鶴木さん」という、いささか他人行儀の呼びかけは、ただ七、八年振りに会った同級生の間の距離に——かつて同級生であったという幻像にまどわされることなく——対応していたばかりではない。現在の飯森が康吉に対して持とうとしている距離をも、正確に表現していたのである。

「飯森さん」と康吉も応じた。記憶のなかの漠然とした反撥が、彼をあと押しした。「思いがけないところ、いや、今のあなたにはまったく似つかわしくないところで、お目にかかりますね」

飯森は、にっこり笑った。

「好奇心。好奇心ってやつですよ。身をあやまるもとですね、これは。しかし、鶴木さん。あなたにだって、ここはあまり似つかわしくない。そう、そう。先日、美術史学雑誌で論文を拝見しましたよ。『中世キリスト磔刑図《たくけいず》におけるキリストとマリアの視線の角度』というのでしたね。見事な、いや、見事に正確な論文でした。感服いたしました。正確さは、何よりも私の愛するところですからね。ただね、何故、あそこで止るのかなって思いましたよ。何故『角度』で止って『角度の意味』まで行かないのかなってね」

「あれから先はスペキュレーションになるからですよ」

康吉は、はね返すように答えた。

「スペキュレーション――思考上の思惑――思惑的思考、ね。成程ね。私もスペキュレーションは好みません。正確さを愛します。けれども、もし人間がスペキュレーションなしでは生きられぬ生物だとしたら、スペキュレーションと無縁な正確さなどは、意味がないのじゃありませんか。例えば、現に、このパーティなど、スペキュレーションそのものではありませんか。そこにあなたは出てきている」

「人間は、いつもスペキュレーションに引き込まれる。我知らず、賭けのなかへ足を突っ込む。だから、学問が禁欲を必要とするのです」

「まあ、鶴木さんは、永遠の美が相手だからいいですよ」飯森重猛は、余裕を見せ、深追いはやめておこうといった表情で、言った。「同じ学者といっても、私などは雑駁なもので、人間たちのスペキュレーションに充ちみちた現実にふりまわされて、豊田さんなどのような猛烈なアイデアリストからは、現状追随主義者とののしられる。いい商売じゃないですね。現状追随と言い、理想追求と言っても、犬と人間が一緒に駈けているようなもので、人間が犬を運動に連れ出しているのか、犬が人間に嚙みつこうと追いかけ、人間が必死で逃げているのか、その境たるや、誰も知りはしない。まさに、アイデアリストとは理想主義者か観念の石頭か、との問いに似て、まったく曖昧模糊としているのですがね」

「でも、飯森さんのスペキュレーションも相当なものね」と緑が口をはさんだ。

「ゆうべの毎夕新聞で、写真を見たわよ。一九七〇年代の日本のバラ色の設計図を引く新進助教授って」

が、緑が言い終らぬうちに、豊田豪次が、また大声をはり上げて割り込んだ。

「飯森のバラ色の設計図だと。そうさ。まさしくバラ色の設計図。当てがいぶちに腹をふくらます幸福に、よだれをたらして眠り込む豚どものための、理想的豚小舎のバラ色の設計図。生まれ、食らい、眠り、肥り、屠殺される豚どもの、未来と仕合せと倦怠に充ちみちたバラ色の設計図。そうさ。はっきりしている。至極はっきりしている。そこじゃ、豚どもは犬に追いかけられているんだ。しかも、幸福なんだ。何故か。簡単な手品だ。豚どもは、自分の自由意志で駈けていると思っている。そう思うべく訓練されている。だから、奴らは幸福そのものなのだ。自分たちが犬を散歩に連れ出しているのだというバラ色の幻想さえ夢みはじめる、自己満足のよだれをたらしながら。だが、判るか。そこには一つだけ錯誤がある。飯森にとって決定的な錯誤がある。何か。飯森は、内心、自分は犬をして豚を追わしめる命令者、追われる豚どもの心を読む予言者と自任している。あわれなことだ。もし眼を開き見れば、すぐ判る。彼もまた犬に追われる豚どもの一匹に過ぎない。自分では、自らの意志で駈けると信じる、あの幸福な豚どもの一匹に過ぎない。そら、彼の放つ死臭をかいでみろ。屠殺場の死臭、火葬場の死臭、生きながらにして死んでいるものの臭いだ。――しかもだな、飯森の辛いところは、豚みたいに鈍感な彼の心のどこかに、自分の放つ死臭を感じてしまうところがあることなんだ。だからこそ、見るがいい。彼は、その死臭を忘れるためになら、何事でもする。この世の中の最も卑劣なことでもする。まわりに何が起きようとも眼を堅く閉じ、自分自身も信じぬバラ色の設計図を不実なセールスマンのほほえみをもって話しつづけることすら、あえて辞さない。すべては、消すことのできぬ自分の死臭を、ただただごまかすためなのだ」

豊田豪次の毒舌を浴びた飯森重猛の眼に、殆ど本当の悲しみに似た色が浮かんだ。

「豊田さんや下之条さんまでが、そしておそらくは鶴木さんまでが、私をそんなふうに見るのですか。古い友人を誤解しないで下さい。あれは、新聞のスペキュレーションに過ぎませんよ。私はただ、時折、ちらっと自分の昔ながらの考えを洩らすだけなのです。人間とは、ことによったら、国家とか法律という枠組があって辛じて生きて行ける存在なのではないだろうかとね。国家や法律は、人類の歴史とともに古く、人類の未来とともにいつまでも存在し続けるだろうというのは、決してバラ色などではない、冷たい、悲しい、灰色の認識なのですよ」

「豚どもの悲しい自己認識だ」

豪次が、無遠慮に言った時、重猛の穏やかさをよそおう表情のなかに、一瞬暗い敵意の光が燃えた。重猛の声が不安定に高まった。

「歴史の狡智におどらされるトロツキストには、自己認識は不可能なんだ――」が、次の瞬間、彼の声は見事に制御されて、次に続いた。「と、スターリニストなら、言うだろうところですね――。だが、ですな。ただ、一つだけ、いや、なに、つまらないことですが、一つだけ気づいたことを言ってもよろしければ、豊田さん、あなたは、豚ども、豚どもとおっしゃいますけれども、あれは、ことによったら、本当の豚たちを怒らせるかも知れませんよ。俺たちの方が、人間よりもずっと高尚だってね。――豊田さん。これだけは是非お伺いしておきたいのですが、あなたは、本当に、たった一度も、それも、ほんのちょっぴりも、考えたことはおありにならないのですか、人間ってのは、元々、豚よりも劣る生物なのかも知れないって。――いや、まあ、つまらないことを言いました。もう、議論はやめましょう。まずは、旧友四人の再会を祝って、乾杯をし、それから早速、用件に入ることにしましょう。時間も、もう、あまりない。私の連れも、おっつけ来る頃です」

「蟹は甲羅に合わせて穴を掘り、人は自らをかえりみて人類を云々する。見ろ。今の飯森の論理こそ、まさに明々白々たる……」

議論はやめようと言った重猛の言葉を無視して、豪次は、またしても、際限なくその弁舌を続けようとしたが、急に、何かに気づいたかのように、言葉を切った。そして言い直した。

「おい、今、何て言った？　連れ？　いったい誰を呼んだんだ？」

「あなたのお役に立つ人間をです」

重猛は、さっきの動揺からもうすっかり立ち直って、余裕ありげに答えた。

「俺の役に？　俺は助力なんぞ頼んだ覚えはない」

「無理はなさらぬことです。古い友情からの助力を拒むことはないでしょう。あなたは、今、困ってはいない。だが、資金提供を待つ秘密アジトの電話に、ヒステリー女のそばの出前の注文がかかってくる世の中です。すべてはごちゃごちゃです。豚の死臭とともに、革命資金提供者が現われても、不思議ではありますまい」

「うむ」豪次は唸って、その小さい眼を更に険しく細めた。「お前は誰なのだ」

「私は、私のするところのことが表わすだけの人間です」

豪次は黙った。暫くして、彼は言った。

「連れは一人だな」

「ええ、一人です」

「よし、会おう」

豪次は、若い学生のひとりを呼び寄せると、入口を警戒するように注意を与えた。学生はすぐ、部屋の外へ出て行った。

11

「漸く議論は終ったようね」

出て行く学生の背を見送って、緑が言った。

「そろそろ、仕事にかかる時間よ。鶴木さん。あなたは、トランプ手品を寄進してね」

「トランプ手品？」

「得意だったじゃない。まだできるでしょう」

それは確かに緑の言う通りだった。トランプ手品は、過去のある一時期、緑と同じクラスにいた頃、彼、鶴木康吉の、趣味というよりは情熱であった。一枚のトランプの札を観衆の目前で見事に消してみせるためだけに、その頃の彼は、一日二時間の単調なトレーニングを二ケ月の間続けても悔いることがなかった。だが、今、急に、トランプ手品とは、一体何なのか。不審そうな康吉の表情に、緑はすぐ答えた。

「鶴木さんにはまだ言ってなかったけれど、これから余興をやるの。パーティ券の売上げだけでは少いから、みんなで余興をやって、少しでもカンパを集めようっていうわけなのよ。いいでしょう」

「なるほど。ますます、いかがわしくなってきたみたいだな」

「いいじゃない。どうせ私たちはみんないかがわしいんだから」

——そうに違いない。康吉は、そこにいる人々をずっと見渡して思った。俺を含め、若い学生たちも含めて、みんないかがわしいに違いない。だが、トランプ手品は違う。

彼のなかで、次第に記憶が鮮明な姿をとりだした。トランプ手品——。彼は自分の気さえ向けば、クラスのコンパなどでも、気軽に手品を見せてきた。だが、それは、彼が手品にかけていた気持が軽いものであったことを意味しているのではない。それは、訓練されぬいた指先と、人々の凝視との間の真剣勝負なのだ。

「おい、やってくれるのだろうね」

豪次が言った。

「トランプなら用意してあるわ」

緑がハンドバッグからプラスチックのケースに収められた二組の新しいトランプを出した。金と赤と黒にふちどられたそのトランプは、雑然とした部屋のなかに急に独立した空間をつくった。

「これでいいんでしょう。仕掛けのあるトランプは使わないってのが鶴木さんの自慢だったものね」

そうなのだ。緑の言う通り、康吉は仕掛けのあるトランプは決して使わなかった。彼は、手品に夢中だった頃、俺は自分の指先の正確さひとつにすべてを賭けているのだと、自負していた。今、自分の前にあるそのトランプを見ていると、康吉の胸に、人々の注視を浴びながらすべての神経を指先に集中して行く時の、怖ろしい緊張の記憶が甦った。康吉の指はトランプに吸い寄せられるように動いた。

だが、彼は首を振った。

「駄目だよ。あれはトレーニングなしでできる、こういったパーティなどとは違うんだ」

あのトランプ手品の緊張は、こんないかがわしいところにふさわしくないのだ――。しかし、口ではそう言いながら、彼の手は無意識のうちに、緑の出したトランプのケースをとって、懐しげに玩《もてあそ》んでいた。

「トレーニングなしで、スペキュレーションだけで、とおっしゃりたいのですな――」と横からその様子を意地悪い目で観察していた飯森重猛が口をはさんだ。「だがまあ、しかし、鶴木さん、そう固いことはおっしゃらずに。下之条さんだって、ぼくだって、やるのですよ。ぼくがやるのは、下之条さんのタップダンスとは違って、まあ、言ってみれば、あなたの手品のお仲間だから、あなたがやって下さると、心丈夫と言うものなのですよ」

飯森のやる手品の仲間とは、何なのだろうか。彼に、何の特技があっただろうか。

その時、康吉のなかで、さっき重猛を見た時に思い出せそうで思い出せなかった記憶が、急に浮かび上ってきた。まだジュニアコースで、同じクラスにいた頃、飯森は催眠術に凝っているという噂さが拡がっていた。康吉は、それをきいた時、心に激しい反感が燃え上ったことを覚えている。

——いや、違う。催眠術と手品とは仲間ではない。それは正反対のものなのだ。

重猛の特技が催眠術だと気づいた時、康吉は、自分でも思いがけない激しさで、心に思った。さっきからくすぶっていた重猛への反感が、はっきりした記憶の甦りとともに、急に、昔にもました勢いで、心に燃え上ってきたのだった。

「よし、判った。俺もやる」

康吉は言った。手品と催眠術が、どんなに違うものか。前者が如何にいさぎよく、後者が如何にいかがわしいものであるか——。それを人々の眼のあたりに見せなければならない。そう、康吉は思ったのだった。

12

だが、それにしても、これは何んと事件、事件に充ちた晩だ！「よし、やる」と、きっとなって答えた康吉の言葉が、終るか終らないかの時、入口の戸がいきなり明いて、背の低い、がっしりした四十過ぎの男が飛び込んできた。

「へえ、ご免下さい。飯森先生はこちらで……?」

「ああ、浅川さん。お待ちしていました。どうぞ、どうぞ、こちらへ」

そう礼儀正しく答える飯森の声に応じて、小柄な男は、四角く扁平な頭をふり立てて奥へ進んできたが、それを見た時、緑が
「あら」

と、小さく声を挙げた。

「知ってる人か」

康吉がたずねると、

「うん、ちょっとね――。でも、そうか。飯森さんがあの人を知っているのは当り前だわ」

「何だい。よく判らない」

そう言いながら、康吉は、テーブルの向う側をまわって飯森に近づくその男を注視したが、次の瞬間、今度は康吉が、すんでのところで、驚きの声を挙げるところだった。そこに立つ、赤味を帯びて透き通った皮膚を持つ小柄な男は、康吉のある旧い記憶に堅く結びついている一人の男に違いないのだ。その男を見たのは、もう遙かな昔、遠く旅に出た九州の地で、ほんの二時間にも足らぬ短い時間であったが、そのことは、旧く執拗な記憶にしっかりとからみついてしまっている故に、康吉がその男を見間違えるはずはなかった。

今、飯森は男を浅川と呼んだ。だが、康吉がその男を知った時、男はそう呼ばれてはいなかった。そんなまともな名前は持たぬ、ただ留津の英とだけ呼ばれるテキ屋、それも、おそらくは、故里の土地を日本の官憲に追われて、九州の地に流れついた数知れぬ朝鮮人の一人であった。彼の日本語は流暢であったが、わずかに残る外人らしい癖とその弱い濁音、そして何よりも、彼の皮膚の色、頭の形、薄く切れた眼が、そのことを語っていた。浅川とは、それでは、この東京での彼の通称なのだろうか、かつて、留津の英が、九州での通称であったように。

「浅川っていうのか、あの男」

康吉は、驚きを隠して緑に囁いた。

「ええ。浅川建設っていうちっぽけな土建屋の社長。でも、色々副業があって、金は持っているって評判よ」

緑がそこまで説明した時、飯森重猛が、

「ではみなさんに」

と口をきった。

「浅川建設社長、立志伝中の人物、大志を懐く青年たちの良き理解者、浅川勇太氏を紹介します」

「へえ、みなさん。よろしくお願いしますよ」

浅川勇太は、土建屋らしくもなく、丁寧な言葉で挨拶したが、上目遣いにじろりっと居並ぶ人々の顔をみた、その眼つきはみなを射すくめた。

「それで、ここの親方は……？　はあ、あんたさんだな」

浅川は、学生たちの間から、眼聡《めざと》く豪次を見つけ出すと、

「あんたが、豊田さんだね。流石いい面構えだ。よろしく願いますよ」

「いや、おっさん」豊田豪次は、浅川勇太の太く短い手を、がっちりと握った。「よろしく願うのは、こちらの方さ。飯森のようなインポテの紹介で、あんたみたいのが現われるとは、思わなかった」

「へえ、飯森先生みたいな方とは、私なんぞは、まったく身分違いだね。けど、豊田さん。私は、飯森先生も今言って下さったようにだ、裸一貫から叩き上げた男だね。学問はなくとも、あんたら若い人たちの心はよく判るよ。つまり、あんたは、天下を取ろうと言うのだろう。いや、隠さんでもいい。それでこそ男だね。面構えによく出ているね。共産主義だ、何主義だと、理屈は判らないが、何千年も続いた天子さんを、自分一代で引きずりおろして、のっとろうという、その気概がいいよ」

浅川は、語尾の「ね」や「よ」に、独得のアクセントを置いて話し続けた。

「伊藤博文の馬鹿も、宇垣一成の馬鹿も、東条英機の馬鹿も、どんなに威張りちらしやがって

も、天子さんに代る勇気はなかったね。みんな弱虫だったよ。——見よ、東海の空明けて……」

浅川が、突然、戦争中の歌を大声でうたい出したので、流石の豊田豪次も、度肝を抜かれて、

「おい、おっさん……」

と言ったまま、絶句してしまった。が、浅川は平然と、

「いや、さて、それでだ。そういうあんたのためになら、私も一肌脱ぐね」

豪次は、眼をぱちぱちさせながら、辛じて態勢を立て直した。

「おう、よし。話を聞こうじゃないか」

浅川勇太は、勧められたビールを、ぐっと一息に呑み干したが、話を切り出す前に、もう一度、その細い鋭い眼で警戒するように、あたりを見まわした。

「豊田さん。ここにいるのは、みんな、あなたの同志ですかい」

同志という言葉が、浅川の口から飛び出した可笑しさに、豊田はにやりと笑いながら、

「おう、そうだとも。みな、同志さ。心配することはない」

「よし、豊田さん。じゃ私、言うよ」

浅川勇太は、もう一度、その薄く切れた鋭い眼で豊田の顔を見つめた。

それを見ていて、康吉は、ああ、やはり間違いないのだ、と思った。この男は確かに朝鮮人

だ。あの眼がそうだ。伊藤博文の馬鹿、宇垣一成の馬鹿、東条英機の馬鹿と並べた時の「馬鹿」が、パカに近く聞えるのがそうだ。そして何よりも、その三人を並べ、パカ、パカ、パカと言った時、一瞬、火のようにひらめいた激しい憎悪の念が、そうだ。日頃の鄭重さの中に、時折、瞬間的に燃え上る、あの激しさ。あれは、他民族による長い抑圧の歴史をもつ、あの民族の炎だ。――それは、康吉が、朝鮮人の友人たちに、いつも見出すものだった。「チョセンジン、チョセンジンとパカするな」昔、子供だった頃に口にした歌が、康吉の心に甦った。傲慢な侵略民族の子供たちは、四、五人の朝鮮人の子供たちを取り巻いて、クラス中でそれを合唱したのだ。担任だった中年の男の先生が、それを聞きつけて、血相を変えて飛んでくると、声をはり上げて歌いつづける子供たちを、ものも言わずに片端から撲りたおした。その担任の先生は、その後一月もたたないうちに、転任になった。

「私はだ、あんたたちが新聞を週一回出すのに、いくらかかるか、知らないね」

浅川勇太は、切り出した。

「だが、失礼ながらだ、そんな金は、私には大した金ではないよ。いくらでもいいね。それを全額負担するよ」

聞いているものは、しんとなった。もし、それが実現すれば、金の心配なしに、人民党本部派の妨害をはねのけ、東アジア条約実力阻止のキャンペーンをはることができる。

「反対給付は何だ」

豪次も、緊張の色を見せて、切口上でたずねた。

「ハンタイキュウフ?」

豪次は苛立った。

「つまり、金を出して、おっさんの欲しいものは何だ」

「何も特別なものは欲しくないね。ごく普通のことだよ。つまり、一口で言えば、私は、あんたらの新聞に広告を出したいのだよ」

「広告?」

「そう、広告だよ。毎号一頁、私の商売の広告を出す。半頁ずつ二つ。それだけだよ。広告を出して、金を払う。これくらい、普通のことないよ。その広告の一つは、一面の下半分に出す。あと一つは、豊田さん、あんたらが暴れれば、それが記事になるだろう。その記事が出る頁、社会面って訳かね、ともかく、その頁の下に出す。平たく言や、三面記事の下に出すのだよ。半頁と言ったって、豊田さん。あんたの新聞は十一段組みだろう。半分きっちりなどとは言わない。五段でいいよ。五段の広告、二つだけでいいよ」

この夜、毒舌を吐き、みなに当りちらしながらも、ずっと上機嫌だった豊田豪次の額に、この時、はじめて険しい筋が走った。

「おい、おっさん、よく知ってるな！」

彼は飛び上るようにして叫んだ。

「こちらの新聞の組み方まで調べたな。おっさんの言う頁は、勿論、広告にゃ、一番いい頁だよ。しかも、金はたんまり出すと約束しながら、六段にしろとは言わずに、五段でいいと宣《のたま》うのか。――おっさん。あんたは気がいいのじゃない。知っているのだ。よくよく心得ているのだよ。大学新聞じゃ、読まずにめくられてしまう一頁の全面広告よりも、半頁二つの方が、遙かに広告効果がいいんだ。しかも、十一段組みじゃな、記事を紙面の半分以下の上五段にみみっちく押しつめて、物欲しげな広告に六段あてるなんて、愚の骨頂なんだ。もう一段、記事に呉れてやって、ほんのちょっぴりでも記事が紙面の半分を越えるようにして、広告は主役じゃございませんって、下の五段で満足した方が、紙面がぐっとお上品になって、広告も格段に利くのさ。あんたは、そういうことを、みんな、ちゃんと心得ているのだよ。――おい、おっさん！」豪次は、また飛び上った。「あんた、土建屋だなんて、嘘だな。土、掘じくっていて、そんなこと覚える訳がない――。いや、待て。そうか！」

豊田豪次は、勇太のかたわらに立つ飯森重猛を、じろっと睨みつけた。

「お前だな、そういう智恵をつけたのは。そうだ。お前が、あの資本家どもの尻拭き紙、『国民の灯』編集の黒幕のひとりだとは噂さにきいていたが、そうか、そんな習わぬ経までも、習い覚えたのか、この糞たれ小僧！――だが」

豪次は、また勇太に向き直った。

「だが、おっさんよ。あんたが、いくら、あの生っちろい野郎から智恵を借りても、大学新聞の発行部数なんざ、たかが知れてるぜ。あんたの金に見合うだけの宣伝なんぞには、なりはしない。それは、とっくにご承知のはずだ。はっきり、きこう。あんたはそんなに金を出して、何がやりたいのだ」

「私は、もう言ったね。五段の広告二つ。それだけだね」

「そんなはずはない。おい、おっさん、なめないで呉れ。あんたの狙うのは何なのだ」

「豊田さん。あんたも若いね。インテリだね。私を疑うなんて、頭の損だよ。ひとの頭の蝿のことなんぞ、気にすることないよ。これはだ、豊田さん、いいかい、取引きだよ。私は金を払う。あんたは私の広告を載せる。それだけだね。私が金をどぶに捨てたことになるか、ならないか、それは私の頭の蝿で、あんたの蝿じゃないね。私の蝿のこと、きかれても、あんたに言う訳ないよ」

「――よし、五段の広告二つ。それが本当にすべてなんだな。あとから何もつけ加わらないな」

「そう、それだけだよ。ほかには、何んにもないね。私の広告を載せた新聞を、沢山刷ってもらうね。二千とか、三千とかでなく、一万、二万とね。そして、あんたの大学だけでなく、東京中の大学で売ってもらうね。安くしてね。十円でいいよ。新聞刷る費用は、私がみな出すんだから、あんたらに損はないよ。自治会とか、協同組合なんかには、只で送っていいよ。あんたたちの活躍が、東京中に拡がるね。どこの大学でも壁新聞になるね。その下に、私の広告が出るよ」

「判った。くどくどときいて済まなかった、俺としたことがな、おっさん。よし、若い連中の意見をきこう。おい、どうだ。坂上、どう思う」

「三つの点について、答えてもらいたい」

坂上と呼ばれた学生が、浅川勇太に眼をすえて、即座に口を切った。

「第一の点。あなたは土建業だと言った。そして、商売上の広告を出したいと言った。それ故、その広告は、当然、土建業に関するものだと諒解するが、どうか。第二の点。それが、土建業に関するものだとすれば、土建業の何を、どういうように広告することを目的とするのか。第三の点。あなたは、その広告に、我々の運動に反対する、あるいは結果的に反対する政治的効果を持ちうる、如何なる文章、あるいは画、あるいは写真、あるいはその他、あらゆる図形を持ち込まないと、誓約できるか」

その坂上の質問中、静かに扉が開いて、手にずっしりと重そうな茶色の封筒を持った三木公子が入ってきたが、室内の切迫した空気に、後手で扉を閉めたまま、そこに立ち止った。壁を通して、かすかに、パーティ会場の華やかなダンス音楽がきこえてきていた。

13

「ほう。あんたが坂上さんだね。飯森先生から噂はきいていたよ」

浅川は、俄かに嬉しそうな笑いを浮かべて坂上の顔を眺め、続けた。

「勿論、勿論だよ、坂上さん。あんたらの新聞に金を出そうって言うのに、あんたらの邪魔する訳はないよ。あんたらのために、一肌脱ぎたいだけだよ」

「質問に答えて欲しい」

坂上は突っ込んだ。

「学生相手に、どういう土建業の広告をするのか」

「いや、そう慌てるではないね。慌てる乞食は貰いが少いと言うね」

「乞食⁉」

坂上は眉をつり上げて、気色ばんだ。

「おい、坂上。そう怒るな」

横から二人のやりとりを聞いていた豊田豪次は、坂上をなだめたが、それから、やおら浅川の方へ向き直った。

「だがな、おっさん。坂上のした質問は、俺にも気にかかる。まあ、ゆっくり答えてくれないか。おっさんは、一体どんな広告を出したいんだい」

「ああ言うとも、言うとも」

浅川勇太は、急いで、みなを安心させるように大きくうなずいた。

「何も特別の広告じゃない。普通の新聞にだって出ている広告だよ。あんたらの考えにだって邪魔にならない、いや、邪魔にならないどころか、きっと、ぴったりする広告だよ。第一、坂上さんみたいな元気な若い人にこそ、大いに利用してもらいたいと思っているね。――私はだ」浅川は、その小さいが肩幅の広い身体を、頼もしげにぐっと張って、豪次の顔を見つめた。

「土建屋だよ。だけど、それだけの男ではないね。外にも、色々、商売持っているね。例えばレストランも持ってるし、ホテルも持ってる。それでだ、私はね、そのホテルの広告を出したいのだよ」

「ホテルの広告?」

豪次は、その太い眉をぐっとひそめて、疑うように浅川を見た。浅川は、もう一度、大きくうなずいてみせた。

「そうだよ。ホテルの広告だよ。そりゃ、ホテルと言ったって、日比谷の王様ホテルとか、四谷のホテル・ニューオールドとかいうのとは格が違うね。代々木に一軒、池袋に一軒、ささやかなものだよ。絨緞のふわふわした広いデラックスな大玄関がある訳じゃなし、屋上に回転食堂もないね。だけどね、人が泊るってことには違いがないよ。それがホテルの肝心のところだよ。デラックスでなければホテルではないってのは、断然、偏見だよ。差別だよ。私は絶対、そう信じているね。もっとも、うちは主に二人連れのお客さんだし、休むだけでもいいんだけどね。でも、それだって、ホテルはホテルだよ。それに、うちには冷房だってあるんだ。これからの季節には大事だよ、何と言っても。色々と汗が出るからね。いや、こりゃ、余計なことだ。つまりだ、私は、そういううちのホテルを、学生さんたちにも大いに利用してもらいたい——。そう願って、あんたらの新聞に広告を出そうと、まあ、そういった訳だよ、豊田さん」

「——つまり」豪次は、浅川の顔をじっと見かえしながら、言った。「連込宿の広告だな」

「まあ、短く言えば、そういうことになるね」

「うむ——」

豪次は考え込んでしまった。

「何も考えることはないではないかね」

浅川は、膝を乗り出すようにして説きはじめた。

「私は、本当に学生さんたちのことを考えているのだよ。だって、そうだよ。学生さんたちは若い。当然、そういう場所は必要だね。ましてや、あんたらは、意気盛んな学生騒動の一党ではないか。昔から、英雄色を好むと言うではないかね。だから、不肖私はだ、あんたら学生さんに、ご清潔でご衛生的な設備を、安く提供したいと心から願ってるのだよ。これ、私の本当の真心だよ。勿論、それに学割だってやるよ。広告を切り抜いて、学生証と一緒に出せば、二人とも学生ならば二割引、片方だけが学生なら一割引、自治会の委員さんと、それに運動部の人は、血気が盛んなんだから、特別割引がもう二割。割引のために新聞を買う人だっているから、新聞の売行きも、ずっとよくなること、受合いだね」

「うむ――。そりゃ、おっさんの言う通りだろうが……。だがねえ、連込宿の広告ねえ――」

日頃、多弁饒舌の豪次も、思案を決めかねている様子だった。浅川勇太はそれを見て、

「豊田さん。考え込むなどとは、可笑しいではないかね。連込宿の広告じゃ、いけないと、あんたは言うのかね。それは、あんたらの言うブルジョア的ヘンケンではないかね。男と女が自由にやれなくてだ、何が一体、カクメイだよ。それこそが、ニンゲンのカイホオ、ダンジョのビョオドオって、ことだろう。私はダンコそう信じるよ。今の社会じゃ、金がなければ、やりたくったって、やる場所さえないじゃないか。このシンコクなジュウタクナン！　どの男も、どの女も、金のありそうな相手ばかりを追いかけているってことは、さておいてもだ。だから、不肖私はだ、それをだよ、学生さんたちのために、どうにかしたい。せめて、安心してやれる

場所だけでも、安く提供しようって言うのだね。私は、そりゃ飯森先生とはおつき合い頂いてるよ。だけど、腹の底を断ち割って言やぁ、ゼッタイあんたらの味方だよ。裸一貫から叩き上げた貧乏人の倅だからね。お上品にかまえるのは、大嫌いだね。実力本位、大賛成だ。所有権、一夫一妻制なんか、糞くらえだよ。だからこそ、及ばずながらだ、シホンシュギのブルジョアドートクのシッコクにシンギンしている学生さんたちに、ジユウとカイホオの場所を提供したい――、そう言っているんじゃないか。それが、私の本当の本音の赤心だよ。それを、あんた、判らないなんて、豊田さん、あんた、可笑しいではないかね」

「判る、判る。おっさん、よく判る。疑っている訳じゃないんだ」

豪次は困惑して、天井を睨んだ。

「だが、なあ……」

「だがって言うことはないね、豊田さん。あんたらしくもない。それとも、あんたも、自分が天下をとったら、ホテル・ニューオールドを、人民結婚宮殿とやらにでもして、もっこ担ぎや旋盤まわしにモーニングでも着させて、奴らにプチブル的マンゾクを与えようってのかね」

「おっさん。あんたの言うことはよく判る。よく判っているのだ」

豪次はいつもに似合わず、弁解しているかのように口ごもった。

「だがなあ、おっさん。俺はね、現実の中で思考し決断する政治家なんだ。俺は、この現実の中でアップ、アップしつつ、必死に泳いでいるんだ。それは簡単なことじゃないんだ。——そりゃ、絶対的自由へ向っての永久革命もいいさ。だが、俺はね、その永久革命の理念を、平和と民主主義っていう、ふやけ切ったプチブル思想で一杯になっている大衆諸君の頭の中へ叩き込んで、奴らをして、絶対的自由への最初の一歩を踏み出させなければならないんだ。まったくの話、俺たちの運動対象たる連中が、如何に堅固なるプチブル安全思想の中で、ぬくぬくと眠り込んでいることか。それを考えると、俺でさえ絶望的になることがあるんだぜ。——そりゃ、奴らの身体の底でくすぶっているのは、自分が充たされていないことへの本能的不満、疎外された自己への鈍い怨恨の火種さ。それは、今ここにあんたがいるのと同じ位、確かなことだよ。だがな、よく覚えててくれ。その火種は決して燃え上らないんだ。くすぶっているだけなんだ。永久にくすぶっているだけなんだ。それを、燃えさかる炎にするなんて、到底できやしないんだ。そして、俺のしようとしているのは、その到底できやしないことなんだ。奴らに、どこから火をつけたら、革命の炎となって、燃えさかるのか。それを知ることは、凄くむつかしいことなんだ。慎重に考えて、考え過ぎることはないんだ。——おっさん。そりゃ、あんたの言うことは、逐一正しいさ。だがな、俺は、俺たちの新聞にあんたの広告の載ったところを想像すると、俺としたことが恥しい話だが、まったく勇気がくじけるんだ。俺たちの新聞に連込宿の広告が出てみろ。下劣な好奇心にはち切れそうになっている週刊誌ジャーナリズムは勿論、お茶の間代表でございってやに下がる大新聞とかテレビのニュースショー、日本の良心って面を下げて、もったいぶったことを言う進歩的文化人、それに、自己の批判者の口を封ずるためなら、手段を選ばぬ人民党本部派の官僚どもが、一斉に飛びつくことは眼に見えているんだ。そうしたら、大学生活の不毛の中で、漸く自己の中にひそむ絶対的自由への渇望に気づき出した連中も、潮干狩にかかった馬鹿貝のように、ぴたっと口をふさいでしまって、すべて元の木阿弥だ。奴らは、真の愛情とか、心による結びつきとか、精神的一致とかいうお子様ランチの堅い殻に、頑《かたく》なに閉じ籠ってしまって、俺たちに向って不潔だとか不道徳だとかって金切声を上げるだけではなく、俺たちの政治運動にまで、非常識、ついていけない、思い上りなど、など、それこそいい気な思い上りをそのまままさらけ出して、背をむけてしまうに違いないんだ。あんたの言うことは、原理的にはどんなに正しくとも、結果的には、精々のところ、折角、日常の泥沼の中から這い出そうとしている連中を、また、違う泥沼であるに過ぎない人民党指導下の、カマトト的お焼香デモに追いやることになるんだ。少くとも、その危険があるんだ。

──そうなんだ」豪次は、急に怒りに燃えた眼で、そばに立つ飯森重猛を睨んだ。

「こいつが、おっさんを俺のところに連れてきたのも、それを狙ったに違いない。やい、そうなんだろう」

「さあ、どうですか。ご賢察にまかせましょう」

豪次の罵声に、重猛はにこやかに笑うばかりで、相手にならない。

「いや、豊田さん。見かけによらず、あんたも胆っ玉が小さいねえ」

重猛に代り、浅川勇太が、明らかな嘲りの笑いを浮かべて、豪次に応じた。

「だって、そうだね。私には学はないね。むつかしいことは判らんよ。だが、あんたは『週刊毎週』とか『ヤット・レディ』『凡くらパンチ』——、あんなものがこわいのかねえ。それとも、人民党の『ムシロバタ』に叩かれたくないのかね——。豊田さん、あんたには大体、確信ってものが欠けてるよ。人間、口では何と言っても、男と女のことが嫌いな奴はいないもんだ。あんたら、デモする時、腕を組むだろうが。その時、必ず男、女、男、女と組むことにするといいね。そうすればだ、私は保証するよ。テレビの『メザマシ・ニッポン』で、『何と申しますか、困ったことですねえ、私たちも考えねばならないのではないでしょうか』って言ったって、『ムシロバタ』が、『左翼をよそおう破壊分子のルンペン的正体をバクロ』って書き立てたって、学生さんたちは若いんだ。みんな、あんたの新聞と、私の広告を支持するね。これは、私の人間についての確信だね。四十五年、無駄飯食ってはいないよ。言っては失礼ながらだ、この際、飯森先生のことなど、問題にならないね。そりゃ、この広告の話を持ちかけたのは飯森先生だよ。しかし、この際、はっきり言うね。飯森先生には飯森先生の、オモワクってものが、ありなさるだろうよ。だが、私には私のオモワクがあるし、豊田さん、あんたにはあんたのオモワクがあろうが。私が、もう言ったね。人の頭の蠅は人にまかせるのが、利口ね。豊田さん、あんた、人のオモワクばかり気にして、度胸ないよ」

「うむ――」

「この広告の掲載には、絶対反対する！」

また豪次が考え込んだ切れ目に、今度は、若い坂上が、ぴしりと打ち込んだ。

「我々は、如何に美辞麗句で飾られようとも、崩壊しつつあるブルジョア社会の末期的頽廃にしか過ぎないものに、手を貸すべきではない。広告掲載希望者の、ブルジョア道徳の現段階に関する分析そのものは、まったく正しい。我々は、権力と結びついた偽善的なブルジョア道徳の強制下にある。反動政治家どもの蓄妾は公認され、青年たちは健全交際の名の下に、禁欲を強いられている。だが、問題の解決は、社会の全的変革、即ち革命によってのみ、はかられるべきであり、かつ、それのみが真実の解決たりうる。それ以外の手段は、すべてまやかし、反革命者たちの現状固定化へのひそかなあがきに過ぎない。そして、その典型こそが、今ここで問題となっている、いわゆる連込宿あるいは温泉マークと呼ばれるところの、男女性交のための小宿泊ないしは休憩設備群なのだ――。正確に状況を分析すれば、すぐ判る。そうした設備群が、変革を志す若き革命家の自己解放の場になりうるなどとは、空想的改良論者の夢か、悪質な反革命の働きかけ以外の何ものでもありえない。もう一度、言う。正確に考えよう。そうした設備群の最大の利用者は、ブルジョア社会学の統計さえも語る通り、決して独身の青年男女ではない。それは主として、既に妻帯し、蓄妾するだけの余裕はないが、このブルジョア社会の中で一応しがみつくに値すると自らは信ずるところの居心地よい地位にまで辿りついた状況順応主義者たちの、婚外性交のために利用されている。そして、たとえ広告掲載希望者の主張する如く、彼が真実、現在自由にしうる経済手段に関して言えば相対的に不自由な層である学生のためを思い、特別な便宜の提供をはかるとしても、それは主観的な真実にしか過ぎず、その客観的結果は変わらない。我々は、自分たちが、冷厳なる資本主義社会の経済法則の下に生きていることを忘れてはならない。広告掲載希望者の提供するものが、当初は学生のための設備であっても、自由競争の下にあっては、それは、より大きな支払手段を持つ顧客層の要求に応じて、必然的に変貌してしまうであろう。いや、もし、百歩譲って、設備所有者の理想主義によって、最初の性格が保持されるとしても、その利用者たる学生たちは、そういう局所的解放を、全社会的解放へ進めようとするのではなく、逆に、学生としてそこで享受しつつある特権を、将来も社会の中で保持しつづけることを願い、やがて、より大きな支払手段を持つ顧客層の要求に応じて存在する、より上層的設備の利用者たりうることを望み、そして、更には、いつの日か蓄妾者たる栄光を獲得することさえをも夢みはじめるだろう。そう考えれば、我々のなすべきことは明確だ。我々は、彼らに、まやかしの解決を推奨し、それによって彼らを眠り込ませてはならない。我々は、彼らの不満を、不満としてより鋭く意識させ、より強烈に組織し、ただ変革のみを志向する一枚の刃と研ぎ上げねばならない」

「へえー、坂上さん。それは可笑しいね」

浅川勇太は、向きを変えて応じた。

「あんたの言う通りだとすると、カクメイとやらが起きるまでは、男と女は、やってはいけないかね。そりゃ、あんたはいいだろうよ。あんたは、元々、堅すぎて、女には持てそうもないからね。だけどだ、坂上さん。カクメイの時は、バリケードでおっ死んじゃう若いのだって、いるね、きっと。そいつがおっ死んじゃったあとで、カクメイが成功すれば、その時は、みんな自由で、金がなくたって、男と女が自由にやれるいい世の中になるだろうよ。だけど、そん時は、その若いもんは、もうこの世にいないんだね。そこんとこをだ、坂上さん、よおく考えてもらいたいんだね。そんな、バリケードから一歩もひかないようないい若いもんがだ、いくらカクメイのためだって言ったって、女と一度もやったことがない間に、おっ死んじゃっていいものかね。若い身空で死ぬんだ。せめて、思う存分、女とやらしてから死なしたいと思うよ。それを、カクメイのための出刃包丁にしちゃうってのは、少し、坂上さん、ひどすぎるね」

「原則は守らなければならない。革命のために個的欲望が犠牲にされるのは、当然のことだ」

坂上は反論した。「個的欲望を云々するのは、実は、他人への同情を口実として、ちっぽけな欲望に固執しようとする自己のプチブル的内心をさらけ出しているに過ぎない。自分の個的欲望を犠牲にする用意ができているものは、少しも良心に恥じることなく、同じ革命への道を歩む他のものの個的欲望をも無視して、全体のためを考えることができる。変革のために必要なのは、安易な同情やプチブル的感傷ではなく、すべてを革命の一点へ集中しうる強靭な心なのだ。男女交合の暗い陶酔を勧め、現状破壊の鋭い牙を鈍らせるような広告は、その広告掲載希望者の主観的意図の如何にかかわらず、我々は断乎拒否する」

いきり立つ坂上をみて、浅川はにやにやと笑った。

「坂上さん、察するにだ、あんたは多分、まだ女を知らないようだのに、随分……」

「個人的事情は、政治的判断には関係ない！」

坂上は、きっとなって、浅川の言葉をはねつけた。

「へえ、これは失礼したね」浅川は依然として笑いながら、

「よし、それはもう言わないよ。あんたは、頭がいいから、知らなくったって判るだろうからね。だが、しかしだ。坂上さん、あんた、私の広告を断わってだ、どうやって、あんたらの新聞を出すつもりだね。今、人民党に尾をふってる連中から、兵糧攻めにあっているんだろうが、ええ。あんた、どこかに頭を下げて、金をもらってまわるのかね。学生さんの下げつけない頭ってものは、なかなか下がらないものだぜ」

「我々もまた、我々の頭の蠅は、自分で追うことができる！」坂上はたじろがない。「我々は現実の中の運動者だ。もし、財政難から新聞発行不可能の状況に至れば、広告の持つ思想的マイナスと、広告料によって発行される新聞の運動への寄与のプラスとの比較によって、広告掲載の可否を判断するだろう。個人的見解としては、そういう状況にあっては、あえて広告を掲載すべきだと考える。だが、今晩のパーティの全収益は、辛じてではあっても、現在の残金とともに、次号の『大学の旗』の発行を可能とするだろう」

14

「何故、私たちは、そうした広告の掲載を怖れる必要があるのでしょうか――」

突然、茶色の封筒をかかえて入口の扉のところに立っていた、やせて小柄できつい眼差をした三木公子が、口を切った。

「私たちが、自分の心について確かならば――、何故自分が運動に参加しているかを知っていれば――、何故自分が今ここにいるかについて確かならば――、私たちは広告の掲載を怖れる必要はありません。私たちの運動には新聞が必要です。人々の心に語りかけ、変革を呼びかけるためには、新聞が必要です。そして、新聞のためにはお金が必要です。次の号にせよ、あるいは次の次の号にせよ、いつかお金が不足することは確かです。よしんばお金が辛うじて足りるとしても、更により多くのお金があれば、更により多くの人々の心に、更にしばしば語りかけることができます。ことによれば、若い高校生たち、突き上げる生命感と虚ろな毎日の間の谷間に落ち込んで、自己の無器用さに絶望している、あの高校生たちの心に語りかけるための、変革を呼びかけるための、特別の新聞を発行することができるかも知れません。広告の掲載は是非必要ですし、少しも、それをためらう理由はありません」

「そうだとも、そうだとも、お嬢さん。あんたには特別招待券を上げるよ」

浅川勇太は、そのずんぐりと頑丈な身体を、嬉しさの余りゆさぶるようにして叫んだが、三木公子は、そちらをちらりとも見ることなく、坂上の方をむいて、続けた。

「坂上さん。あなたのおっしゃったことは、間違っています。私たちが変革を志すのは、自分の感性的欲求が充たされないからではありません。私たちの心が、現在の不正に——、現存の秩序の中で日々あらわな不正を見ることに、堪えないからです。生は悲劇的です。その中で、私たち一人一人の気まぐれな欲望が圧しつぶされること位、一体、何でしょうか。けれども、私たちの心は、自分の個人的悲惨さには堪ええても、社会の名において弱い人々の心を圧殺して行く公然たる不正を前にしては、黙していることができません。その私たちの心の痛みが、変革を志す私たちの唯一の根拠であり、それだけが、正当な根拠でありうるのです」

「いや、違う!」

坂上は激しく言った。

「傍観者のセンチメンタリズムなど、役には立たない。自己の上に加えられた不正への憤りだけが、革命を点火する」

「いいえ、そうではありません」

公子は、悲しげな顔で答えた。

「自己の個人的欲望が満たされないための怨恨を、組織化し、暴力化することが、革命に何の関係があるのでしょう。怨恨は、それが如何に避けえない理由から生まれたものでも、遂に怨恨にしか過ぎません。多くの人々の怨恨から新しい社会が生まれたとしたら、その社会は旧い怨恨の影におおわれて、また新しい怨恨の人々を生み出すでしょう。——私たちの心の底深くには、どんなに多くの怨恨が、うごめいていることでしょうか。けれども、変革を志すとは、そうした怨恨を復讐のために解き放つことではありません。逆に、私たちの変革への参加は、そのまま、自己のうちなる怨恨を克服する過程であるはずではありませんか。——私たちの帰る先は、いつも、私たちの心より外にはありません。弱い人たちが、私たちの新聞の広告の中に、自分の感性的満足のための手段を見つけても、いいではありませんか。私は、たとえ自分にはそうしたことが起きないとしても、二十歳の恋人同士に、互いに裸の胸を寄せ合って眠るいっときを、喜んで贈りたいと思います。それらの人々が、そのあと、性の薄暗がりの中へ沈んだまま、現実のすべてを忘れるか、あるいは再び立ち上って変革への道を歩み出すかは、ただ、そこへ働きかける私たちの、変革を志す心の熾烈さにのみ、よるのです。それは、私たちの問題です」

「そうさ、お公さん」

今まで黙って聞いていた豊田豪次が、再び言葉をはさんだ。

「革命は、大衆の自然発生的な総意によるのではない。それは、奴ら大衆をして革命的ならしめる少数者、つまり俺たちの問題なのだ。——だがな、お公さんよ。俺は、だからこそ、迷っているんだ。ことは、お公さんの言うほど、簡単ではない。奴らは、平和と民主主義、人間の個性と自由っていうブルジョア的偏見に、まったくひたり切り、しかもこの日本では、奴らはそれを進歩的だと信じ込んでいやがる。二十歳の恋人同士とやらも、誠実な愛情とか、清潔な結びつきなんてお子様ランチで飾らなけりゃ、裸の胸一つ寄せ合えねえのよ。まったく腹が立つ。だがな、お公さん。俺たちは、さっきも言った通り、たとえそうした石部金吉諸氏諸嬢でも、政治的軽率さから、のしをつけて本部派デモに進呈するようなことは、決してしてはならないんだ」

三木公子は、この言葉に、先ほど坂上の言葉に見せたのと同じ悲しみの表情をあらわして、豪次を見つめた。

「豊田さんは、御自分も他の人たちも、ただ同じ人間であるということが信じられないでいらっしゃるのです。そして、その時、革命の堕落が始まるのです」

「おお、お公さんよ。『大学の旗』の聖なる精神よ。そんな悲しげな顔をするのではない。この俺までが、心が痛むではないか。——だが、お公さんよ」豪次は、柄にもなく低い声で語り続けた。「あんたは、人間を、みな自分と同じようだと思ってしまっているのだ——、われらの聖なるジャンヌ・ダルクであるお公さんのような人間が、またと存在する訳はないのに。お、お公さんよ。俺は人間を信じているぞ。そこにいる肥った法学部助教授の豚めが、自分のことは棚にあげて、他の人間たちを豚だと信じているのと同じ位確かに、俺は人間を高貴なものだと信じているぞ。だからこそ、俺は、奴らを、今沈み込んでいるプチブル風の偽善と怠惰の泥沼から引きずり出して、高貴な野蛮さとは何であるか、それが如何に厳冬の寒気のように人の心をひきしめるものであるか、骨の髄まで思い知らせてやりたいんだ。だがなあ、お公さんよ、判るか。そのためには、日常という人食い沼のなかで、慢性的な死に身をまかし、よだれをたらして眠り込んでいる奴らの首に、綱をつけてひきずり出す他はないんだ。そして、この作業、つまり、人食い沼の中で眠る奴らの首に綱をつける作業——、これはむつかしい作業なんだ。こちらも、底なしの沼に足を踏み込まなければ、奴らには届かない。しかも、その時、一つ間違えば、連中がなお一段と深く沼の泥の中へ沈み込むだけではなく、てめえまでもが、足がかりのない泥の中へずぶずぶと沈んで行って、プチブル的安定の人食い沼の、人身御供になってしまう。それはまったく、危いバランスと度胸と勘の荒仕事なんだ。どの道、そこからは、無きずでは戻れないんだ。そして、お公さんよ。俺たちの聖なる公女よ。頼むから、そんな悲しそうな顔はしないでくれ。この、荒仕事であり、同時に繊細な綱渡りである政治って作業には、やはり俺の方が熟達しているんだ。俺は、おっさんの広告を絶対載せるなと言いやしない。が、これは危い綱渡りなんだ。慎重にしろ――、政治の本能が、そう俺にささやきかける。俺は、今、断崖の上に張られた一本の綱に最初の一歩を踏み出そうとしている曲芸師のように、すべてを見通し、考量しつくしたいと思っているんだ」

「数千の疑心が考えつくした最後の思案よりも」三木公子は、静かに悲しげに答えた。「一つの信頼の生むためらわぬ決断の方が、私たち人間の確かな導き手なのです。たとえ千仭《せんじん》の谷間に落ちても、この世で一度心に懐いた信頼は、砕けることがありません。一つの信頼は、人々の心に幾千もの信頼を呼び起こし、人間とは何でなければならないかとの自覚を呼び起こします。あえて信じない時、本当の変革はないのです。変革の目ざすものは、人間の心を曲芸師が一本の棒であやつる皿であるかのように玩《もてあそ》ぶ政治という作業の、最終的死滅でこそあるはずです」

「いや、なかなか、面白い」

白いのっぺりとした顔に満足気な笑いを浮かべて、飯森重猛が口をはさんだ。

「あなた方、アイデアリスト諸氏諸嬢の、湧き出る泉のように清らかにして高貴なる心にふれると、本当に、身も心も甦るようですよ。しかも、私のような敵、と言って悪ければ、部外者を前にして、かくも率直な議論が交されるとは、いや、まことに、人民党本部を官僚主義と批判しただけのことはある。まったく、心から感服しました。豊田さんの規定によれば豚である私にも、それに感服する位の心は残っています。いや、それとも、豊田さんは、人間は本来は高貴であるとおっしゃったようだから、それは、私の中に潜在する高貴さの表われかな。何しろ、豊田さんのお説によると、私は結局豚なのか、それとも、本来は高貴なものである人間なのか、その辺が判然としないので、私としても、少し戸惑ってしまうのですが——。が、いいでしょう。私だって学者です。自分個人のことに、そんなにかかずり合う男ではありません。三木さんもおっしゃった通り、私個人のことなど何の意味がありましょうか……、ですよ。普遍こそ、学の求めるものですからね。だからこそ、私の専攻する学である政治学は、人間が人間を支配するという、この不可思議なる現象を、すべての人間に遍在する本性から理解しようと努めるのです。たとえば、ある学説は、食糧が全人類の食欲を充たすに充分なだけないから、そして人間はまず自分の食欲を充たそうとするものであるから、そこに支配被支配の関係が生まれるのである……、という風にね。この学説に従えば、我々人類の技術が充分に進歩した暁には、全人類の全欲望は充たされ、支配被支配の存在する原因は解消し、まさに、そこでは政治が死滅するという訳です。これこそ、ミス『大学の旗』たる三木公子嬢の夢みる理想の境地ですな。だが、もし、もしですよ、そもそも人間の本性の中に、他人を支配したい、他の人間を自分の足元にひざまずかせて、そいつを泥足でなぶり、踏みにじり、相手の悲鳴の中に自らの力と優越を確かめて楽しみたいというような邪悪な心がひそんでいるとしたら——、更に、ことによったら、その相手の側にも、口に泥靴を押しこまれ、ぐいぐいとこねまわされて、だらしない苦痛の悲鳴を挙げながら、しかも、そこに隠微な喜びを感じる心がひそんでいるとしたら——、つまり、男と女が毎晩ベッドの中で、旧い暗い衝動に身をまかせて……、いや、つい、口が滑って。が、とにかく、つまり、人間ってものが、そういうものだとしたら——、これはちと、話が複雑になりますな。いえ、考えてもご覧なさい。人間って奴は、知力はなかなかどうして大したものですよ。何しろ近頃じゃ地球の上では物足りなくて、他の星にまで探険の手をのばそうっていうのですからなあ。でも、おかしいじゃありませんか。そんなに知力の発達した人間が、たかが自分たちの持つちっぽけな欲望を、充分満足させるだけの方法をば、未だ発見できずに、日々、政治ごっこで時を送っているってのは。思うに、これは、やっぱり、人間が根っからの政治好きで、他人を自分の意のままにひいひい言わせるのが好きなので、あるいは言わされるのが好きなので、政治の死滅する桃源郷なんぞ、望んでいないからだと理解するべきではないか（だって、人類が望みさえすれば、全欲望が充足され政治の死滅する桃源郷を作ることなんぞ、お茶の子さいさいのはずですからね）——、ってのが、つまり、政治学者としてのぼくの頭を、時折、ちらちらとかすめる悲しい疑いなので。いや、いや、ここにいる人民同盟派の諸君の政治への傾愛に、そうしたものがあるなどと申すのではない。人民同盟派の諸君に限って、そんなことがあろうはずは……、いや、ぼくは、人間として、決して信じたくないですよ。いえ、まことに、ぼくも、ごく平凡なる人間としての、人間性に善を求めたい気持と、事実の認識にのみ徹すべき学者としての、いわば厳粛なる義務との間にはさまれて、絶望的になることも、しばしばですな——。だが、いや、余計者が、とんだおしゃべりをしました。坂上さんから、他人の頭の蝿には手を出すなと、叱られましょう。ただ、時間もそろそろないようですから、早い目に、鉄の如き団結とやらを取戻して頂きたいものですな」

「おう。色香のあせた女ほど、金ぴら衣裳、虚飾の宝石で身を飾りたがる」豊田豪次が猛然と反撥した。「飯森の口からなめくじの如く這い出す、死んだ言葉言葉の際限ない葬列など、彼の心に刻まれた老醜の、ひだのたるみを語るばかりだ。こんな豚野郎は一言で片づけることができる。こいつは、糞溜めに落ちて、決して這い上れぬことを内心悟ったどぶねずみなのだ。黄金色にまぶされたねずみは、世界は、どこへ行っても、糞溜めなのだと、金切声で主張しつづけるが、それは、何よりもまず自分に言いきかせるため、糞溜めの中でくたばる他ない自分を慰めるためなのだ。——が、俺は何と心優しい男だ！　それも、あわれな自己慰撫のためかと思えば、憐憫の情が湧いてくるわ——。だが、さて、おっさん」

豪次は、浅川勇太の方を向いた。

「今、お聞きの通りだ。お恥しいことながら、これは、俺たち仲間うちで、一日二日、考えさせてはもらえんだろうかね」

「なんの、あんたら、そんなに相談することなんか、ないと思うね」浅川は、少しうんざりしたような顔で応じた。

「私の心は、天野屋利兵衛みたいだよ。まったく、けがれなしだよ。……けど、まあ、仕方ないね。学生さんらには、こちらには判らない事情もあるんだろうよ、きっと。待つよ、待つよ。慌てる乞食は貰いが少い……。私が、それ、自分で言ったね。はっ、はっ、はっ」

浅川は、可笑しそうに笑って、ずんぐりした身体をゆさぶった。

「でも、豊田さん。私は、何だか知らないけど、あんたらが気に入ったね。これは少しだけど、志。広告の話とは関係ないよ」

浅川はそう言って、たて縞ねずみ色の背広の内ポケットから、分厚い財布を取り出すと、一万円札を一枚抜き出した。

「これで、みんなに、一杯飲ませてやるといいよ。何しろ若いんだから、わっとやんないと、身体に毒だね。それから、あんたらの相談がまとまったら」と、名刺をそれにそえて、「ここに電話を欲しいね。——では、私はこれで失礼するよ。向うで、ダンス踊らせてもらうよ。戦争終った頃、放出の長靴はいて、キャバレでよく踊ったね。楽しかったよ。女学生さんと踊れるなんて、果報は寝て待てって、言うね」

浅川勇太は、そう言い残すと、飯森に腰を低くかがめて挨拶し、扉を明けて出て行った。みなは、一斉にそのあとを眼で追った。が、豊田豪次ひとりは、自分の手に残された一万円札を指先でひらひらさせながら、下をむいて、屈託げに考え込んでいた。

「この問題の討議は、明日に持ち越すことを提案する」

坂上の声に、みなは我に帰った。

「時間はもう八時に近い。余興開始の予定は、既に大幅に遅れている。会場使用は、後片付けの約十五分を考えれば、ぎりぎり九時十五分までだ。すぐ、余興に入ることを提議する」

坂上は言い終って、もう一度みなの顔を見まわした。豪次も、他の新聞部員たちも、坂上の言葉に、それぞれ自分の思いから覚めたように、まわりを見まわした。だが、その中で、扉のかたわらに立っていた三木公子だけは、今しゃべり過ぎた自分を恥じるかのように目を堅く伏せて、少し不自由な足を引きながら、みなの坐っている奥の方へ歩み寄った。そして、

「売店の売上金を保管して下さい」

そう言って、坂上に、胸にかかえていたずっしりと重い茶色の封筒を渡し、坂上がそれを、もうひとつの同じように分厚い茶色の封筒と重ねて、しっかりと麻紐でからげるのを見届けると、すぐ向きを変えて、やや不均斉な歩みを背中の揺れに見せつつ、自分の持場であるパーティ会場へと戻って行ってしまった。その時、飯森重猛の眼が、突然暗い情熱に燃えて、その公子の動きをじっと追って行ったが、そのことに気づいたものは誰もいなかった。

公子の出て行った扉が静かにみなの前で閉まってからも、暫くは沈黙が続いたが、やがて、気を取直したように豪次が叫んだ。

「おう、そうさ。坂上の言う通りだ」

「これを見ろ」豪次は、紐でからげられた分厚い二通の封筒を指さした。「これが今晩のパーティの収益、切符代金と売店売上げだ。これだけあれば、次の号は充分出せる。急ぐことはない。来週のはじめにでも、そうだ、この金で」と、指先につまんだ一万円札を、もう一度振りまわしながら、「みなで酒でも飲みながら、考えればいいことだ。今は、さあ、すぐ余興にかかって、また、たんまりと、『大学の旗』の発行資金、反動の豚どもの『国民の灯』と権威亡者らの『ムシロバタ』の両方を、ぐうの音も出せないようにやっつけるためのお賽銭を、稼ぐことにしよう。——おい、緑に鶴木」豪次は康吉と緑の方へ振り向いた。「待たせたな。とんだ弱気のところも見せてしまった。まあ、ご覧の通り、これだけは稼いだのだが、資金豊富の国民党と人民党を相手にしようと言うのだ。俺たちのため、人民同盟のために、なお一層がっぽり稼いでくれ。それに、飯森助教授。貴様もだ。貴様の連れてきた客を、あれだけ丁寧に遇したのだ。そのお礼のためにも厭とは言うまいな」

「いえ、どうして、どうして。そんなことを言う訳はないではありませんか。私は、今晩の出来事のすべてに、心から満足しているのですよ、豊田さん。さあ、いつでも、会場の方へ参りましょう」

　豪次に声をかけられた飯森は、たちまちいつもながらのにこやかさに戻って、答えた。耳を澄ますと、会場の方からは、先ほどと変わらぬ楽しげなダンス音楽が響いてくる。よし、と立ち上った豊田豪次を先頭に、みなは、一人二人の学生をその控室に残して、いよいよ余興に取りかかるために、会場へと急いだ。人いきれと、煙草の煙と、きらきらと光るミラーボールで、陽気にゆれる会場では、既に係りの学生の手によって余興のプログラムが発表され、やや踊り疲れた人々は、今度は、楽しい出し物への期待で、次第に胸をふくらませているのだった。

第二章　間奏曲

1

同じ頃、裏日本のある小さな町で。

田舎の夜は、早い。静かな郷里の家の裏座敷に、疲れた身体を横にしていると、寝そびれて眼の冴えた祐子の身体に、寝苦しかった夜汽車の響きが甦って来る。

夜に入ってから少し風が出て、裏座敷のすぐ北側に立つ、けやきの防風樹が、かすかに枝を鳴らしている。この地方にも、遅い春が漸く訪れて、昼間はむっとするほどの暖かさだった。が、こうして夜になると、また空気は快い冷やかさを取戻し、今は、日中の暖気に蒸された濃緑の樹々の葉の放つ匂いが、わずかに部屋の中に漂って、人々の心に、あるかなしかの不安の影をかき立てるだけだった。

「そういうことでは、私は世間に顔向けができない！」

久し振りに帰った祐子を前にして、そう言い切った父の語気の烈しさは、今も、祐子の耳にあった。父は祐子の生き方を決して認めないだろう。が、それでいながら、祐子には、父の言うこと、というよりは、父の語気の烈しさ、あるいは、その時の着物のえりを正して、きっと背筋を立てた父の姿勢が、自分の心に近しいものとして、思い浮かべられた。

ああした烈しさなど、私にはない。私は、日を迎え、日を送って、平穏さも祈らず、烈しさも願わず、ただ時間のうちに身を置いているに過ぎない。それなのに、何が私にそれを近しいと感じさせるのか。また、それを近しいと感じながら、私が決してそうなりはしないのは、何故なのか——。かすかに不安の匂いのただよう、早い田舎の夜の静かさの中で、祐子の心に、そういう問いが漂った。

祐子が、この郷里の家に戻ってきたのは、三年ぶりのことだった。大学を出、勤めはじめてからの一、二年は、閑さえあれば、すぐにもここへ戻ってきたものだった。心が疲れ、矢も楯もたまらず、わずか一日足らずの時間を郷里で過ごすために、貯金を下ろして、土曜日の午後、羽田から大阪へ飛び、更に大阪から郷里の近くの小都市へ小さな飛行機を乗り継ぎ、翌日の日曜の午後にはその逆のコースを辿って、深夜便で羽田に帰り着くというようなことをしたことすらあった。

それが、いつからか、ふっつり帰ろうとしなくなったのは、それだけ東京での生活が充実したためではない。それは、むしろ逆だった。

　大学を出てから二年ばかりの祐子の生活は、少くとも、今よりは、まだ色彩のある生活だった。仕事も今とは違った。祐子は、ある民間テレビのディレクターの卵だった。半年の見習い期間が済んで配属されたのは、ドラマの演出をしたい祐子の希望とは違って、婦人生活部だったし、元々地味な祐子の性格もあって、それは、世の人がテレビの女性ディレクターときいて想像するだろう華やかさからは遠い、地道な生活ではあったが、しかし、それでも、毎日会う人たちも様々であったし、また、たとえ料理の仕方一つにしても、テレビという新しい媒体を使ってそれを伝えるには、まだまだ新しい工夫の余地が大きく、祐子は、自分がそこで充たされていることを信じていられた。だからこそ、そうした忙しい生活の中で、高校を卒業するまでを過ごした郷里の風景が時折心に浮かび上り、それへの懐しさが烈しく祐子をとらえたのだったろう。そして、ぎりぎりの時間を算段して戻ってきて、自分の勉強部屋だった裏座敷に身体を置けば、たとえ半日ほどしか居られなくとも、ある落着きが祐子の心に甦ってきて、また新しい気持で東京の雑踏へと帰って行けた。一口に言って、祐子はまだ自分を信じていたし、それにつれて、そうした自分が疲れた時、自分を支え直してくれる世界の確かさのようなものも信じていた。

　自分が、ひいては世界が、自分にとってもはや確かではない――。そういう回心が祐子を訪れたのは、勤め出して二年目のある事件からだった。いや、正確に言えば、半年ほど続いたその事件の間に、徐々に祐子の心をむしばむものがあったと言うべきかも知れない。

それは、言ってみれば、至極ありふれた、妻子のある年上の男との恋愛事件だった。大学時代、ボーイフレンドと附合うなどという派手なことは自分の身にそぐわない思いで、いつもそうしたことから一歩を退いていた祐子にとって、それはまったくはじめての経験であったが、一度決心すると、それだけ思い切りよく、祐子はすぐに身体の関係にも入って行った。そのことに後悔は、今もなかった。ただ、それから別れるまでの半年間、様々な気持の揺れ動きの中にあって、祐子は、判っていたつもりの自分という人間の心の、案外な不確かさ、というよりは、底のなさ、底のないバケツのようなあっけらかんさにぶつかって、しばしば、全身が冷え込むような思いを経験したのだった。

妻子のある相手であってみれば、いずれ別れなければならないことは判っていた。が、それにもかかわらず、ためらうことなしに男と女の関係に入って行ったとしたら、それは祐子が投げやりの気分でいたからではなく、逆に、男への愛ではないにせよ、何かそれに似たものを信じていたからだった。いや、もう少し正確に言えば、祐子が信じていたのは、その男を好きだという自分の心の確かさだった。男の自分への気持の深さはもとより確かめようもなく、また、自分の心の明日も判らないにせよ、今、自分がこの男を好きだということだけは、はっきりと信じられたからこそ、祐子は、自分の行為をもまた、何の曖昧さもなく、はっきりと決めることができたのだった。が、二人の間柄に、男の妻の影がさし、二人を見る世間の影がさしはじめた時、そして祐子の身体に官能の影がさしはじめた時、祐子は、もう、自分の心の明晰さに確かではありえなくなった。男を好きだと思ってみようと思えば、好きだと思えた。どうでもいいと思ってみようと思えば、そうも思えた。男の妻に悪いと思ってみようと思えばそうも思えたし、そんなことは自分には関係がないと思ってみようとすれば、そうにもなった。世間などは無視すると思おうと勢い込んでみれば自ずと肩が怒ったし、どう思われたってどうでもいいやと投げやってみれば、顔の表情もそれにつれて、疲れ果てた様子になった。そして、そういう心の不確定さとは無関係に、男と二人だけになっての行きつく先は、決っていた。そこに大して喜びのある訳ではなかったが、そのことなしには済まないのだった。

祐子は、裸の肩を男の肩と並べながら、よく、金で身体を売るのは、意外に容易なことなのではないだろうかという思いにとらわれた。今、自分の横に寝ている男が、別のある男だったとしても、私にとって何の違いがあるのだろう。そう思うと、祐子の心を、冷えびえとしたものが通り過ぎて行った。金で容易に身体を売れるだろう自分を、不道徳に思った訳ではない。ただ、どこで踏み止まろうとするのか判らぬ自分の心のけじめのなさ、手応えのなさに、気持が冷たく索漠としてくることだけは、とどめようもなかった。

その頃から、祐子は、この郷里の家へも帰ろうとしなくなった。男とそういうことになって以来、心に疲れを感じぬ日とてなかったが、その疲れも、かつてのような明確な輪郭を失い、自分が何で疲れているのかも判らぬまま、重く冷たく心に淀むのだった。そして、そうした冷やかな疲れの中で、祐子が願うのは、自分の育った郷里の風景に触れて心を癒すことではなく、ただ、アパートの一室で泥のように眠り続けたいということだけであった。

が、そのことは、祐子の心が郷里の風景と無縁になったということではなかった。それは、おそらく、祐子の心の中で、郷里の風景が、何一つ変わらぬ同じ風景でありながら、何かまったく違うものになってしまったということだった。それは、今までは美しく焼きつけられた写真の陽画であったものが、一瞬のうちに、そこに写し出された対象はそのままに、暗い不気味なフィルムの陰画に変わってしまったというようなことだった。苦しい泥沼のような眠りの中で、祐子は、よく、郷里の家の冷たい背戸の竹藪を揺らす暗い風の響きを聞いた。また、村はずれの野良道で風雨にさらされている鼻欠け地蔵の、柔い表情の底にひそむ冷え切った諦めが、冷たい寝汗になってぐっしょりと祐子の肌を濡らした。

男と別れたあと、祐子は職業を変えた。人と接触することの多い仕事が、堪え難くなったのだった。祐子は、在学中に取った司書の資格を生かし、伝手を求めて研究所の図書館に移った。そこで、新しく購入される新本古本のカードをとりながら、もう三年がたった。

祐子は、決してやけになったのではなかった。慣れるにつれて、祐子の仕事は手落ちのない、堅実な、よく念の入ったものとして、まわりの人々からも認められるようになった。だが、人々の賞讃のうちにあって、祐子ひとりは、自分が仕事への熱心さによって、そういう念入りな仕事をしているのではないこと、図書カードのことが自分にとって本当に心にかかる事柄では決してありえないこと、すべては、ただ、そうやって日々生きて行く恰好をどうやらつけるためだけの作業であることを、よく知っていた。毎日は何の区別もなく過ぎて行った。それは賽の河原で石を積むようなものであった。積み上ってもいい、崩されてもいい。ただ、ぽつり、ぽつりと、一つずつ置いて行けばいい。そうすれば、ある日、ふと、もう次の石を置く必要がなくなり、それとともに自分の姿も、無限に拡がる灰色の河原の風景から、いつの間にか、消えているだろう。

祐子は、小学生の頃、毎日通った野良道の、麦畑の一劃にあった小さな墓地を、心に浮かべた。もう殆どが無縁仏で、長い年月に角の欠けた小さな墓石は、すっかり苔におおわれて、てんでんに転がっていた。人の帰るところがああいうところならば、そして、その小さな墓石さえ間もなく風雨に崩れ、無と化して行くのならば、人が生きてすることに何ほどの意味があろう。ともかくも、定められた年月だけを人並みに果たせば、それで、すべては終ってくれるだろう。

鶴木康吉と会ったことも、事柄の根本を変えはしなかった——と、祐子には思える。祐子には、自分が康吉にとって、とりわけ悪い女友達であったとも思えないし、また、もし結婚することになったら、世間並みの家庭もつくれるだろうとは思う。だが、いずれにしても、それは生きているとの前提があればこその話で、生きていること自体が、自分の仮の姿であってみれば、結局は、すべて仮のことに過ぎない。康吉と会うようになってから、祐子の時間には、また小さな区切りがつくようになり、ささやかな気持の起伏、男の手に誘われる身体の喜びが、心を乱すことも多くなったが、それでいながら、祐子には、いつも、でも、どうでもいいやという呟きが離れなかった。

また風が吹いて、けやきが鳴り、暗い部屋で一人目覚めている祐子の身体を十数時間乗り続けた夜汽車の振動がゆさぶる。

こうして、三年振りに戻ってきて、郷里の家に身を横たえていれば、流石に、すべてが心になじんでくる思いだった。だが、そのなじみ方は、テレビの仕事に疲れた心を励まし癒すために始終戻ってきていたあの頃とは、もう違うのだった。郷里の風景は、祐子の心の重い冷たい疲れを癒しはしなかった。ただ、郷里の、たとえ日は照っても何処か輝きのない畑地の拡がりの中に立ち、聞えるともない真昼の音に耳を澄ませていると、その疲れが、疲れたままに、何か心になじんでくるのだった。東京では、索漠と祐子の心を荒らすものが、ここでは、暗い平静さを持ってくるのだった。郷里に戻るとはこういうことなのかという思いが、祐子の心をひたしていた。

その思いに比べれば、今日、父との間に交された会話の、表面に見える烈しさなど、祐子にとって、何ほどの意味を持つこととも思えなかった。

「そういうことでは、私は世間に顔向けができない！」

そう祐子に向けられた、烈しい父の言葉も、祐子にとっては、自分の心に冷たく深くよりそってくる郷里の風景のひとつに過ぎなかった。だが、その父の言葉と、祐子の心とは、どこで近しく、どこで別れて行くのか。

今度、祐子が戻ってきたのは、自分の意志からではなかった。郷里に帰らなくなった、はじめの一年、一年半は、しばしば母から帰郷をうながす手紙も来ていたが、この頃は、もう諦めたのか、それに触れることも少くなっていた。それが、一月ほど前、父から、近日中に一度是非帰郷されたいとの来信があった。母からの漠然とした帰郷の勧誘とは違う、確乎たるその文面に、祐子は、父が何か言いたいことがあるのだということを感じた。帰らなければいけないと、祐子は思った。

夜行列車で一夜を過ごし、今朝早く、近くの急行停車駅についた祐子は、すぐバスで郷里の家へ向った。門から庭へ入って行くと、父は、丁度、自転車を押して、出勤するところだった。

「今日は忙しくない。午後には戻れる」

父は、久し振りに会う娘に、おだやかにうなずきかけると、それだけ言って、出て行った。

弟や妹たちは、もう出かけたあとだった。土間に立った祐子を見つけた母は、小走りに駈けよると、女親らしい気弱さで、久しく帰らなかった祐子を責めた。母が買物に出たあと、祐子は、夜汽車に疲れた身体を、裏座敷で休めた。それは何年もの間、祐子の勉強部屋だった。

小さな町のはずれにあるその家は、建ってからもう百年近いが、がっしりとしていて、まだ、柱一本ゆるいではいなかった。徳川時代の末、さして大きくもない地主の倅として生まれた祐子の曾祖父は、二十歳ばかりの青年として、御一新を迎えた。そのことが、どう彼の心に働いていたのか。三十足らずで父親の死に会い、家督をついだあと、彼は土地の大半を手放して、小さな製紙工場をはじめた。この家も、その頃、その曾祖父の手によって建てられたものだった。

工場は、小さいながらも、地元にある山林の木を利用し、そこに生まれた何十人かの人々に職を提供して、存在しつづけた。昭和のはじめに創業者が死んだあと、その息子である、祐子の祖父がそれをついだ。祖父が客観的に見て、どういう工場主であったか、祐子は知らない。が、つい先年まで生きていた祖父の口癖は、人の役に立つ人間であれ、ということであった。おやじさまは――と、祖父は、祐子の曾祖父のことを呼んだ。おやじさまは、偉い人だった。

政治になど口を出しても、それでは誰も救われぬ。おやじさまの興した工場は、何十もの家族の口を確実に養ってきたのだ。祖父は、よくそう言って、家族の集まる居間にかかっている曾祖父の肖像写真を見上げた。

今日、父が出勤して行ったのも同じ工場だった。戦後、工場は新しい技術を入れて、そこに働く人も百で数える規模になった。だが、父は昔からの習慣を守って、自転車で出て行くのらしかった。父は金のあるなしにかかわらず、無駄遣いを、きびしく我が身にいましめるたちであった。

「私は、間もなく、工場から身を引くことになった」

言い置いた通り、午後の二時過ぎに帰ってきた父は、母をまじえて一しきり雑談が済んだあと、改めて、祐子を相手に口をきった。

「うちの工場がO製紙の系列に入っていたことは、祐子も知っているだろう。今の世の中に追いつくだけの設備をすることは私一人の力にあまった。そのO製紙から、私に辞めることを求めてきた。それに反対する力は私にない」

やはり、そうだったのかと、祐子は思った。今朝、出がけに、午後には帰ると言った父の言葉には、かすかなかげりがあった。祐子は、父の表情をうかがった。が、父は、別に感情の動きも見せず、平静に続けた。

「私のおじいさんが始め、お父さんが継いできた工場を、私の代で人の手に渡すのは、元より、残念な気がする。おじいさんには、申し訳ないとも思う。だが、世の中は変わって行くものだ。百年近い間、立派に続いて、多勢の人たちの役に立ってきたのだから、それで、おじいさんの志は果たせたと言えよう。私は、もう、こだわるまいと思う。相談役として残れとも言われているが、どうせ二、三年のことだ。いっそのこと、私は、今きれいに辞めるつもりでいる。普通なら、もう、とっくに定年になっている年だから、惜しいことはない。幸い、生活の方も、当分は、どうにかなる。そのうち、子供もみな仕上ることだから、あと私たち二人の生活費位、どうにでもなろう。——だが」

父は、顔を上げると、祐子を見た。

「そうして、私が、いわば、この世の勤めを果たした人間になるとすると、気になるのは、祐子のことだ。私は、祐子が、自分の生き方として、どういう道を選んで行っても、それをとやかく言おうとは思わない。私自身の希望を言えば、年もとってくることだ、祐子がどこか近くに住んで、せめて月に一度は顔を見せてくれればと思う。だが、それは言うべきことではないだろう。人には、各々、自分の進むべき道がある。祐子さえ、自分の道を進んでいるのならば、音信不通になろうとも、仕方はない。それでいい。が、ただ、私は、自分が引退する前に、祐子が自分自身の問題として、これから先どういう風に生きて行くつもりでいるのか、自分の人生というものを自分でどう考え、どう納得しているのか——、そこのところを一度聞いて置きたいと思った」

父は、かたわらに坐っている母の方へ、ちょっと眼をやって、続けた。

「実は最近、私の知合いのある人から、自分の知人の息子の嫁に、祐子はどうだろうかという話があった。母さんは祐子の年齢をそろそろ気にしている。そして、この話をまとめたらどうかと言っているのだ。私も、少し調べてみたが、悪い話ではないと思う。だが、私は、祐子が、これからどうやって行くつもりなのか、まず、それが第一の問題だと思う。その上で、祐子にその気があるのなら、この話を進めるのもいい」

「…………」

祐子は、帰れば、何か自分の結婚に関した話が出るだろうと、予期していた。眠れない夜汽車の中でも、そのことを考えてみた。だが、別に何の考えも浮かばないのだった。

「——で、どうなのだろうか」父はうながした。

「……私は、別に、どう生きて行こうというつもりがあるんじゃないんです」

祐子は、疲れた思いで答えた。父は、かすかに眉をひそめた。

「いや、どう生きて行くのかと言われても、答えようもあるまいが……」

「でも、いいんです、このままで」

祐子は、突然苛立って言った。

「こうやって毎日過ごして行けば、それでいいんです。何も変わらなくて、いいんです」

「祐子」父は高くなろうとする言葉を抑えて言った。「私は、祐子が東京で、どういう生活をしているのか、知らない。今、言ったように、そのことに干渉するつもりは、少しもない。しかし、人間には、生活のけじめがなければいけない。そして、祐子が、どういうように、生活にけじめをつけて行こうとするのか、それを聞きたいと思うのだ」

「毎日が過ぎて行けば、いいんです」

「そういうことではあるまい。人間はみな、心の何処か片隅で必死になって生きて行く場所を持っているものだ」

祐子には、父の言おうとすることは、よく判った。そうした必死さは、祐子自身も知らぬものではなかった。だが、そうした必死さは、人が人生を信じているからなのか。あるいは、ことによったら、心の深い所で何も信じていず、それでも、なお、生きて行こうとしているからなのではあるまいか。そして、一度、その虚構性を意識してしまえば、必死さは、もう仮のものに過ぎなくなってしまうのではないだろうか。

「そういうこともあるかも知れません。でも、過ぎてしまえば、結局は同じことなのです」

祐子は答えた。父は祐子を見つめた。父の眼には、抑えられた怒りがこもっていた。

「祐子。祐子が仕事のために、すべてを犠牲にすると言うのなら、それでもいい。だが、そうでないなら、女の子だ、私は、やはり、人並みに結婚してほしいと思う。それが人生の勤めというものだと、私は思う」

父の声は震えていた。祐子は眼をそらせた。

「お父さん。私は、このままでいいんです。結婚はするかも知れません。しないかも知れません。私だって、一人の生活は寂しいから、そのうち、すると思います。でも、そんなことは、どうでもいいんです。重要なことじゃないんです。結局は、私一人の身のことですし、私一人がどうなっても、それで、何かが変わるってものじゃないんです」

「そんなことはない!」

烈しい父の声が響いた。

「それは、傲慢と言うものだ。そういうことでは、私は世間に顔向けができない!」

父は、また眼をそらそうとする祐子の顔を正面から見すえて、続けた。

「考えてみるがいい。お宅の娘さんはと、人に聞かれた時、私は何と答えればいいのだ。お前に何か信念があるのならいい。世の中は変わって行くものだ。たとえ独身でいようと、妻子のある男と駈け落ちしようと、たとえそれが私には理解できないことであっても、うちの娘にはそれなりの考えがあって、やっていることだと、人に言うことができる。だが、ただ東京で暮していますでは、答にならない。お前は、自分一人の身のことだというが、それが間違いだ。私は、何も、私のことや、家のことを考えろと言うのではない。だが、世の中には、お前と同じように、無数の人が生まれ、生きてきたし、これからもそうして行くのだ。例えば結婚一つにしても、何千年の昔から、数知れぬ人たちが結婚をして、たとえ偶然に出来上った家庭でも、一度できれば、そこを自分の生涯の場として、懸命に努めてきたのだ。私たちも、その一人なのだ。祐子、何か特別の考えがあればいい。が、それもなしに、自分一人、そうした人々とは違った人間で、同じようにはやって行けないと考えるのは、身の程を知らないと言うものだ」

父の言うことはよく判った。だからこそ、祐子も、その日、その日は、人並みに恰好をつけて過ごしたいと思っているのだ。だが、父の言うことと、人並みの恰好をつけることとは、ほんの紙一重の相違でありながら、どうにもならずへだたっている。人並みの恰好をつけようと思う方へ、一度ずり落ちてしまうと、以前の確かな道、人として本来踏むべき道へは、もう決して戻れない。

「私はお父さんの子なのですけど、でも、仕方がないのです」祐子は、その時、また眼をそらしてそう答えたのだった。

——祐子は、かすかに不安の漂う静かな裏座敷の闇の中に、一人で眼を閉じながら、心にそのことを思い出していた。そうしていると、父のすべてが、心にひどく近しい。祐子は、父の確乎とした言葉の中に、自分の心と同じ淋しささえ聞きとったと思った。ただ、父は、その淋しさを、意志で押し隠し、自分の確信をゆるがせようとしない。

また風が吹き、裏の防風樹が鳴った。突然、闇のなかに漂っていた不安の匂いが大きくふくれ上ってきて、祐子をゆさぶった。

これでいいのだろうか。私は、このままでいいのだろうか。このまま老いて行って、そして死んで行って、本当によいのだろうか——。

今まで問おうとしなかった問いが、急に祐子を摑んだ。闇のなかから、目に見えぬものが激しい渦になって祐子に吹きつけた。見知らぬ烈しいものが、内側から突き上げた。人並みに恰好をつけて生きることに、どれほどの意味があるだろうか。人は、みな、やがて死ぬ。だが、だからこそ、このまま生きて行ってよいのか——。

祐子は身体を固くし、暗闇のなかで眼を見開いた。暗い天井が彼女を見つめた。闇がなおも烈しく渦を巻き、祐子の身体を内側からゆさぶり続けた。

2

同じ頃、東京で。

扉を明けると、人気のない小部屋の奥に、三木公子が、ひとり、考えあぐねたように顔を伏せて、坐っていた。公子は鶴木康吉の姿を見ると、はっとした様子で顔を挙げた。

鶴木康吉は、パーティ会場の余興で、自分の引受けたトランプ手品を済ませて、この控室に戻ってきたのだった。背中には、まだ会場のざわめきが聞える。今は、緑のタップダンスが始まっているはずだった。康吉はそれを見るつもりだったのだが、俄かにひどい疲れを感じて、少し休むために、ここに戻ってきた。

「疲れた。ひどく疲れてしまった」

康吉は、半ば独り言のように言った。そして、疲れた顔に漸くつくった笑いの表情を、公子の方へ向けた。が、公子は、黙って椅子から立ち上ると、堅い表情を崩さずに、抑揚のない声で言った。

「お休みになった方がいいです、疲れ過ぎないうちに」

そして公子は、細い足をひきずりながら、康吉を置いて、出て行ってしまった。

康吉は、ひとりにされて、心にふと小さな空虚さを感じた。康吉は、公子に、何かをもっと言おうと思ったのだった。だが、考えてみると、公子が部屋に留まったとしても、別に言うべきことは何もなかった。

康吉は、その部屋に置かれてある簡単な椅子を三、四脚並べて、即席のベッドを作った。そして、電気を消すと、そこに横になった。暗くなった室内に、窓から外の光がぼんやりと射し込んだ。

康吉の心には、まだ、さっき手品を演じ終えた時の、拍手の波がどよめいていた。わずか十五分足らずの時間だったが、数年振りに観客の前で手品を演じた疲労が、重く手足にたまっていた。十五分間のトランプ手品。それは、ひどい、おそろしい緊張を要求する作業だった。

手品、奇術の類を、人はどのようなものだと考えているのだろうか。それは一種の詐術とも見えよう。だが、そこには何のごまかしもないのだ。特にトランプ手品の場合は、どんな曖昧さも入る余地はない。会場を埋める何十という、場合によっては何百という人々の、秘密を見破ろうとして好奇心に燃える眼、眼の列——。その前にさらされて、演ずるものの頼れるのは、ただ自分の技術の他はない。彼が頼みとするのは、人々の心の動きを読みとる鋭く正確な勘と、そして何よりも、如何に不可能と思われる動作も、とっさにさり気なくやってのけられる、訓練され抜いた指先だけなのだ。観る人の眼に不思議と見えれば見えるほど、その裏に隠れているのは、何ひとつごまかしの許されない、きびしい合理性と正確さの論理なのだ。それは例えば催眠術などとはまったく違う。むしろ、その対極だ。観客の心に眠っている人間としての弱さ、不安定さを利用したり、更には、卑劣にも、そこへつけ入ったりするのではない。すべては、好奇心に溢れる人間たち、自分たちの知覚の力のすべてを明晰に意識し、かつ行使している人間たちの前に公開され、何一つ隠されない。それは、演ずるものと、見るものとの、技術と注意力との、フェアな、人間らしい、明晰な力の競いなのであった。

それだけに演ずるものに要求されることは大きい。表面のさり気なさは、軽やかに動く腕、手、指先の隅々迄に張りつめられている、おそろしい緊張によって償われている。一枚のカードが、見守る観客の眼前で、彼の指先からふと消える時、その指先だけではなく、彼の全意識、全存在に行きとどいている鋭い研ぎすまされた神経。しかも、そうした緊張の中に、どんなこわばりもあってはならない。すべての動作は、小鳥の羽のように軽やかに見え、しかも、事実、軽やかでなければならない。表面の軽やかさは、背後のおそろしい緊張に支えられ、しかも、その底では、本当の、すべてを解放している軽やかさが支配していなければならない。数年にわたる中断のあとで、そうした状態を、十五分近くも自分の中に維持すること。それは、もう殆ど、人間業を越えたことであった。

時折、大通りの騒音が遠く聞えてくる。康吉は、暗闇の中に、ぐったりと横たわっていた。演じている間は、よかった。緊張は、快くさえあった。が、終ったあと、堪え切れぬ疲れが、康吉を襲った。今、こうして、暗い中で横たわっていると、康吉は、四肢が熱く、火照っているのを感じた。全身が、やや、発熱しているらしかった。

だが、俺はしくじりはしなかった——。ひそかな誇りが、疲れた康吉の心にひろがった。——長い中断のあとでも、俺は、俺の全意志を指先に集中し、一瞬の狂いでも四散してしまう五十三枚のカードを、十五分の間、自分の指の延長であるかの如く、集め、散らし、あやつり、そこに何の不確実さも、許しはしなかった。俺は自分を完全に制御しえた。俺の自己訓練は、まだ生きている。俺は、この世界の中で、まだ、ある確かさを持っている。俺の意志は、俺のものだ。俺は大丈夫だ。

今晩、垣間見た風景。あの、すべての人間がすべての人間にかかわっている、確定のしようのない世界。そこでは、何一つ確かなことなど存在せず、しかも、それでいながら、そこに一歩踏み込んだら、一秒毎に断定を下すことを迫られ、何の根拠もないこと、少しも確かでないことを、確信と明るさに充ち溢れて断言する他はない世界。だが、俺は大丈夫だ。どんなに曖昧な世界のなかでも、俺は自分の正確さを保持しつづけられる。

鶴木康吉の心に、学生の頃に見た暑い、青い九州の海が甦った。鶴木康吉は、そこで、留津の英、今の浅川勇太と名乗る男を知ったのだった。

3

それは大学に入って二年目の夏の休みだった。康吉は親しい友人二、三人と信州の山に登ったあと、東京へ帰る仲間と別れて、裏日本から九州への長いひとりの旅行に出た。

大学で一年余りを過ごした彼の心は、索漠としていた。彼は決して大学で、特別に不幸だった訳ではない。彼は、比較的勤勉に授業に出、新しい外国語を学び、親しい友人たちをつくり、ダンス・パーティに通い、女を知った。だが、そうしたことのどれひとつとして、彼を本当に充たしはしなかった。何をしていても、彼はいつも、自分のなかの何かが、俺の欲しているものは、こんなものではなく、もっと確かなもの、もっと手応えのあるものだと叫ぶのを、聞かぬ訳にはいかなかった。自分の求めている確かなもの、手応えのあるものが、いったい何であるのかは、康吉にも判らなかった。だが、彼は、自分の人生には、何かそうしたものがなければならない、何かそうしたものがあるはずだと信じていた。

焦躁は、時として、彼を、悪に似たものに駈り立てた。その年の六月、学園祭の夜、彼はその日知り合った女を、殆ど無理強いに抱いた。

それは決して衝動的なものではなかった。その日、その女を見つけ、催物の会場を案内し、夕食に誘う間、彼は自分が心に計画し、そうやって一歩一歩近づいて行くものが何であるか、明確に意識していた。やがて追いつめられた女が、彼の予期通りに、曖昧に、しかし執拗に拒否した時、彼は女の意志を無視した。

しかし、そうして得られた緊張感も、その時限りのものであった。いや、その場でさえ、身体を固くして抗《あらが》いつつ、半ば受身に意志を放棄して行く女の曖昧さは、張りつめていた彼の心を、重い、鈍いものにした。男に誘われて行く夜の先に、何が起こるか、漠然と知っていながら、それを自分が欲しているのか、怖れているのかも見ることのできない娘が、愚鈍でないはずはなかった。悪に似たその夜の経験も、彼の苛立ちを、なおさら深めただけであった。

康吉は、日本海沿岸の沈んだ風景のなかを、目的もなしに、町から町へと、安宿を辿って、旅行して行った。そう旅行を続けて何が充たされるという訳ではなかったが、彼のなかの苛立ちが、彼を一ケ所にとどめないのだった。

やがて、日が照っても、燃え上ることのない日本海の沿岸から、九州に入ると、突然、すべての風景が明るかった。坂の多い港町の石畳には電柱が灼きついたように濃い影を落していた。だが、周囲の情景の明るさとは逆に、長いひとりの旅行を続けてきた康吉の心は、内側へ、内側へと、鬱屈し始めてきていた。

照りつける南の町の高台の狭い路地を、寺から寺へ、黙々と歩きながら、康吉は、その年の春に自殺した友人のことを思い出した。虫歯の治療を苦にして、家族に厭だ厭だとくりかえしていた彼は、抜歯のために歯医者に行く途中、近所の踏切に飛び込んで、死んだのだった。

もちろん周囲の誰ひとりとして、虫歯が自殺の原因だと考えるものはいなかった。だが、そのほかには、何ひとつ原因になるようなものはなかった。飲屋の女たちとの一夜限りの交渉も持つことがあった彼は、他方で自分を嫌い続けている女に執着することをやめられずにいたが、それは自殺の原因というよりは、むしろ逆に、まさにその女が自分を決して受け入れないことを知っていたればこそ、執着し続けていたのだと見えた。死ぬ二日ほど前、彼は友人に、歯の治療が厭だから自殺しようかと思うと、冗談のように語っていた。

歩き疲れた康吉が、木陰に立ち止ると、低い家並みにはさまれた急な坂が西に向って急激に落ち込み、その先の町の更に向うに見える屈曲の多い港の海面が、夏の午後の激しい光線を射るように照り返していた。その時、康吉は突然に、死んだ友人の冗談が、決して冗談ではなかったことを理解した。彼は、一本の虫歯のために自殺したのだ。虫歯のための憂鬱が彼のなかに蓄積して行った時、彼は、自分を嫌う女への執着さえもが、実は自分にとってはどうでもいいことであることを、悟ってしまったに違いないのだ。

荒涼たる疲労感が、彼を町から町へと追い立てて行った。彼は海の陽光に身を灼きながら、殆ど機械的に、予定の土地をまわって、九州の南端へ近づいて行った。

その日、康吉の乗ったバスは、強烈な陽光に荒れた、白茶けた畑地の中を、砂埃をあげて、留津へ向って走った。留津から、本島へ戻る船が出るのだった。

留津は、その中心に、けばけばしい二、三軒のバーと、一握りの食堂、商店の並ぶ、小さな集落だった。町並みのはずれに、バスの車庫と小さな交番があり、その間を抜けて行くと、船着場に出た。形ばかりの桟橋のかたわらに、バラックの事務所があり、閉じられている窓口の横に、兇悪犯の手配写真や、船中でのいかさま賭博への警告と並んで、時間表が掲示してあった。康吉の乗る船は、二時間近く待たないと出ないのだった。

小さな、すすけた食堂で、昼食のそばを食べたあと、康吉は町を歩いた。みすぼらしい家の立ち並ぶ町並みはすぐ尽き、山と海岸に挟まれた狭い土地は、乾き切った畑地になっていた。白く、ぼこぼこにひび割れた土の上を、埃をかぶった南瓜の葉とつるが這っていた。道はゆるい上り坂になり、木一本ない丘に続いていた。その禿《はげ》ちょろけの丘に立って、今歩いてきた町の方をみると、午後の強い陽光の中に、その町は、白茶け、空しく、よそよそしく、すべてに忘れられたように横たわっていた。突然、康吉のまわりのものが、康吉から、すっと遠ざかって行った。まわりのすべてが、急に、裸で、白々しく、康吉とは、何の関係もなく、そこに放り出されていた。康吉の心を、恐怖に似た感情が吹きぬけた。康吉は冷たい汗が額にふき出るのを感じた。康吉は、強い日差しの中に、ひとり何の支えもなく、見捨てられたように立っているのだった。まわりに拡がるのは、ただ、夏の光にそらぞらしく燃える白い、果てしない空間だけであった。目の下の町は、康吉には何の関係もなく横たわり続け、夏の午後の明るさの中で、白茶けたまま、異様な輝きに照り映えているのであった。

康吉が船着場に戻ったのは、既に発船間際であった。小さな船には、この無人の町の何処にいたのかと思われるほど多勢の人々が乗り込んでいた。髪を油で撫でつけ、開襟シャツに折り返しの太いズボンをはいた若い衆たち、よれよれのシャツ姿の老人たち、大きな荷物を背負った中年の女たちと、乗客たちの様子は様々だったが、顔だけはみな一様に、海の潮と風と光に灼かれて、年齢よりは、はるかに深い、濃い赤銅色のしわが刻まれていた。

康吉が、リュックを左肩にひっかけて、桟橋から船へ移った時、そこの甲板に並んでいる木のベンチは、もう満員だった。あぶれた連中は、みな、船べりの通路などに、適当に坐り込んでいる。康吉も、片隅にリュックを置いて、腰を下ろそうとしたが、それを見て、一番前のベンチに坐っていた四十がらみの男が、手招きした。潮に灼けた開襟シャツを着ている、太った大きな男だった。男は、太い声で、

「学生さん。ここに坐んな」

そう言って、横に坐っていた客の荷物を下ろさせて、席を作ってくれた。

船は、すぐ、合図の笛を鳴らして、留津を離れた。目的地までは、二時間半ほどの航程であった。小さな留津の入江を出ると、船はいくつかの岬の端《はな》をまわり、点在する小さな島々をよけ、単調なエンジンの音を響かせながら、青い、静かな海を渡って行った。

二十分ほども経った頃だった。船尾の方から、ひとりの小柄な男が現われた。康吉の腰かけている最前列のベンチと船首の運転室との間には、少し場所が空いていて、何かの木箱や、巻かれたロープなどが置いてあったが、男は、甲板に坐っている人々を無造作に押しのけてそこに入り込み、こちらをむいてべったりと尻を下ろして坐り込んだ。そして手に持った風呂敷包

みを自分の前に置くと、妙に嬉しげな笑いを浮かべて、ベンチに坐っている人々を見渡した。

「さあ、みなさん。ちょいとお耳とお目々を拝借。船中のお退屈しのぎの、おなぐさみ。ご存知の衆もあろうが、まずは……」

そう言いながら、男は、もう一度、みなを見渡し、風呂敷包みを解きはじめた。

日はまだ高く、坐り込んだ男の影は、小さな塊りになって、甲板に落ちていた。波の反射が、きらっ、きらっと、男の顔の赤い皮膚を照らした。男の皮膚も、また、潮風と陽の光に、赤銅色に灼きなめされていたが、それは、まだ歩けぬうちから灼き込まれたまわりの乗客たちの皮膚とは、どこか微妙に違った。そして一見、赤銅色に灼き尽された男の皮膚の下には、よくみると、やや半透明に近い元の肌の感じが、すけてくるのだった。男の薄く切れた小さな眼は、人なつこい、嬉しげな笑いを浮かべながら、同時に、いつもまわりの出方を鋭くうかがっている眼であった。

「さあ、みなさん」

男は改めて、みなに向って笑いかけ、しゃべりはじめた。

「ここに煙草の箱が三つある。何でもない、普通の煙草だよ。中身だって、ほら、ちゃんと入っている。疑うんなら、手にとって試してもらおう。そら、おじさん、見てくんな。おっと、中身は取っちゃ嫌だぜ。俺があとで吸うんだから。どうだい。普通の煙草だろう。さっき船に乗る前に、留津の『おきみ』の隣りの煙草屋で、お花ちゃんから買ってきたんだから。――で、それでだ、この三つのうちの一つにだ、その背中のところに、こうして穴を明ける。鉛筆で印をしたっていいんだが、それじゃ、インチキだ何だと、あとでトラブルが起こりやすいね。が、わたしのやるのに、インチキは、絶対ない。それは、検事総長も認めてるよ。そうら、ここに、こうして、大きく穴を明ける。さあ、誰かに、もう一度調べてもらうね」

男は、如何にも楽しげに口上を述べながら、爪で背中を大きく破ったピースの箱と、元のままの箱二つとを、観衆の一人に渡した。受けとった若い男は、人のよさそうな、おどおどした笑いを浮かべて、その三つの箱の裏表を見ると、気恥しげにうなずきながら、それを男に返した。

「そら、この通り。種も仕掛けもない。この兄ちゃんはサクラじゃないよ。疑う人は、誰だって、自分でとくと調べてみるといいね。調べたら、必ずどうの、こうのと、そんな吝《けち》なことは言わないよ。さあ、この三つの箱。この通り、一つにだけ穴が明いているよ。――さあ、よくよく見て納得が行ったら、それでだ。こうして、三つの箱を並べる」

男は、三つのピースの箱を、背中を上にして、甲板に並べると、姿勢をかえ、膝を突いて、中腰になった。

「さあ、よく見てもらおう。ね、こうしておけば、どれに穴が明いているか、赤ん坊にだって判るよ。判んなけりゃ、低能だね。ところがだ、それをこうして裏返す。こうして裏返しちゃえば、どれを見ても同じだね。もう、どれに穴が明いてるのか、判らない。いや、判るって？一番左側のだって？そりゃそうだ。今、引っくりかえしたんだから、見てりゃ、判るね。判んなけりゃ、とんまだよ。じゃ、こうすりゃ、どうだ。こうやって、動かす」

乗客たちは口上につられて、熱心に見守りはじめた。うしろの客たちは、いつの間にか、みな立ち上って、男の手元をのぞき込んでいる。男は、余裕たっぷりに客の視線を引きつけながら、左右の手を器用に使って、ゆっくりと、しかしリズミカルに、並んだ三つの煙草の箱の位置を、交互に動かし始めた。そうやって、三、四度、動かして、手を止めると、甲板の上には、さっきとまったく同じように、三個の煙草の箱が並んでいるが、どれが裏に穴の明いている箱か、もう区別はつかない。が、動かし方がゆっくりなので、よく注視していれば、穴の箱がどこへ行ったか、追うことができた。

「さあ、この通り、こう動かして、穴の明いている箱は何処だ。ぼんやりしてちゃ判んないね。眼のいい人なら判るね。ほら、そこのおっさん。どれだと思う。当ててみな。そら判んなくったって、三つに一つだ。穴のあり場が判んなくちゃ、かあちゃんに叱られちゃうぜ。えっ、これ？　真中かい？　いや、左か？　これ？　そう。よし。裏を返して、と。うまい。当ったよ。そら。この通り、穴があるね。……と、まあ、こんな具合だ。判ったろ。けど、おっさん、惜しかったねえ。今、金を賭けてりゃ、儲かったのに。千円なら、二千円になったのに。さあ、ね、みなさん。やり方は判ったろ。船の中では、一番いい閑つぶしだ。ただね、子供じゃないんだから、只の勝った負けたじゃ、つまんない。子供だって、本こじゃないメンコなんてやらないよ。嘘んこのメンコなんて、学校の先生にはほめられても、子供仲間じゃ、鼻つまみ。餓鬼大将に、ぐわーんと一発くらって、べそをかくのが落ちだね。さあ、子供に馬鹿にされちゃ、父ちゃんの権威が落ちちゃうよ。たった千円で、船中のお慰み。しかも、うまくやれば、倍になる。むつかしいことなんか、ないよ。みなの見ている前で、こう動かす。その行く先さえ、見ててもらえば、いいんだね。もし、当ったら倍返し。千円かけたら、二千円になるんだよ。さあ、そんなに長い間はやらないよ。やるんだったら、今のうちだよ」

乗客たちは、男の巧みな弁舌に誘われて、乗り出すように男の手元をのぞき込んでいた。が、男がそこで言葉を切り、自分の口上への反応を試すように、ぐるりとみなの顔を見まわすと、彼ら乗客たちの間には、俄かに、後ずさりするような、もじもじした曖昧な空気が流れた。誰もが、間の悪そうな笑いを浮かべて、男と、自分のまわりの客たちとを、半々に見くらべている。男は、その空気を見てとって、一段と声を張り上げた。

「さあ、何も大したことではない。船の中での、ほんのお慰み。幸先のいい運だめし。うまく行けば、倍に儲かるんだよ。それで、ブラウスの一枚も買って帰りゃ、かあちゃんは喜ぶよ。

今夜のサービスが、ぐんと違うよ。さあ、誰か、やってみる男はいないかね」

男は、もう一度、誘うように、みなを見まわした。が、乗客たちは、まだ自分から動こうとはしない。すると、さっきからの成行きを、ひとり、興味なさそうに眺めていた、康吉の隣りの太った開襟シャツの男が、左手で、ズボンのポケットから、しわだらけの千円札を二、三枚つかみ出すと、黙ってその一枚のしわをのばして、男の坐っている甲板の前に、放り出した。

「よし、あんさん、やりなさるかね」

煙草の箱を前に坐っている、小柄な男は、嬉しげに叫んだ。

「では、よく眼を明けて、見ていなさいよ」

男は、眼の前の三つの煙草の箱のうち、穴のある箱の位置を、改めて見ている客たちに確認させると、穴を見えぬように伏せ、先程と同じように、左手右手を器用に動かしながら三つの箱の位置を変えて行った。その動きは、リズミカルではあったが、決して眼で追えぬ早さのものではなかった。

「さあ、これで、どれだ」

小柄な男が、手の動きを止め、そう開襟シャツの男に言った。開襟シャツの男は、面倒くさそうに、一つの箱を指した。見ていた乗客たちの間に、小さなどよめきが伝わった。小柄な男は、また嬉しげに、笑った。

「惜しいねえ」

男は三つの箱を裏返した。開襟シャツの男の指したのは、間違っていた。改めて、人々の間にどよめきが流れた。――俺は当っていた、という得意げな呟きが、聞えた。康吉も、穴の明いた箱を当てていた。

開襟シャツの男は、まわりのどよめきなどには、まったく無関心げに、手に握っていた千円札を、もう一枚、しわをのばすと、また黙って甲板に投げた。

「よし、もう一度」

小柄な男は、見る客たちにそう小さく叫ぶと、再び箱を伏せ、動かしはじめた。みな、神経を集中して、その手元を見つめている。手が止った。開襟シャツの男は、面倒くさげに、箱の一つを指す。今度は当っていた。千円札は二枚になって、男の手元に戻った。男は、また、その二枚を甲板に投げた。

「おう、そうこなくちゃ、男じゃないね」

小柄な男は、いよいよ嬉しげに、そう叫ぶと、如何にも勢い込むように、前に乗り出して、箱を動かしはじめた。前の二回よりは、一段と早くなっているが、まだ追い切れぬほどの早さではない。が、それでも、みな、息をころして見つめている。開襟シャツの男だけが、つまらなげに、ぼんやりと視線をそこに投げていた。

人々の熱気が次第に高まって行く間も、船は、明るい南国の夏の海を静かに進んでいた。強烈な陽光が、リズミカルに左右の手を動かす小柄な男と、ぼんやりそれを見る開襟シャツの男と、息をつめてそれを見守る乗客たちの上に、照りつけていた。単調なエンジンの響きが、甲板をわずかに震えさせていた。

十回ほども、小柄な男の左右の手先が交錯し、そして、箱は止った。見分けのつかぬ三つの煙草の箱が並んでいる。開襟シャツの男は、けだるげに、一番左の箱を指した。その瞬間、見守る人々の間に、ざわめきが走った。溜息や、舌打ちが聞えた。誰が見ても、間違いと判ったのだ。箱が裏返され、男は、外れていた。二千円は、小柄な男の手元の箱に収められた。

「さあ……」

小柄な男は、また口上を述べようとした。が、それにおっかぶせるように、

「よし。賭けるぞ」

そう叫んで、今、舌打ちをした男が、千円札をほうり出した。急に、場の空気が、がらっと変わった。今まで、ためらい、もじもじしていた人たちの間に、突然、熱っぽい気流が吹きつけた。みな、頬をこわばらせて、乗り出した。

「よし、俺もだ」

若い男が叫び、千円札を場にたたきつけた。

「そら」

続いてまた、人垣の肩越しに、もう一枚の千円札が投げ出され、更に、それに誘われたかのように、別の一枚が投げられ、すぐそれに、一枚また一枚と千円札が続き、はっと思う間もなく、十枚近い千円札が、強烈な陽光と人々の熱っぽい視線のそそがれる甲板に、積み重なった。賭けたものも、賭けぬものも、もう、今は、こけたように、その一点を見つめていた。ただ、康吉の隣りの開襟シャツの男だけが、もう賭けることなく、相変わらずつまらなげな視線を青い海にそらせていた。

「さあ、もう誰もいないか」

胴元の小柄な男は、もう一度、みなを見渡した。そして、賭けるものは賭け終ったと、見きわめをつけると、にっと笑って、ぐっと前に乗り出した。

「さあ、行くぞ」

そう小さく叫んで身構えた男の顔には、一瞬、隠すことのない不敵な、嬉しげな、悪意に充ちた笑いが走った。

「そら、見てくれ。これが穴の明いた箱だ」

男は、みなに箱を示しそれを甲板の上に他の二つの箱と並べて裏返すと、一瞬、ぴたと動きを止めた。そして、自分の呼吸をはかっているかのようであったが、次の瞬間、彼の左右の手先は、信じられぬ早さで煙草の箱の上を飛び交い始めた。

「――」

声にならない叫びが、見守る客たちののどからもれた。虚をつかれ、上気した人々の視線は必死に手先の動きを追うが、たちまち、一つの箱は他の箱と位置を代え、第三の箱と移り変わり、はっとまばたきする間に、もう、どれがどの箱か見分けられぬ。数秒ののち、男の手は、ぴたりと止り、三つの箱は、見る人たちの眼の前に静止したが、そこには、何の区別も印もない。熱っぽい空気の中を、落胆のどよめきが走った。

「さあ、どれだ」

男は、殆ど子供っぽい嬉しさを、声に響かせた。賭けた客たちは、すぐには答えられない。一人が、やけのように、手を突き出して、中央の箱を指した。

「それだ」

「俺は、これだ」

他の一人が続いた。それに続いて、残りの客たちも、みな、てんでんに、どれかの箱を指した。男は、もう一度、みなの指す箱を確かめると、楽しげに箱を順番に明けて行った。

あ、あ、と、溜息がみなの口からもれた。男の完全な勝利だった。千円を二千円にしたのは、二番目に賭けた若い男一人だった。あとの千円札は、みな男の手元に集まった。男は、最初の妙に人なつこい嬉しげな笑いに戻って、人々の顔を眺め渡した。が、男の口上は、もう不要だった。千円を失った人々の間には、一種制御できない熱気が吹き荒れはじめていた。湿気を失った眼、眼が、無意味に甲板の上を見つめ、見まわし、先程までもじもじしていた誰もが、もう隣りの人のことなど、気にもとめていなかった。最初に賭けた、舌打ちをした中年の男は、ポケットからもう一枚千円札をつかみ出すと、それを甲板に投げ出した。千円札は、胴元の右にそれたが、胴元の小柄な男は、にっこり笑って手をのばし、それを拾って、自分の前に置き直した。と、そこに、左、右から、すぐ、二枚、三枚と、千円札が続き、たちまち、また十枚近くが重なった。胴元の男は、さっきと同じように、嬉しげに一同の顔を見まわし、身構え、また、ミシンの針の動きよりも早く箱を動かし、そして、再び声にならない絶望が人々の間を走り、半ば以上の千円札が、男の手に集まった。そして、十五分と経たぬ間に、同じことが、数度、くり返され、その度に大半の千円札が男の手元に収まり、あっという間に、虎の子の金を失った人々は、乾き切った眼を赤く血走らせ、口を明けてぜいぜいと喘ぎながら、甲板を見つめるばかりであった。

「よし、これで行くぞ」

一人の若い男が、決心したように、そう叫ぶと、腕時計をはずして場へ投げた。つられて、たちまち二、三人が、それに続いた。最初から負け続けの中年の男も、震える手で時計を腕からもぎとると、場にそれを投げ出し、何かにつかれたように、胴元の男の手元を見すえた。男は箱を並べ、身構えた。一瞬の後には、また、勝負が始まるのだった。

康吉は、そうした勝負の成行きのすべてを、じっと見ていた。胴元の男の、正確そのものとしか言えぬ手の動きは、康吉を激しく感動させた。客たちすべてが、その場の熱気に巻き込まれている中で、その熱気をつくり出した男ひとりは、おそろしいほど、覚めている。彼は嬉しげに笑い、口上を述べ、小さな叫び声を挙げて煙草の箱を動かして行くのだが、その実、彼は、すべてを完全に計量し尽している。そして、彼の訓練されぬいた手は、そうした精神の正確さに、寸分も遅れることなく、機械のような確かさ、精密さで動いて行く。憑かれたように見つめる人々の眼の列にさらされて、そこでは、どんなわずかなごまかしも不可能だ。彼の頼りうるものは、自らの精神と手の正確さだけしかない。彼は、それだけによって、必死に見つめる人々に優越し、必死に彼の手の動きを追う人々から、なけなしの金を奪って行く。それを見ている時、疲れ、荒れ果てた康吉の心を、一種、乾いた感動が走り抜けた。康吉は、久し振りに、自分の精神が、緊張してくるのを感じた。康吉は、挑戦をうけたかのように、坐り直した。康吉は、賭けた人々に混じって、男の手元をじっと見つめた。康吉は、自分のすべての注意力が、そこに集まって行くのを感じた。

男の手が、また、機械のような早さで動きはじめた。その左右の手は、康吉の視線の中を、小鳥の影のようにかすめ飛び、三つの煙草の箱は、目まぐるしく、その位置を変えた。必死に見守る人たちの間に、声にならぬ絶望の気配が走った。

落ち着け。康吉は心に叫んだ。見ろ。冷静に見ろ。手を見るな。手の動きにまどわされるな。箱だけを見ろ。穴の明いていた箱、それだけを見ろ。それだけを冷静に追え。すべてを忘れろ。ただ、それだけを、静かに追え。それだけを、静かに、執拗に、追い続けろ……。

箱が止った。康吉は、勝ったと思った。あの中央の箱だ。間違いない。

「さあ、どれだ」

胴元の声に応えて、一人が右の箱を指した。それにつられて、もう一人の男も右の箱を指した。違うぞ。康吉は、心に思った。が、それに続いて、残りの自信なげな男たちも、我勝ちに、その箱を指した。誰も、終りまで箱の動きを追えはしなかったのだ。そして、わずかにためった最後の一人も、つられるように、その右端《みぎはじ》の箱を指した瞬間、胴元の小柄な男は、いつもは見せぬ悪意のこもった笑いを、その顔にちらりと走らせると、間髪を入れずに、それを開いた。

「ああ、残念だなあ。違ったよ」

男は、穴のない裏をみなに示しながら、もうあからさまな喜びをこめて、そう叫んだ。そして、そこにころがる四個ばかりの腕時計と、二、三枚の千円札を、素早く自分の手元に引きよせ、それから、じらすようにゆっくりと中央の箱に手をかけ、それを開いてみせた。そこには、大きな穴があった。俺は間違わなかった——。康吉は、心に呟いた。

「うあー」

腕時計をとられた中年の男が、言葉にならぬ奇妙な叫びを挙げた。眼は、既に焦点を失い、そのくせ、曖昧な笑いにふちどられて、胴元の小柄な男の方へ向けられている。熱病のように人々を巻き込んだ興奮の中で、無理に笑いを浮かべ続けようとする男の顔は、無残に歪んでしまっている。

「おっさん。まだ、やんのかい」

胴元の男は、残酷な嘲りの笑い声を挙げ、なおも挑発する。笑われた男は、決心したように、今まで、賭けの間も大事に抱きかかえていた小さな革鞄のチャックに手をかけると、興奮にふるえる手でそれを開き、中から三枚の真新しい千円札を取り出した。

「おう、おっさん。豪勢だね。いいのかね。かあちゃんに叱られるよ」

胴元の男は、得意げに相手をなぶり続けるが、中年の男は、既に、なぶられているのにも気がつかない。

「さあ、一遍に三枚だ」

男は、悲鳴のような声でそう叫ぶと、三枚の札を甲板に投げ出した。もう他には賭ける客もなく、みな、真上から照りつける太陽に、じりじりと身を灼きながら、明るい甲板の上で向い合う二人の男たちを見守っていた。

「よし」

男は身構えた。はっというような小さな叫びとともに、男の手は、またもや、微塵の狂いもない正確さと早さで、飛び交いはじめた。みな、息をのんだ。康吉は、再び心を抑えるように集中しながら、静かに、穴の明いた箱の行方を追った。どんなに素早く手が動こうとも、静かにすえられた視線の、正確な追跡を振りはらうことは、決してできない。——俺の正確さはこの男に負けぬ。康吉は、心に思った。

男の手が止った。三つの煙草の箱が、一見何の区別もなく、その前に並んでいる。

「さあ、どれだ!」男が叫んだ。中年の男は、また、完全に箱の動きを見失ったらしい。荒い息遣いが、康吉にも、はっきりと聞える。

「さあ、どれだい」

勝ち誇った胴元が、嬉しげに、答を催促する。打ちひしがれた男は、曖昧に左右を見まわすが、どこにも助けはない。男は、追いつめられ、胴元の男に視線を戻し、なおもためらうが、とうとう、おずおずと左端の箱を指さした。康吉は、それを見て、あっと思った。追いつめられた男が、何の成算もなく指さした箱は、偶然、正しい箱なのだ。康吉は胴元を見た。胴元は、その箱が指さされるのを見ると、あの嬉しげでもあれば不敵そうでもある笑いを顔に浮かべ、さっと右手をのばして、その箱にかけ、今にもそれを裏返しにせんばかりの姿勢を取った。そして、その姿勢のまま、なおもおずおずとその箱を指さし続けている男の顔を見上げた。

「いいんだね、おっさん。この箱だね。さあ、裏返すよ。もし違っていたら、この三枚は、俺の頂きだよ」

男は、ぴくっとしたような表情で、胴元の男を見返した。胴元の男は、そこへつけ入った。

「いいんだね。本当にいいんだね。もう、賭けているんだから、引っ込めっこなしだよ。この箱だね。さあ、あけるよ。穴がなけりゃ、三枚はもらうよ。引っ込めないいんだね」

引っ込めないいんだね、と言われて、男は、びっくりしたように手をのばし、指先に、場に投げ出されていた、自分の賭けた三枚の千円札をつまんだ。が、そのまま、一瞬、ためらった。曖昧な、助けを求めるような表情が、また男の顔に浮かんでいた。胴元の男は、よしというように更に身を乗り出すと、手をかけている左の箱を今にも明けそうな気構えを見せた。と、それに脅かされて、中年の男は、指先につまんだ三枚の札を、おずおずと自分の方に引きよせた。その曖昧な思い切りの悪い指先にふるえる札が、漸くもう誰が見ても、場から引き下げられたと思えるところまで、引きよせられたその瞬間、胴元の小柄な男は、手をかけていた箱をぱっと開いた。そこには、大きく穴が明いていた。

「惜しいなあ」

小柄な男は、勝利と嘲りの声を挙げた。

「三千円の倍返しなら、六千円だったのになあ。勿体ないねえ」

「………」

中年の男は、卑屈な、嘆願するような笑いを浮かべ、何か曖昧な言葉を胴元に向って呟くと、三枚の千円札をつまんだ指先を、もう一度、もじもじとその穴の明いた箱の方へ、のばした。

「あ、駄目、駄目！」

胴元の男は、更に勝ち誇って叫んだ。

「一度、引っ込めたものは、引っ込めたもの。子供じゃないんだから、待ったはなし。惜しかったねえ」

すべての成行きをみていた康吉の心を、男のあまりの見事さへの強い感嘆の念と、同時にそれへの鋭い反撥が、走り抜けた。相手の心の動きに対する、一瞬の狂いもない正確な読み。それは見事としか言いようがない。だがもし、俺なら……、もし、俺が相手なのなら、あの卑屈でおどおどした中年の男のように、心の弱みにつけこまれることはないぞ。もし俺なら、あんな罠にはかからない。もし、俺なら、あの勝ち誇る小男になど、負けはしない。もし、俺なら、冷たく箱を見つめ、男の手を見つめ、そして男の心を見つめることができる。もし俺なら、あいつに勝つことができる——。

「みんな、きっぷのいい衆を相手にして、気持いい勝負だったね。これなら、勝っても負けても、気色がいいね」

男は、心底、嬉しげにそう言って、最後にもう一度、みなを見渡すと、手元の金と煙草の箱を、手早く片付け始めた。

「おい、待ってくれ」康吉は叫んだ。男は、おやというように首を挙げ、康吉を見た。

「まだ、俺がやる」

康吉は、ズボンのポケットから財布を出すと、一枚の千円札を抜き出して、甲板に投げた。千円札は、頼りなげに、ふらふらと空気の中を滑って、甲板に落ちた。小柄な胴元の男は一瞬、思い迷うように、康吉の顔を見つめたが、すぐ、にやっと、いつもの笑いを浮かべると、仕舞いかけた煙草の箱を、素早くそこに並べた。

「よし。いいかい。行くぜ」

男は身構えた。康吉は、きっとなって男の手元を見つめた。康吉の意識の外辺に真青な海が、強烈な陽光にきらきらと光りながら、果てしなく拡がり、頭の何処かで、船のエンジンの単調な音が、俄かに大きく響き始めた。

4

「よし。いいかい。行くぜ」

男は、にっと嬉しげに笑って身構えた。康吉は、きっとなって男の手元を見つめた。意識の中で、船のエンジンの単調な音が、俄かにふくれ上り、こめかみに流れる血の脈動と一緒になって、頭の中一杯に響き始めた。

落ち着け。康吉は心に言った。手を見るな。箱を見るのだ。箱だけを見るのだ。箱だけに視線をすえ、静かに執拗に追いつづけるのだ。静かに確実に動く視線を振り切れるものはない。それほど、早く動く手先はありえない。俺は勝つ。必ず勝つ。それを信じるのだ。康吉は、全力をこめて男の手元を睨み、それが動き出すのを待ち構えた。

だが、どうしたのか。その手元は、今にも動き出しそうな形になっていながら、なかなか、動き出そうとしない。左右、それぞれ三本の赤銅色の指が、軽やかに二つの箱にかかったまま、一呼吸、二呼吸と、過ぎて行く。康吉は、次第にじりじりとしてきた。煙草の箱を見つめる康吉の視野の上の方に、男のふてぶてしい笑い顔がひっかかっている。その、人を小馬鹿にしたような笑い顔。一度それを意識すると、その顔は、康吉の視野の端にまつわりつき、離れようとしなくなってしまった。おい早くやれ。康吉は、うるさいその顔を払い落すように、苛立たしく心に叫んだ。が、依然、康吉の見つめる手は動かず、顔だけが彼の意識の端で嘲るように笑いつづけた。おい、何だ。康吉は自分の苛立たしさにたえきれず、思わず、その男の顔を睨み返そうと眼を挙げた。と、その瞬間、男の手元が飛ぶように動いた。

あっ、しまった――。康吉が心に叫んだ時は、遅かった。一瞬、眼を放した隙に、男の手は康吉の視線を完全に振り切ってしまった。慌てて視線を戻しても、そこには男の手と煙草の箱が素早い鳥の影のように行き交うばかりで、もう何も見分ける方法はない。数秒後、男の手がぴたりと止ると甲板の上には、何の違いもない煙草の箱が三個、やや斜めに傾き出した陽の光に輝きながら、静かに置かれているだけであった。

「さあ、どれだい、学生さん」

男は余裕たっぷりに、康吉に聞いた。康吉は完全に、はかられたのだった。

「さあ、こいつかい。それとも、こっちかい。言ってくれなければ判らないね」

康吉は、口惜しさに唇を嚙んだ。康吉は当てずっぽうに右の箱をさした。

「ああ、駄目だねえ」

男は勝ち誇った声を挙げた。

「そうら、こっちだよ。学生さんは頭いいだろうに、判らんかねえ」

「よし、もう一度だ」

康吉は、また一枚の千円札を財布から抜き出して投げた。ここでは、やめられない。必ず、勝ってみせる。康吉は、心に言った。

「学生さん。やめた方がいいんじゃないかね」

男は嬉しそうに笑いながら、じらすように言った。

「やめたって、いいんだぜ。学生さんて言やあ、まだ子供だ。子供が大人のことに手を出すと、火傷の元だよ」

「おい。やってくれ」

怒りと苛立ちを押えて、康吉は言った。負けるものか。康吉は思った。こいつの顔を見たから負けたのだ。あんな挑発に乗りさえしなければ、決して負けない。康吉のこめかみで、また血管が、どきどきと響き始めた。

「へえ、やるのかい、まだ」

男は、面白そうに康吉の様子を見ていたが、じゃあ、というように、ゆっくりと、甲板の上の三つの煙草の箱を裏返し始めた。よし、今度は、箱から眼を離さないぞ。じらそうったって、じらされるものか。ゆっくりと、一つ一つの箱を裏返して行く男の余裕ありげな様子に、激しい敵意を感じながら、康吉は眼をその手元にすえようとした。が、今度は、康吉が眼をすえるより一瞬早く、今までのんびりと動いていた男の手が、ぴたと止り、位置を決め、途端に、はじけるように飛び交い始めた。

あっ——。一瞬、立ち遅れた康吉は、必死になって、その動きを追った。わぁと、ふくれ上った康吉の頭の中で、血の流れと、エンジンの音がまた破裂しそうに反響し始め、ぎらぎらと輝く太陽の反射に眼がちらつき、口は乾く。康吉はどうにかして、見失いかけた箱に追いつこうと、必死に眼を走らせる。が、その視線は箱の動きからそれ、嘲るように飛びはね飛び交う男の手を追ってそれに翻弄され、しかも康吉は、もうそのことに気がつかない。勝負は、またしても、康吉の完全な負けであった。

およそ、十分ののち、康吉は真夏の海の輝きの中に血走った眼をひきつらせて、眼の前の甲板を見すえていた。今、彼の手元に残ったのは、ただ一枚の千円札だけであった。

赤ら顔を海からの反射に照りつかせた胴元の小男は、そのことを早くも見てとって、またしても勝ち誇った嘲笑の声を挙げた。

「学生さん、もう、やめるんだね。そいつあ、残しておいた方がいいぜ。パパやママのところへ帰れなくなっちゃうからね」

嘲りの声は、康吉の頭に、がんがんと響いた。が、康吉は、所詮もう止れない。半ば機械的に、最後の千円札をその場に叩きつけた。勝つ成算はない。だが、このままでは、どうにもならないのだ。失った金の半分でも取戻さなければ、どうやって郷里に戻ればいいのか。ここまで負けた以上、もう、あるだけ最後まで賭け続ける他に、方法はない。——勝つのだ。勝つのだ。かっかっと燃える頭の中で、康吉は、それだけを思い、必死に眼をすえた。

しかし、一瞬の後、血走った視線を必死にすえる康吉の前で、また男の手先が飛ぶように動き、康吉はまたしても完全にその動きを見失い、最後の千円札は男の手に収まった。その千円札を、男の手が引きよせ、勝利を誇る男が煙草の箱をしまおうとした時、康吉は、もう完全に我を忘れていた。彼は、バンドを外すのも、もどかしく、左手から腕時計をもぎとると、それを甲板に投げた。

「おい、これで勝負だ」

「やめな、学生さん。同じことだ」

「いや、勝負だ」

上ずった声で叫ぶ康吉を見て、男は、にやっと上機嫌な笑みをもらすと、また箱を並べ直して、用意をした。これが最後だ。康吉は、心に叫んだ。もう、あとはない。これに勝つのだ。が、結果は、同じであった。一瞬ののち、男の手は、また機械のような正確さで飛び交い、血走った康吉の眼は、またたく間にその動きを見失い、腕時計は男の手に引きよせられ、午後の太陽は真青な南国の海にぎらぎらと輝き、そして康吉はその明るい輝きの中にあって、ただ、もう屈辱と絶望にまみれて、ほうけたような視線を甲板に投げるばかりであった。

「おい、学生さん」

男に呼ばれて康吉は眼を挙げた。小柄な赤ら顔の男は、嬉しげな笑いを顔に浮かべて、上機嫌に康吉の顔を一べつすると、今、手元にとった康吉の時計を、彼の方に投げて返した。

「俺は、学生さんから、時計まで取るつもりはないね。俺も留津の英と呼ばれる男だ。若い学生さんを身ぐるみ剝いだなんて言われたら、名がすたるね」

男はそう言うと、もう一度、楽しげな悪意に充ち、それでいながら、妙に人なつこい笑いを浮かべて、あたりの人たちを見まわした。そして、手早く手元のものを片付けると、さっき現われた時と同様、無造作に人々を押しのけて、船尾の方に消えてしまった。康吉は、男に憐まれて、また、一層の屈辱に心を打ちひしがれた。が、彼には、もう時計を投げ返してそれに応える気力はなかった。彼は男の去ったあと、甲板に残った時計を拾いあげると、人々を避けて、ふらふらとよろけるように、人気のない船首の手すりの方へ歩いて行った。

その時の海の輝き。エンジンから伝わる振動。船首に砕けて飛び散ってくる波のしぶき。胸を悪くするペンキの臭い。潮風と油にべっとりした手すりの感覚。そのすべては茫漠として、夢の中の情景のようでいながら、しかも、細部まで、何一つ欠けることなく、今、こうして暗い部屋に横たわる康吉の記憶に甦ってくる。それは、もう早くも十年の昔のことでありながら、こうして思い出せば、今なお、屈辱の炎で、彼の心を灼いた。

だが、あの時、俺は俺という人間を知ったのだ。康吉は、華やかな余興の続くパーティ会場から離れ、ひとり疲れに火照る身体を暗い小部屋に横たえて思った。彼の心に、もう一度、あのエンジンの単調な振動に震えるべっとりした船の手すりの感触とともに、その時、彼の耳元で語られた太い声が甦った。

「学生さん。見てて、勝てると思ったのだろうが」

疲れ果てた康吉が、手すりによりかかり、真青な夏の海に茫然と視線を投げていた時、耳元でそう話しかける太い声がした。康吉がぼんやりと視線を隣りにめぐらすと、そこには、さっき乗船した時康吉に席を作ってくれた、あの大きな太った開襟シャツの男、まだ誰も賭けぬうちに最初に賭けながら、すべてをつまらなそうに眺めていたあの男が、茫漠とした顔を、何を見るということなく、遠い水平線の方へ向けていた。

「自分が賭けていない時は、よく眼が見える。素人衆は、それで勝てると思い込んでしまうものだ」男は言った。

「いや、誰だって、自分が賭けていない時は、物事がよく見えるものさ。自分が賭けていない時には、だ。自分の眼をくらまされたくなけりゃ、賭けぬことだな。自分の眼をふし穴にしたくなけりゃ、賭けぬことだ」

男は、そう言いながら、視線をゆっくりと右の方へめぐらせた。康吉も、それにつられて、そちらを見た。そこには、先程胴元だったあの小柄な男、自ら留津の英と名乗った男が、一人黙々と手すりから海を眺めていた。

「あいつは恐ろしい男よ」男は続けた。

「どんなに上機嫌になっても、眼だけは決して笑わねえ。いつも見ていやがる。留津の英と言や、ここらじゃ、いい顔だが、あいつは、それを、あの眼と指先だけで張っているのよ。二年ばかり前、留津にやってきた頃には、誰一人洟《はな》もひっかけないぺいぺいだった野郎がな。俺なんざあ、いつの間にか、あいつにやとわれる身分になってしまった」

男は、手すりの横木を指先で無意識のようにぱたぱたと叩きながら、次第に近づいてくる大きな陸の影を見やった。康吉は、動きにつられて、ふと男の右手を見て、思わず息をのんだ。その右手の親指は、根元からぷっつりと断ち切られ、ただ木の切株のような太く短いでっぱりが、漸く激しさを失い出した海面からの反射光に、赤くてらてらと輝いているのであった。

5

康吉は、右手の先で、ズボンのポケットの中のトランプに触ってみた。その滑らかな快い、しかし固く確かな感触。それは、この舞台裏の暗く埃っぽい一室に横たわる彼に、世界とのつながりを与え、しっかりした安心感を与えてくれた。

あの十年前の夏の日、康吉は、船の着いた小さな町で留津の英のお情けで手元に残った時計を入質し、それで送金を求める電報を打って、辛じて郷里へ戻った。彼にはもう、旅行を続ける気力はなくなっていた。

それは彼にとって、人生で殆ど初めての敗北の経験であった。彼は中学から、高校、そして大学と、自分の能力と意志に寄せた自負を、一度として外から否定されることなく進んできた。それが、その夏の日、徹底的に打ちのめされてしまったのだった。熱い恥辱のひりひりする味が、夏の間中、彼の身と心を灼いた。彼はそれをまぎらすために、一度は捨てた娘を再び呼び出した。だが、曖昧に逆らいつつ、曖昧にうなずくその愚鈍な娘を自分の閉ざされた情念の自由にしたところで、それで自分の愚鈍さが償われる訳ではなかった。女を前にして彼は、自分が更に徹底的に敗北したことを、認めない訳には行かなかった。

康吉は、打ちのめされた気持のなかで、偶然の機会に試してみたトランプ手品に、やがて、殆ど自分の情熱のすべてをかけるようになった。何の目的もなく、何の結果と言えるものさえなく、ただ自分の指先を訓練し抜くこと。康吉が自分の指先に願ったのは、あの鳥の影のように素早く正確に飛び交った小男の指先の動きであった。そして、やがて、その願いの幾分かが果たされ、滑りやすいセルロイドの光る五十三枚のトランプは、康吉の指先のほんのわずかな動きにも、正確に応えて、一瞬のうちに扇になり、流れになり、二つに分れ、一つに集まり、一枚はポケットに落ち、次の一枚はワイシャツの袖口に滑り、更に一枚は掌のうちに隠れるようになった。

その後、日が経ち、年が去り、康吉がトランプに触れることも稀になった。そして、それにとって代ったのは、古い中世ヨーロッパ絵画の技法に関する研究であった。彼は、人々の苦悩と悲惨と束の間の喜びとそして祈りが凝縮している、古い、遠い国の絵画に、ただ動かしえないものだけを見ようとした。自分の不確かな感情をそこに投げかけるのではなく、人々の生の凝固のなかから、確かなものだけをとり出すこと。彼は、ヨーロッパから遠いこの国にいては徹底的に不利なその課題に、自分の能力のすべてをかけ、かすかに見えてくるもつれた糸を、一本一本解きほぐして行くことに、自分の生の核を求めるようになったのだった。

この奇妙なパーティ。康吉は暗い小部屋の中で、かすかに響いてくる人々のざわめき、歓声、生の喜びのどよめきを聞きながら、思った。この裏に何がうごめき、何が隠れ、何が必死に演じられているのであれ、俺は、もう、それで脅やかされることはない。俺には俺の仕事がある。俺には俺の正確さがある。

だが、そう心に呟く鶴木康吉の全身を、また堪え切れない疲労が、ゆっくりと効く毒のように侵して行った。康吉は疲れ果て、考えるのをやめた。康吉は狭い即席ベッドの上で、窮屈な身体をねじって、苦しい寝返りを打った。半ばうつむきになり、顔を椅子のクッションに斜めに伏せていると、疲れが、彼をどんよりとした眠りの中へ引き込んで行った。彼はその泥のようなまどろみの中を、果てしなく落ち続けて行った。

電気がついて、康吉は、目が覚めた。入口の扉のところに、豊田豪次が、さっき公子が持っていたのと同じような重そうな茶色の封筒を持って、立っている。開いた扉からは、会場からのざわめきが、そのまま飛び込んできていた。

「おう、何だ、こんなところに居たのか」

起き上った康吉を見つけて、豪次が大きな声を挙げた。

「緑が、おかんむりだぞ。自分の分だけ済ませたら、さっさと消えてしまったと言って」

「彼女は、終ったのか」

康吉は身体は起こしたが、自分が何を言っているのかまだよく判らず、半ば眠りの中で舌をもつれさせた。

「ああ、今、終ったところだ。早く行ってこい」

言われて、康吉は、のろのろと立ち上り、漸くはっきりしてくる意識で、では、そんなに長く眠っていた訳ではないのだなと考えながら、半ば機械的に会場の方へ戻ろうとした。その時、うしろから、また豪次の声がした。

「おい。会場へ行ったら、坂上をこっちによこしてくれ。誰か留守番がいなくては、俺が会場に戻れない」

康吉は、もう一度、うしろをふりかえると、今度は、ややはっきりと豪次にうなずき返し、それから改めて、華やかなざわめきのきこえてくる会場の方へと歩いて行った。

第三章　襲撃

1

下之条緑は、汗を拭ってもう一口コーラを飲んだ。つめたく冷えた液体が、乾いた咽喉を快く通って行った。緑は思いついて、冷えたびんを、頬に押し当てた。ひんやりとした冷気が火照った頬に快い。

会場の照明は消されて、あたりは薄暗かった。そして、舞台になっている一劃にだけ明るく照明があたり、そこで飯森重猛の催眠術が始まっているところだった。一人の若い女の子が照明に照らされて重猛の前に神妙に坐り、ぼんやりと眼を閉じている。早くも催眠状態に落ちているらしい。しんとなって見守る人々にかこまれて白いブラウスと茶色のスカートをはいた胸の薄いその女の子は両手を徐々に持ち上げて行く。

緑は、何となくもう一度あたりを見まわしながら、さっき踊りの前に少し飲んだビールの酔いも手伝って、いい御機嫌で、ひどいもんだなあと、口癖になっている言葉を呟いた。別に何をひどいと思っている訳でもない。逆に、妙に心が楽しくなって仕方がないのだ。

実を言えば、緑も、さっきの舞台裏の騒動には、いささか呆れていた。豪次が来、重猛が来れば何か一騒ぎあるかも知れないとは思ったし、この公称ハンドボール部主催のダンス・パーティの幾分怪しげな裏の話も知らないではなかったが、浅川勇太などという変なおじさんが飛び込んできて、こうまで引っかきまわすとまでは、ちょっと考えてみなかった。まったくああしたことを眼のあたりに見させられては、緑とても、一体、みんな、何をたくらんでいるのだろうと思ってしまう。が、それとて、何を案じてそう思う訳でもなく、緑にとって結局は、そうした男たちの権謀術数など、どうでもいいこと、いや、どうでもいいよりも、逆に心を浮々させることばかりなのである。男たちの様々なたくらみ、権力への夢、自分勝手なもくろみ、大文字で書き出された正義、血の色に輝く革命、坐り心地のよい肘かけ椅子、金文字と印刷インクに匂う著書、ゼロの任意に並ぶ小切手帳の一ページ。緑は、男たちが無邪気に信じているそうしたことのどれ一つも、本気で信じている訳ではなかった。だが、男たちがそうした自分たちの夢から織りなす人生の劇。それがこの世にあればこそ、女としての緑にも生き甲斐があろうと言うものではないか。

丁度その時、緑は、入口から康吉が入ってきたのに気づいた。やっと戻ってきたわ、人の踊りも見ないで。上機嫌の緑が、薄暗い中で手を振って合図をしたが、康吉は緑を探そうともしないで、真直ぐ飲みものを売っているスタンドの方へ歩いて行った。見ると、そこには公子と坂上がいたが、坂上は康吉と二言三言話すと、すぐ入口から出て行き、康吉は、そのまま公子のそばに残ってしまった。

あら、あの人は私のいるのを忘れてしまったのかしら。ひどいもんだなあ。緑はそれを見て、女としていささか心平らかならず、また、ひどいもんだなあと呟いたが、それも元より口先だけのことで、何も二十歳の小娘のように本気でそれを怒っているのではなかった。いや、逆に、二人並んでいる様子をこっちから眺めて、むしろ心楽しくなってさえ来るのだった。鶴木さんだって、そろそろ結婚してもいい頃だ。三木さんじゃどうなのかしら。でも、あの二人じゃ、窮屈過ぎて駄目だなあ。二人とも、もっと自由にならなきゃ。もっと自由になれる相手を探し出さなきゃ。あれ、三木さんが出て行くわ。鶴木さんはふられちゃったぞ。あとを追いかけていけばいいのに。外の廊下なら人気がないんだ。追いかけて行くには、好適だぞ――。

その時、公子が出て行った扉から、入れ違いに、豊田豪次が入ってくるのが見えた。豪次は、緑が手を振ると、気づいて、合図を返してきたが、こちらへは来ず、主催側の学生たちと忙しげに二言、三言言葉を交すと、すぐにまた出て行ってしまった。

みんな忙しいなあ。緑さんをば、ほったらかしにして――。緑は上機嫌で、言葉だけ不服げに呟いた。

その時、舞台の方から、また人々のどよめきが伝わってきた。緑がのび上って見ると、いつの間にか、さっきの白ブラウスと茶色のスカートの女の子が、舞台の上に跪《ひざまず》いて、一心に祈っている。そして、重猛は、上半身をかがめ、右手で軽くその子の肩にふれて、暗示をかけ続けていた。緑は、俄かに好奇心をかき立てられ、人々の間を縫って、前の方に出た。

「そうら、君は祈っている。大きな暗い教会の中だよ」重猛の柔い声が囁いていた。「あたりは夕方になってきた。まわりが暗くなってきて、君の身体は重くなって行く。手も足も重くて、君はもう立てない。遠くから誰かの足音がする。だんだん近づいてくる。こわい足音だ。そうら、近づいてくる。迫ってくる。君は逃げたい。だが、立てない。動けない。あっ、近づいてくる。一歩一歩近づいてくる。こわい、大きな、せむしの男だ。君は肩をつかまれる。仰むけに引きおこされる。ブラウスが破られる」

「うっ」というような叫びが、女の子の口からもれた。その胸の薄い女の子は跪いたまま、立ち上ることができず、恐怖にゆがんだ顔をのけぞらせて、身もだえた。手は、破られたはずのブラウスをかきよせて、胸のわずかなふくらみを隠そうとしている。それを笑みを浮かべて見守っていた重猛は、頃合を見はからって、ぽんと手を叩いた。

「そら、みな、消えた。君は目が覚める」

女の子は、その音と一緒に、突然、身動きをやめ、はっとした面持で、まわりを見まわした。そして、自分を見つめる人々の好奇心にあふれた眼に、自分のしたことを読みとり、恥しさに顔を真赤にして、逃げるように、舞台から、下の人混みの中へ降りて行ってしまった。

舞台の上の重猛は、余裕たっぷりに笑みを浮かべながら、第一の犠牲を見送った。そして、また、獲物を探すハイエナのように、その笑いを含んだ眼を、ゆっくりとみなの上に滑らし始めた。観ていた人々の間に、ひそかな戦慄が波のように伝わって行った。みな、重猛から眼をそらそうとして、そらせない。本能的な恐怖に戦《おのの》きながら、自分の視線を、吸いつけられるように、舞台の上の重猛の視線に合わせてしまうのだった。

ゆっくりと動いて行った重猛の視線が、突然、止った。その悪意に充ちて笑う彼の眼が、若い、青と白の流行のオプアート調のドレスを着た華奢な女の子の上に、ぴたりとすえられた。やがて、その視線は、次第に招くようにうなずきはじめた。吸い込まれるように重猛の眼を見つめた女の子は、まだ彼が一言も言わぬうちに、意志を失ったかのようにのろのろと、舞台の方へ近づいて行った。青と白の大胆なドレスのその女の子は、濃いアイシャドーの入った眼を照明の光に眩しげに細めながら、わずかに高くなった舞台にのぼり、重猛の前に立ち、半ば眠ったような眼で重猛の眼をじっと見つめた。

2

控室の扉が開き、ひとりで坐っていた坂上が眼を挙げると、三木公子が立っていた。

「坂上さん。入口のところに、おかしな学生がいます」

「よし、見てくる。あとを頼む」

坂上は答えて、すぐ廊下に出た。しかし、坂上が大階段から受付の附近を見まわった時には、もう不審なものの姿はなかった。坂上は廊下で、さっき自分と入れ違いに控室を出て行った豊田豪次が、ひとり煙草をふかしながら、檻の中の熊のように歩きまわっているのを見かけた。

「こっちに、変な奴が来ませんでしたか」

「いや」坂上の問いに、豪次は短く、不機嫌に答えた。

「どうも狙われているようです」

「そうか」

豪次は煙草を灰皿で押しつぶすと、坂上に背をむけ、両腕を前に組んで、ひとりでまた歩きまわり始めたが、急に坂上の存在を思い出したかのように立ち止り、彼の方を振り返って短く言った。

「よく警戒しろ」

「ええ」

坂上は答えて、すぐに控室に戻った。坂上が控室の扉を明けた時、窓際に立っていた公子が、びくっとした表情で、こちらを振り向いた。

「もう誰もいない」

坂上が言うと、公子は黙ってうなずき、すぐ外へ出て行った。

3

「そうら、君は段々眠くなる。もっと、もっと眠くなる」

会場では、柔な、撫ぜるような重猛の声が、囁き始めた。

「君は眠り、あたりは段々と暗くなって行く。暗い中を、君は滑る。ずうっと、滑って行く。こわいことはない。君は、暗い中を、すうっと、どこまでも、どこまでも滑って行く」

鮮かなオプアート調のドレスに身を包んだ、華奢な女の子は、眼をつぶり、何故とも知らず戦きながら、心の暗い深みへ沈んで行く。重猛の低く語る声とともに、思いなし身体を前に傾け、両手をわずかに左右にひろげ、かすかに揺れながら心の中の暗い空間を滑って行く。そして、また、ビロードのようになめらかな重猛の声が低く響く。

「そうら、滑って行く。滑って行く。ほら、遠くの方を見てごらん。遠くの方に、次第に明るいものが見えてきたね。君はそこへ近づいて行く。次第次第に近づいて行くよ。ほら、もうすぐだ。君には、そら、もう見えるよ。明るい、気持のいい花園だ。青い空、咲き乱れる花、ただよう香り、おだやかな空気。そうら、君はとうとう、そこに出た。何て楽しいんだろう。君は、ふわふわと浮きながら、ゆっくりと奥の方に入って行くよ。そうら、見えるかい。向うのベンチの所に、君の会いたいと思っていた人がいる。誰だか判るかい。君がずうっと会いたいと思っていた人だよ。どうしても、もう一度会って、心のありったけを言いたいと思っていた人だよ。もう一度だけでいい、会って、思っている心のたけを聞いてもらいたいと思っていた人だよ。ほうら、こっちをふりかえる。にこにこ笑って、君を待っている。優しく笑っているよ。君は、何を言ってもいいんだよ。君が何を言っても、みんな、優しく、そのまま聞いてくれる。君の言うことを、みんな聞こうと、あそこで君を待っているのだよ。ほうら、もう少しで、あの人のところだ」

両手を少し浮かし、心の空間を浮遊しつづける、青と白のドレスの女の子の濃い化粧の下から、意外に稚い顔が現われ、その稚な顔が次第に日常の緊張から解き放たれ、溶け出して、仕合せさに柔くうるみ始めた。暖かい、心地よい涙が、アイシャドーの眼から溢れ、青白く白粉ののった頰を濡らして行く。きつく描き込まれた眼張りの線は消えて、柔いとりとめのない表情、頼りなげな湿った少女の眼が、ぼんやりと漂い始める。

「ほうら、君はもう、あの人の前にいる」また重猛の声が柔く囁いた。「あの人の優しい笑い顔。ほうら、あの人はここに坐っている。遠慮しないでいいんだよ。誰もいやしない。二人だけなのだから。膝をついて、そうら、あの人の膝にすがって、みんな話してしまえばいい。泣いてしまえばいい。心のありったけを、みんな言ってしまえばいい」

重猛は、そう囁きながら、手元の金属の折りたたみ椅子を、その女の子の方に押しやった。涙で顔を一杯に濡らした女の子は、感動にふるえながら跪き、その薄汚れた椅子をいとしげに両手でかきいだくと、薄い固いクッションに濡れた頰をぴったりと押しつけ、低い声ですすり泣き始めた。

「そうら、もう安心だよ。何も心配することはない」重猛の低く柔く囁く声は、なおも続いた。「何を言ってもいい。何でも判ってもらえる。みんな判ってもらえるのだよ。今までの苦しかったことも、悲しかったことも、みんな、判ってもらえる。いつか言いたいと思い暮してきたこと、心の底にしまい続けてきたこと、みんな心のありったけを言ってしまっていいんだよ」

見守る人々の間に、形にならぬ戦きが拡がって行った。人々はじっと押し黙って、その情景を見つめ続けた。

二十歳にもならぬ若さのその女の子はドレスの大胆な切込みからのぞく華奢な美しい肩を、小刻みにふるわせてなおもすすり泣きつづけながら、口の中で呟くように何か言い始めた。

「こわいことはないんだよ」また重猛の声が囁いた。「二人だけなのだよ。何を言ってもいい。みんな言っていい。心のありったけを言っていいのだよ」

「りょういち」

囁く声に励まされて、女の子の口から、少しはっきりと、呟きがもれた。

「りょういち。あなた、いてくれたのね。やっぱり、いてくれたのね。私、会いたかったんだ。会いたかったんだ」

美しいドレスに身を包んだその女の子は、自分の呟きに次第に狂おしく身もだえながら、頬を汚れた固い折りたたみ椅子のクッションにすりつけた。

「私は、淋しかったのよう。凄く淋しかったよう。りょういちに会えさえすればいい。ただ会えさえすれば、りょういちが、どんなに冷たくてもいい、どんなに意地悪でもいい。そう思ったんだよう。あん時みたいに、あん時みたいに意地悪でも、みきはいいんだって。りょういちが、他の女の子と踊って、みきはそれを見ているだけだって、りょういちを見れさえすれば、みきはいいんだって、そう思っていたの。だって、淋しいんだもの。りょういちがいないと、ほんとに凄く淋しいんだもの。死んでしまいそうなんだもの。暗い深い穴の中を、ずんずん、ずんずん、いつまでも、いつまでも落ちてくみたいなんだもの」そうかきくどきながら、涙に濡れたその顔は、次第に恋人と話す仕合せさに、柔く輝き始めた。「ねえ、こわいのよう。いつも、いて。いつも、必ずそばにいて。いつも、必ずみきのそばにいて。ねえ、いてくれるよね。いつだって、いてくれるよね。もう、ずっと、いてくれるよね」

心の暗く暖かい空間にさまようその美しい女の子が、化粧のまだらになった顔を冷たい金属の椅子の脚や背に押しつけ、稚い声を挙げて不実な恋人をかきくどき、その仕合せさに泣きじゃくりつづけるにつれて、安定の悪い折りたたみ椅子はがたがたと無作法な音を立てて鳴り、じっとそれを見守る人々の心を、鋭い酸のような悲惨さが侵して行った。華奢に美しい女の子はなおも柔く泣きじゃくり、恋人に甘え呟き、椅子をいとしげにかきいだいて、仕合せな涙で頬を濡らしつづけた。

「もう、充分かな」

重猛が、突然、今まで撫ぜるようだった口調を変えて、殆ど荒々しく言った。青と白のドレスを着た華奢な女の子は、その言葉にぴくっと身体を痙攣させた。

「よし、君は、急に砂漠の中にいる」重猛は残酷な調子で言った。「君は、また、ひとりぼっちだ」

女の子は、はっと顔をこわばらせた。激しい絶望の表情が、彼女の顔に走った。が、重猛は、それにはまったくかまわず、ますます残酷な、殆ど憎んでいるような声で言った。

「君は、もうすぐ目が覚める。砂漠と同じような世の中に戻る。私が、一、二、三と手を三つ打つと戻る。だが、君は、夢の中で自分のきいたこと、したことを、全部覚えている。君は、自分がどんなに恥しいことを、みなの前でしたか、決して忘れられない。そら、一、二、三」

重猛は、手を三つ打った。女の子は、はっと身じろぎした。彼女は、身を固くして、あたりを見まわした。一瞬、何も理解できないという表情であった。が、次の瞬間、彼女の顔に、あっという表情が走った。それと同時に、彼女の顔は、激しい絶望に醜く歪んだ。彼女の表情は、見るに堪えない醜悪さに引きつれ、もう、泣くことさえ出来ない。

彼女は、名状し難い、けもののような叫びを挙げながら、舞台から駈け降り、人々の間をぶつかるように押し分けて、止める間もなくホールの外へ駈け去って行った。その異様な叫びと、駈け去るハイヒールの鋭い響きが、人々の悲惨さに侵された心を、突き刺した。

「これが人間なんだ」

舞台の上で、重猛が、憎々しげに呟いた。その呟きは、人々の心をもう一度えぐった。みな、顔をこわばらせ、誰ひとり、口を開こうとはしなかった。重猛は、明るく照らし出された舞台の上に、暫く、ひとり黙って立ち続けていたが、やがて、首を垂れ、みながうつろな眼で見守る中を、重い足をひきずるようにして、舞台の左脇の低い階段へ近づいて行った。

その時、突然、会場の隅の方で、硬い鋭い告発するような声があがった。

「違います」

人々は、一斉に、その短い発言の主の方を向いた。人々の眼の集まるその片隅から鋭い視線を舞台の上の重猛にすえ一歩前に踏み出したのは、いつの間に会場に戻っていたのか、やせて小柄な三木公子であった。

4

舞台から降りる階段にまさに足をかけようとしていた飯森重猛は、その硬い鋭い声に、ぎくっとしたように立ち止り、公子に憎々しげな視線を投げ返した。

「これが人間なんだ」重猛はいつもに似合わぬ乱暴な口調でくり返した。

「あなたは、今、自分の眼で見たはずだ。それを信じないのかね」

「信じません」

公子は短くはねつけた。

「ふん」

重猛は鼻先で笑った。

「三木さん。『大学の旗』の聖なる公女さんとやら。あなたは、いつの間に、そんな教条主義者になったのですかね。自分の眼で見たものを信じないで、よく政治ができるものだ。いや、もっとも、考えてみれば、『大学の旗』の皆さんは、それを信じなければこそ、いまだに青臭い政治ごっこを、あきもせず続けていられるのかも知れないがね」

「あなたは弱く卑怯なのです」

公子は、重猛の嘲笑を鋭くはじき飛ばすように、言い返した。

「あなたは、自分の弱さを押し隠すためだけに、ただ、そのためだけに、人の心の奥に隠された柔くか弱く無防禦な領海の中へ、無作法にその汚れた手を伸ばしたのです。そしてそこに潜むひそかなためらい、訴え、憧れ、決して外から暴力的に触れてはならない人の心の秘密を、無理やりに明るみへと引き出したのです。それは、ただ、もともと心の奥の暗い海の中に住み慣れている、そうした傷つきやすい秘密が、不意に引き出された明るみの中でうろたえるのを見、嘲り、踏みにじるだけのため、そして、それによって、隠しようもない自分の弱さを弁解するだけのため、人間なんてこんなものさと自慰の呟きを心に呟くだけのためなのです。そして、それは、実はただ、自分が弱いばかりでなく、その弱さを見つめることのできない、卑怯で、悲惨で、救いようもない人間だと言うことを示すだけのことなのです。あの可哀相な女の子が、私たちの前で夢のように語った心の秘密のどれが、一体、人間とはそんなものだという卑劣な呟きに値するだろう醜いことなのでしょうか。あの人が、心のすべてを尽して、不実な恋人を慕いつづけていることのどこが、一体、あの人にとって、そして人間にとって、恥ずべきことなのでしょうか。そこに何か醜いことを見るかのように信ずる人があったなら、それは、ただ、その人自身のこわばった心、自身の中の醜さ、卑屈さ、悲惨さの反映なのです。一人のかよわい女の子が、その心のすべてをある男を想うことにかけられるとすれば、女として、それ以上の誉れ、誇り、豊かさがあるでしょうか。それこそ、どんな豪奢な冠をいただく女王たちも羨んでやまないだろう、比べようもなく美しい花飾りではありませんか」

「ふん。心を尽して慕うだと。美しくも言い逃れたもんだ」

重猛は、そう低く呟き捨て、その暗い憎しみに燃え立った眼を舞台の下に立つ公子に向けた。が、その時、さっき出て行った豊田豪次が、入口の扉を乱暴に明けて、戻ってきた。重猛は、その扉の音で我に帰り、自分に集まる人々の視線にはじめて気がついたらしい。彼は、思い直したように顔を挙げ、急に余裕を見せて、人々に笑いかけた。

「いや、私とて、理解してはいるのです、こんな若い真面目なお嬢さんに、人生の真実など、そう易々と判ってもらえないことは。何ごとも、判るには経験が大事で、そして、若いお嬢さん方に、何が欠けていると言ったって、経験ほどないものはない。特に生真面目なお嬢さん方にはね。いや、こんなことは、みんな、皆さん先刻ご承知のことで、何も今更……。だが、こうしてみると、ここには、ごくお若い方も多いようだ。やはり、ひとつ説明した方がいいかも知れませんな」

入ってきた豪次は得意の饒舌もはさまず、黙って舞台の上の出来事を見ていた。彼の注意の半ばは舞台に、あとの半ばは何か別のことに向けられている様子だった。重猛は、激しく燃える公子への敵意を、そ知らぬ笑いの陰から、ちらちらと垣間見せつつ、また公子の方を向いた。

「いや、聖女さん。失礼しました。あなたのおっしゃるのも、ごもっとも。確かに、あのお洒落のお嬢さんは、心のすべてを尽して、りょういちさんとやらを慕っているには違いありませんな。ですが、聖女さん。慕っているとは、一体、何なのでしょうか。女が男を慕うというのは、一体、何なのでしょうか。それは、ごく簡単なことなのですよ。あのお嬢さんは、椅子にしがみついて、泣きもだえていましたっけ。いや、もう少し、あの先までやればよかった。そうすれば、聖女さん、如何にあなたとても、私の言うことを信じない訳には行かない情景が演じられたはずですよ。私は、つい上品な生まれなものだから、若い女の人が自分から裸になって身体をくねらせたり、それ以上の先までもだえたりするのは直視できなくって、気弱くもやめてしまった次第なのですが」

「何故」と公子は、怒りよりは殆ど悲しみの色をみせて答えた。「人が自分の心に誘われて自ずと身をまかせて行く愛の行為を、そんなにも薄汚れた言葉で呼び、醜さと淫猥さの腐臭の中へ貶《おとし》めなければならないのでしょう。女が、心に慕う男の腕に自分のすべてをまかせたいと願うほど、人間的な情念はないでしょうに」

「うっふ。心に慕う男の腕に自分をまかせる！　人間的な情念！　いや、聖女さん、あなたは、なかなか文学的表現に長《た》けていらっしゃる。が、その実際がどうか、ご経験はおありかな。いや、これは余計なことを、どうも、失礼」重猛は、暗い眼に険しい敵意を燃え上らせながら、嘲った。「いや、確かに、あなたのおっしゃる通りなのでしょう。もし、あのお嬢さんがその心を尽して慕うところの他ならぬりょういち君なる人の『腕に自分をまかせ』たいと願ったのならば、まあ『腕に自分をまかせる』ということの実の姿が、いささか、あられもないことであったにせよ、聖女さん、あなたの論理でおおえないことはない。ところが、いえ、決して、そうではない。あのお嬢さんが心に願ったことは、そんなことではないのですよ。この飯森重猛が保証してもいい。それとも、私の保証じゃ駄目だとおっしゃるかな。いや、さっき、あの先までやりさえすれば、よかった。そうすれば、あなたにだって信じて頂けたはずであったに。あのお嬢さんだって、あそこで中途半端にやめたくなかったに違いないのですよ。うっふふふ」重猛は悪意に充ちた笑いをふりまいた。「いや、まったく。うっふ。あのお嬢さん、今頃は、どこかで、また泣きじゃくりながら、私を憎んでいるに違いない。何故、終りまで行かせなかったのかとね。実際、私は気が弱いために、かえって人の心を傷つける。まったく反省の必要があるのですよ。と、まあ、話がずれましたが、これ位申し上げれば、大抵のところは判って頂けたでしょうな。いや、お判りにならないかな。お若い方だ、仕方がないが、まったく私は厭なのですよ、こんなことを、そんなに詳しく論ずることは。大体が、大人ならば判るはずなのですよ、あの先がどうなったか。鷗外風に言えば、奇妙な和解ならぬ、奇妙な解放が来たのですよ。汚れた折りたたみ椅子を相手にね。りょういち君など、いはしないのにね。場合によったら、自分の手と、更に、ことによったら、私の少しばかりの助けも借りて。で、それだけのことなのですよ。女が男を慕うなどとは、それだけのことなのですよ。それだけのこと――、無慙《むざん》にも、悲惨にも、それだけのことなのですよ。そして、人間って奴は、それだけのことだと思ってしまうのが厭さに、思い切り悪くも、愛だの、慕うだの、りょういち君だのを発明するのですな。が、そんなことをしても、何にもならない」

重猛は言葉を切って、公子を憎々しげに睨んだ。余裕ありげにしゃべりつづけてきた彼の表情に、また暗い怒りの炎がちらちらと燃え立ち始めた。

「あなたは、私を卑怯だとお叱りになりましたな。救いようもない人間だと、のたまいましたな。だが、私があのお嬢さんに一体何をしたと言うのです。私はただ、あの華奢で可愛らしげで上品なお嬢さんの心の底、身体の底にひそむことを言ってやっただけなのだ。始めは口当りがいいように、それから段々、本当にあの女の欲している方へ。あなただって見ていたはずだ。私は、ほんの口火を切っただけではなかったか。あとはあの女が、心の抑えを振り捨てて自分の欲望へ向けてただひたすら自分で駈け出しただけなのだ――。恋とか、りょういち君とか、お上品な理由で一度自分を安心させると、あとはもう、さかりのついた牝犬のように、欲望の淫猥さへ、女であることの無慙さへ、人間であることの悲惨さへ、恥しげもなく、ただただ自分からのめり込んで行っただけなのだ」

深い悲しみの色が、公子の顔に拡がった。公子は静かに、殆ど自分の心に問いかけるように答えた。

「何故、それほど迄に悪意をもって、人の心の切ない営み、切ない試み、切ない憧れを、貶め辱しめなくてはいけないのでしょうか。私たち人間が、あまりにもしばしば自らの心にそむいて、一つの浮標すらない荒れ果てた官能の海の中へさまよい出すものであればこそ、私たちは、こうまでも切なくひとりの人を慕い、そこに人間としての証しを求めようとするのではありませんか。人の心は弱いものです。それは、身体を通してひそかに忍び寄ってくる官能の誘いに、殆ど抵抗するすべを知りません。何が自分の本当の願いであり、何がすべてを無の中へ崩し拡散させて行く官能の囁きであるか、それを区別するすべとて、殆どないのです。ただ、それでも、もし、その区別が可能であることがあるとしたら、それでも、もし、私たちの心が、私たちを荒涼と果てしない無の原野へ連れて行くだろう官能のひそかな戦きと、反対に私たちをたとえ苦しくはあっても確かな支えのあるこの地上に結びつけるだろう人間的な感情とを、はっきりと区別するすべを知る瞬間があるとしたら、それでも、もし、私たちの心が自らの中に震える官能への誘いを断ち切って、人間であることにそのすべてを賭けることができる瞬間があるとしたら、それはただ、私たちが、あるひとりの人をひたすら慕うこと、心のすべてを尽して、ひたすら慕うことによってだけなのです――。女であることの無慙さ、人間であることの悲惨さを、一体、誰が知らないことがありましょう。が、それを知ればこそ、私たちは、こうも切なく人間的であることを願うのです。こうもひとりの人を慕いつづけるのです。私たち女の心の傾き、ただひとりの人にかけた心の傾きは、たとえ辛うじてであっても、なお欲望の悲惨さ、無慙さに対抗し、私たちを人間的でありつづけさせることができるのです――」

公子は、ちょっと言葉を切ると、舞台の上に立つ飯森重猛の顔を、じっと悲しげに見つめ、そしてまた言葉をついだ。重猛の顔は、明るい照明に照らされながら、何故か暗く黄ばんでみえた。

「考えてごらんなさい、あのあなたになぶられた可哀相な人のことを。あなたは、あの美しい人を、なぶり、いじめ、そして勝ったと思っているのでしょうが、実はご自分が、自分の中の言いようのない無慙さをあらわにして、敗北したのだということに気がつかないのですか。あの可哀相な人は、あなたが冷酷にも騙し与えた折りたたみ椅子を抱きしめながらも、なおも自分の恋人の名を呼びつづけたではありませんか。自分の感性の底にひそむ官能の喜びへの憧れに、あの華奢な身体を揺さぶられながらも、なおも、恋人の心にだけ呼びかけていたではありませんか。あれが、私たちの人を慕う心の強さを証していなくて、一体何でしょうか。あの時、あらわになったのは、あの華奢な美しい人の無慙さではなくて、逆にその心の強さであり、そして、自分の弱さ卑劣さを自己弁護するためにすべての美しいものを貶めようとし、それができずに歯ぎしりする、あなたという人間の悲惨さなのです」

「ふん。何度言ったら判るのだろう」

重猛は、公子を暗く険しい眼で見すえながら、ねっとりとした口調で問いかけた。

「あれは、ただ、俺が心弱くも、あそこで立ち止ったからだけなのだ。もう言ったではないか。あの女が呼んだ恋人の名前は、自分の中の淫猥な欲望を恋愛の名で自己に正当化しようとする最後のあがきだったのだよ。あの女はもう一分とたたないうちに恋人の名なぞはまったく忘れて、自分の淫猥さだけのために身もだえ始めようとしていたのだよ。それとも、あんたは、そうではなかったと言えるのかね。いや、あんたのいわゆる心の傾きとやらいう、そんな誠実めかしたいかものが、人間の身体の底を吹き荒れる官能の嵐の前で、何かの支えになることがありうると——、いや、人間というこの馬鹿馬鹿しい奴において、そんな誠実めいたものが、たとえ一度でも、確かな何かでありうることがあると——、そう、あんたは言えるのかな」

「言えます」

公子は悲しげに、殆ど厭々答えるかのように言った。

「それは、私たちが人間であることの証しなのです」

「ふむ。人間であることの証し――か」

重猛は、その暗い険しい眼に、残酷さに充ちた笑いを燃え上らせた。

「いいだろう。よし、では試してみるとするか、そのことを。『大学の旗』の聖なる公女さんとやら。そう、他ならぬ、あなたの聖なる心と肉体を使ってだ。厭とは言うまいな――」

見守る人たちの心に戦きが走った。公子は、その小柄な硬い身体を、ぴしっと痙攣させるように震わせた。先程から石のようになってすべてを見つめていた康吉は、思わず一歩を踏み出そうとした。が、それより一瞬早く、公子のかすれた声が、こわばった空気の中にかすかに響いた。

「自らの心が語ることを信じる他に、私に生きるすべはありません。あなたの中の悲惨さから生まれた試みを、それがどれほど邪悪な悪意に充たされたものであれ、何故私がおそれなければならないのでしょう……」

公子の低い声は、殆ど聞きとれぬほどであったが、そこには、ある覚悟の生んだ確かさがあった。公子はびっこの足を少しひきずりながら、こわばった足取りで、しかし静かに、人々の視線の間を分けて舞台へ近づき、その上へ登って行った。自分の前に立った公子に、重猛は苛立って、あからさまに嘲笑した。

「ふん。御立派ですねえ。逃げ出しはしないのですな。さあ、よし、それではこちらを見るんだ。俺の視線を。眼をそらすな！」

舞台の照明の中に立った公子は、その言葉に、重猛の眼を悲しみと静かな怒りに充ちた眼差で睨み返した。

「そう、そう。それでいい」

重猛は満足げに笑い、嘲り続けた。

「さあ、睨むんだ。そうやって睨むんだ。睨みつづけるのだ。あれだけ言ったことだ、お前にも、さぞかし、心を尽して慕うとやら言うひとりの御方があるのだろうけれど、そんな男のことなんぞ、今すぐ忘れさせてやる。ただ自分の中の淫猥な欲望だけに、ひいひい言わせてやる。さあ、睨むのだ」

「私はおそれません」公子は、重猛の憎々しげな眼に次第に吸いつけられるように、そして同時にその吸引力に必死に逆らうように、ただ一途に睨み返した。そして、半ば無意識のうちに、かすれた声で語りはじめた。それは、熱に浮かされた譫言《うわごと》のようでありながら、公子は、それを語ることによって、懸命に何かに抗しているのだった。「私は自分の心のすべてを、ひとりの人にかけています。ほんの物心がついて以来、いつも心を尽してその人を慕ってきました。そして、その人を慕い尽す自分の心に、自分のすべてをゆだねてきました。私は、この何年も、ただその心の語るままに目覚め、働き、眠ってきました」

公子は、重猛の眼を必死に睨み返しながら、殆ど自動的にくり返した。

「私はおそれません。あなたの邪悪な誘いなどを、おそれはしません。私はあの人を想っています。こんなにも想っています。こんなにもあの人を想う私の心に比べたら、官能の誘いなどが一体何でしょう、それが、たとえ、どんなに甘く、狂おしいものであっても……」

「うっふ」重猛は、悪意と残忍さに充ちた会心の笑いを洩らした。「お前は、今まで、一度だって、その男のことを人に言ったことはあったかね。それは、お前の心の奥底深くひめられた、決して言ってはならない秘密だったのではないかね。それをお前は言ってしまった。そら、こうして、お前の心は崩れて行く」

残酷な喜びにふるえる重猛の言葉が見守る人々の心に突き刺さり、公子の硬い表情にうろたえが走った。公子の顔は恥辱と動揺で見るみるうちに真赤になった。重猛は暗い嘲笑を眼に燃え上らせて叫んだ。

「そら、見るんだ！　俺の目を見るんだ！　そら、視線をそらすな！　お前はもう、お前の一番大切な秘密を告白してしまった。お前はもう、俺の眼には逆らえない。そら、俺の眼を見ろ。お前は暗い、広い、底なしの深みの中へ引きずり込まれて行く。そら、もう、ずるずると引き込まれて行く。深い深い、暗闇の中へ、吸い込まれるように、引き込まれて行く。ずんずん、ずんずんと落ちて行く」

公子は、その小柄なやせた身体を硬くこわばらせ、必死に重猛の眼を睨み返していた。が、舞台の照明の中に立つ公子の身体は、かすかに、揺れ始めた。公子は全身に力をこめ、重猛の眼の誘いに抗しているのだが、そうすればする程、公子の身体は、自分の心にそむいて、わずかずつ、わずかずつ、次第に、より大きく揺れ出すのだった。そして、その身体の揺れが、やがて、めまいのように、公子の心を揺らし始めた。「お前は泳いでいる。暗い、果てしない空間を泳いでいる」そう語りかける重猛の言葉に誘われて、公子の両手がゆるゆると夢の中でのようにおぼつかなく、前の方へ上り始めた。見守る人々は息をのんだ。

卑怯だ。それは卑怯だ。人間の心は、こんな風に試されていいものではない——。今まで、自分を抑えて見守り続けていた康吉の心に、突然激しく叫ぶものがあった。それは康吉自身にも思いがけぬ衝動だった。康吉は、舞台に上る階段に、もう半ば足をかけた。目を覚ませ。こんな罠にかかるな——。康吉は、重猛への歯ぎしりするような憎しみにかられて、更に一歩踏み出し、舞台の上へかけのぼろうとした。が、その時、後から、その康吉の腕をしっかりと抑えた軟かい手があった。ふりむくと、いつの間にか、下之条緑が、ぴったりと康吉のうしろに寄りそって立っていた。

「駄目よ。駄目よ」

緑は、くり返した。緑の眼は憑かれたように、舞台の上にむき合う二人の姿を見つめ、その声は上ずっていた。しかし、緑は、それでも言い続けた。

「駄目よ、邪魔しちゃ。勝つわよ。三木さんは勝つわよ。必ず勝つわよ。今邪魔したら、勝負がフェアじゃなくなるわ。駄目よ、こわがっちゃ。やらせなきゃ。終りまで、行きつくところまで、行きつかせなけりゃ。大丈夫よ。勝つわよ。三木さんなら勝つわよ」

緑にとめられて、康吉は、身体をこわばらせて、そのまま立ち止った。だが、公子が勝つという保証が、一体どこにあるのか。康吉は、舞台の上の公子、意識のうちの暗い空間に次第に旅立とうとしている公子を、祈るように見つめた。

5

その時、公子を見つめる康吉の視野の外辺を、何か不安な影が横切った。公子の姿に気をとられていた康吉は、始めは、それに気づかなかった。が、不安な感じだけが康吉の意識に引っかかった。あいつではないか——。そう何かが康吉に呟いた。次の瞬間、気がついた康吉は、舞台から眼をそらせて、その不安な影の方を見た。やはり、そうだ。康吉は思った。その影は、あの黒シャツの学生だった。今晩のパーティの始め、康吉の向い側に坐って一度も踊ろうとしなかった、あの黒シャツの学生、確かにどこかで見たことがあるのだが、それが思い出せず、康吉を妙に不安にした、あの黒シャツの学生だった。今、みなが舞台を憑かれたように注視している中にあって、その学生が、視線は舞台にむけたまま、壁にそって目立たぬように動いて行くのだ。控室へと通じる廊下への出口のそばまできた時、その学生は一度立ち止った。そして、ちょっと背のびするようにして、ホールの四方に向って小さなサインを送った。すると、舞台に吸いつけられている人々の間に、誰とは判らないが、確かにそれに応える気配があった。それを確認した黒シャツの学生は、よしというようにうなずくと、出口の方へ向きをかえ、素早く、しかし、さり気ない様子でホールの外へ出て行った。

一体、これは何なのか——。康吉は、その学生の出て行った小さな出口を見つめた。康吉の頭に、パーティの始めに公子がその黒シャツの学生を見て、このパーティは狙われているのだと口走ったことが、稲妻のようにひらめいた。康吉は、公子の立つ舞台の方を振りむいた。そこでは、しかし、いつの間にか、甘く、撫でるようになった重猛の声だけが、さっきからくり返しくり返し、柔く響いていた。

「ほら、君は、もう、暗い、暖かい、気持のいい空間を漂っている。何も考えることはない。そら、肩から力を抜いて。楽にして。ただ、静かに漂えばいいんだよ。そう。そうだよ。ただ、静かに、楽に。そうしていると、段々、身体の底の方から大きなゆったりとした波があがってくる。暖かい、大きな、ゆったりした波だよ。ゆっくりと、本当にゆっくりと、君の身体をのせて揺れているよ」

重猛に見つめられ、語りかけられている公子は、なおも、必死に、すべての力をこめて重猛を睨み返し続けているのだが、その眼は、今にも力を失って、重猛の眼の中へ溶け込んで行きそうだった。康吉は、無慙な予感に、思わず、隣りに立つ緑の腕を固く握った。

が、その瞬間だった。控室への出口とは反対側にある、ロビーに通じる扉が荒々しく明け放たれ、ボストンバッグをかかえた丸刈りの少年が、敵意を眼にひきつらせ、うわあと、言葉にならない叫びを挙げて飛び込んできた。椅子が蹴とばされ、テーブルが倒れて、けたたましい音を立てた。人々は一斉にそちらをふり返った。今にも重猛の暗い誘いに引き込まれようとしていた公子も、その音に意識を取戻し、茫然と人々の視線のむく方を見やった。

異国の学生たちの間に一人まじり、壁に寄りかかって、言葉はよく判らぬながらも、緊張して舞台の上の成行きを注視していたジェーンは、自分の正面の扉が乱暴に明け放たれ、一人の、殆ど子供と言ってよいような少年が、顔をひきつらせて飛び込んでくるのを見た。その、突然彼女の視野に飛び込んできた少年の丸刈りにされた異様な頭、昔みた日本人の絵と同じように薄く鋭くひきつれた眼じりの酷薄さが、ジェーンの心を激しくゆさぶった。殆ど生理的な衝撃が、ジェーンの身体をつらぬいた。

少年は、もう一度、うわあ、うわあと、言葉にならぬ叫びを挙げると、素早くボストンバッグの口を明け、中から野球のボールのようなものを摑み出し、それを、啞然として見守る人々へ向って、高く投げつけた。その球は、人々の頭の上で天井にぶつかり、音を立てて割れると、そこから真黄色の濃い油のようにねっとりとした液体が、人々の上に振りかかった。叫び声を挙げて散る人々の頭上に向けて、少年は次々に、そのガラスのボールを投げつけた。どろりと粘りつく流動体は、女の子たちの美しい顔にべっとりとへばりつき、男の学生たちの一張羅の夏背広を毒々しい黄色で汚した。薄いガラスの破片と一緒に、その黄色いどろりとした粘性の液体はジェーンの顔や肩にも振りかかった。濃いペンキの臭いが、鋭くジェーンの鼻をついた。それは、あのどろりとした、ありふれた、新鮮な黄色ペンキなのだった。少年はなおも、ある限りのガラスとペンキの球を、人々めがけて投げつけた。漸く気を取直したパーティ主催側の学生たちが、頭を低く下げて、少年の方へ突進して行った。

すべては一瞬のうちに起きた。舞台のすぐ下に立っていた康吉は、横に立つ緑の腕を引っぱって舞台へ駈け上り、そこにあったバンドマンたちのための小さな椅子で身を防いだ。ガラスの破片とペンキの飛沫は、それでも康吉たちの手足や背中に、飛び散った。気がつくと、舞台の中央には、公子が少しも身を守ろうとせずに、憑かれたように眼を見開いて立ち尽していた。公子と一緒にいた重猛は、舞台の隅のカーテンの脇に身を避け、すべてを冷然と見つめていた。康吉は椅子を捨てて舞台の中央へ飛び出して、公子の肩を掴んだ。肩を掴まれて公子は、夢から覚めたように、ぴくっと身体をふるわせた。そして、低い、鋭い声で「一生《かずお》ちゃん！」と叫ぶと、康吉の手を振り切って、舞台の下へ駈け降りようとした。康吉は、辛じて公子の細い腕をつかまえた。それを見て、緑も飛び出してきて、公子のもう一方の腕を摑み、「どうしたの、どうしたの」と、公子をゆさぶった。しかし、公子は何も答えず、ただ「一生ちゃん！　一生ちゃん！」と叫び、必死にもがき続けて、身をふりほどこう、舞台の下へ駈け降りようとするばかりだった。康吉と緑が、懸命に公子を押えながら、その叫びにつられて舞台の下に眼をやると、そこでは、たちまちのうちにすべての球を投げつくし、今は手に残ったボストンバッグを振りまわして暴れる少年を相手に、激しい乱闘が始まっていた。が、何人もの年上の学生たちを相手にしては、必死に暴れまわる少年も、あっという間に壁際に押しつめられた。そして、左右から足をつかまれ、引っくりかえされ、自分のまいた黄色いペンキにべとべとに汚れながら、床の上に組みしかれた。獣のように狂暴な怒りが組みしかれた少年の眼に走った。組みしいた学生が、うぁっと叫んでのけぞった。手首に力一杯嚙みつかれたのだった。横にいた学生たちをも振りはらって、少年は素早く立ち上った。少年はポケットに手を突っ込んだ。そして、ポケットから引き出された少年の手には、ナイフが光った。飛びかかろうとしていた学生たちが、思わずたじろぎ、立ち止り、息をのんだ。一瞬、沈黙がひろがった。公子の「一生ちゃん！」という悲痛な叫びがまた、その沈黙の中に響いた。が、誰も、それに気がつくものはいなかった。

その時、舞台の隅に立っていた重猛の姿が、急に、かき消すように消えた。豊田豪次は会場の片隅で動かず、事の成行きをじっと見ていた。

別の片隅では、浅川勇太が、いかにも嬉しそうな笑顔で事件を眺めていた。

すべては束の間の出来事だった。少年が乱入してから、まだ、三分とは経っていなかった。

只ならぬ物音に控室から飛び出して乱闘に加わっていた坂上が、少年を取り巻く学生の輪から一歩前へ出た。そして、少年がそこにほうり出したボストンバッグを拾い上げると、間髪を入れず、ナイフをやや突き出して構える少年の右手首を、そのボストンバッグで力一杯はたいた。不意をつかれて、少年のナイフが手から飛んだ。わあっと、まわりの学生たちが少年に飛びかかった。

と、その瞬間、何が起こったのか、突然、ホールの電気がすべて消え、あたりは真暗闇になった。

「一生ちゃん！」

公子が、また、ふりしぼるように叫んだ。その叫びに一瞬遅れて、坂上が叫んだ。

「しまった！　陰謀だ。控室を守れ！　書類と金を守れ！」

坂上の叫びを聞いて、うしろの方にいた二、三人の学生が、真暗な中で互いにぶつかり合い、引っくり返りながら、転げるように飛び出して行った。

真暗になったその瞬間、三木一生は、また何人もの学生に組みつかれ、組みしかれた。今度は、もうナイフはなかった。しかし、幸いなことに、今度は暗闇があった。何故電気が消えたのか——。それは一生にとっても、まったく突然の、思いもかけぬことであったが、しかし、その暗闇が一生を救った。一度は組みしかれた一生が、暗闇の中で、必死にもがき、かみつき、暴れるうちに、それともみ合う学生たちは、自分が誰ともみ合っているのか、つかまえるべき相手がどこにいるのか、判らなくなってしまった。一生はなおも必死にもがき、暴れ、身をふりほどいた。その時、今までの学生とは違う誰かが、一生の方に駈けより、手探りした。真暗な中で化粧品の香りと饐《す》えたきつい体臭の混じった匂いが、一生の鼻をついた。大きな、がっしりとした、しかし柔な手が、一生の首にかかり、彼の丸刈りの頭を探った。

「アナタネ。キナサイ」

妙なアクセントの言葉が一生に命令し、その大きな手が一生の手を引っぱった。一生は、それが救いなのか、敵の手なのか判らぬまま、その手に引かれ、暗闇にまぎれ、大声に罵る学生たちの盲滅法な襲撃をかわして、ここも真暗なホールの外の廊下へ逃れた。そして、なおもその手の導くままに、薄明りにぼんやりと浮かぶ階段を駈け降り、初夏の夜の拡がる建物の外へと逃れ出た。

「三木さんを連れ出しましょう」

暗闇の中で、身もだえして泣く公子をしっかりと押えながら、緑が康吉に、囁いた。

「だけど、どうやって。真暗で何も見えない」

康吉はあたりを見まわして、答えた。その時、康吉たち三人の立つ舞台の片隅、さっき重猛の姿が消えたあたりから、ぼんやりとした光が射し込んだ。見ると、そこに舞台裏に通ずるらしい小さな扉があって、丁度誰かがそれを明けて入ってきたのだった。入ってきた男は、そのまま、そこに立ち止った。

「よし。あそこから出よう」

康吉は緑に言った。

「ええ」

緑は答えて、公子に向って言った。

「さあ、行きましょう。行って、どこかでゆっくり休みましょう。心配することなんかないの。何だって、必ずどうにかなるものよ」

公子は、緑に肩を抱かれて、泣きじゃくりつづけた。しかし、もう抵抗することはせず、緑の導くまま、放心したように、戸口の方へ歩き出した。

その小さな戸口をくぐる時、康吉は、そこに立ち止っている男が、あの黒シャツの学生だということに気づいた。が、その学生は自分の横を通って行く康吉たちには何の注意も払わず、ポケットから小さな懐中電燈を出すと、ホールの片隅、片隅を照らして、そこここに飛び散る一生の乱入事件の残骸を茫然と見つめながら、「一体、どうしたんだ。一体、どうしたんだ」と、呟いていた。

戸口をくぐり抜けたところは、配電盤室だった。大きな主配電盤の向いが窓になっていて、そこから薄ぼんやりした光が入ってきているのだった。三人は、主配電盤のメインスイッチが切られ、ヒューズが抜きとられているのに気づく暇もなく、その細長い部屋を駈け抜けて、更に外へ出た。そこは非常階段への出口だった。ふりむくと、そこは、また、ホールから控室へ行く狭い廊下の突き当りでもあるのだった。薄明りの中で、控室の扉の前に三人ばかりの学生が、早くも防禦に身構えているのが見えた。康吉と緑は、公子を抱きかかえるようにして、非常階段を降り、大きなごみの容器の並ぶ静まりかえったコンクリートの裏庭を通り抜けて、ビルの正面に出た。

「私のところに行きましょうよ。私のところなら、誰にもわずらわされないで、よく休めるわ」

緑が言った。康吉はうなずいて、公子を緑にあずけると、タクシーを拾うために歩道のへりの方へ出て行った。その時、ビルの前に駐車していた古いポンコツ寸前のフォルクスワーゲンが、ぐわあと物凄い勢いでエンジンをふかすと、康吉の立つ歩道に殆ど乗り上げんばかりに急なカーブを切って、駿河台下の方へ突進して行った。思わず一歩退いた康吉の眼に見てとれたのは、それを運転していたのが金髪の女であることばかりで、その隣りに今晩の襲撃者がぐったりと坐っていることは思ってみることもできなかった。がたがたと全身をふるわせながら突進し去った甲虫を見送った康吉は、改めてタクシーを求めて車道を見やった。そのうしろでは、緑が、ハンカチで公子の顔や身体にこびりついた黄色のペンキを、そっと、なるべく目立たないように拭きとってやっていた。

「可哀相に。これじゃ、タクシーにだって乗車拒否されちゃうわ」

緑は心にそう呟きながら、ハンカチなどでは落ちる訳のない黄色のペンキを、公子の柔い肌を痛めずに、少しでもとってやろうと、一生懸命、苦心しているのであった。

6

畜生！　畜生！　何たることだ!!

がたがたのフォルクスワーゲンに揺られながら、三木一生は歯ぎしりして心に叫んだ。

俺の考えぬかれた襲撃。俺の栄光の時。くだらぬ日常のすべてを、ただその一点でくつがえして、日頃の俺、見かけの俺から、本当の俺を取り出してくれるはずの瞬間。ふくれ上る自意識を鼻の先にぶら下げた何もできない高校生から、成すべきことを成した男を創るはずの行為。

あのしょぼくれた教師たちは元より、デモだストだと騒ぎまわる男たちも、またこの世の中の他の誰だって、もう指一本触れることのできない男を創り出すはずであった神聖な行為。それが一体どうしたのだ。何たるざまだ。ナイフは奪われ、自分のペンキに黄色くまみれ、老いぼれねずみのように転がされて。すんでのところで奴らに捕るところだったではないか。

それを思うと、一生の身体は、肉体的恥辱感に、かっかと燃えた。そして、それでいながら、一生の熱した頭には、自分ががんじがらめに縛り上げられ、身体を男たちに荷物のように扱われて、暗い小部屋に放り出される想像が、またありありと浮かんだ。一生は、その生々しい想像を反芻しながら、なお一層の恥辱感に身もだえした。

襲撃が成功であったか、どうか。それは、一生の考えの中には、入ってこなかった。襲撃は一生にとって、政治的行為ではなかった。それはまったく自分のための儀式だったのだ。日頃のうじうじした自分を、投げつけるガラスの球とともに破壊し、長く退屈な人生を、炎と燃える栄光の一瞬に凝縮して生き切ること。襲撃は、ただそのための儀式だった。だが、そんな栄光の瞬間は果してありうるのか。

政治的行為ならば、成功もあろう。設定された目的に量って、五十パーセントの成功、七十パーセントの成功、時としては百パーセントの成功もあろう。だが、日常を脱出して、一瞬の襲撃のうちにすべてを生き切ること。そんなことのできようはずはない。人が心に懐《いだ》き勝ちなそんな栄光の瞬間は、現実には決してありえない。現実にあるのは、依然として燃え切らぬ自分、たとえ手に握ったガラスの球を力一杯投げつけ、それが小気味よく敵たちの上で破裂しても、依然としてそこに残ってしまう自分の猥雑な肉体、そして一瞬もその肉体を離れぬおそろしい日常なのだ。一生が襲撃のあと、歯を嚙み砕かんばかりにその不徹底を呪ったのも、決して襲撃が失敗したからではない。どんなに成功しようとも、彼が夢みたような日常からの解放感など、決して訪れる訳がないのだ。誰だって、この人生は、中途半端に生きて行く他ないのだ。

しかし、十七歳の一生はそんなことは知らない。どうしたらよかったと判っている訳ではないのだが、ただひたすら自分の襲撃の失敗を呪った。ああ、こんなはずではなかった。こんないい加減なことであるはずはなかった。もっと、身体の底から、すべてが吹き飛び、すべてが生まれ変わって、どんな小さなしこりも残らず、本当にのびのびとし、晴々とするはずであったのに。

一生は、姉の公子のことを思い出した。乱戦の最中にあって、一生の耳を引きさいた公子の叫び、公子が呼んだ「一生ちゃん」という叫びが今また心に走った。「あ、あ」一生の咽喉から、押え切れぬ叫びが悲鳴のように洩れた。

俺は姉さんを救うつもりでいながら、何をしたのだろう。俺がすべてを破壊すれば、その廃墟の中から、姉さんは純白に輝いて甦るはずだったのに。ああ、俺の薄汚れた中途半端な破壊。その中での姉さんのあんなにも悲痛な叫び。自由を失ったものの叫び。俺の中途半端さが、姉さんをなお不自由にし、なお薄汚れさせてしまった。

「う、うっ」と、また洩れた一生の呻きに、ジェーンはその顔を覗きこんだ。固く閉じた眼、ひきつれた眼尻、にじみ出る涙、食いしばった口、ぴくぴく痙攣する頬。噴出しようとする根元的な力が、噴出しえずしてのたうつ、おそろしいほどの苦悶。ジェーンの身体を、鋭い戦慄が走る。ああ。ジェーンは、黒いこわい短い毛が、ブラシのように密集して立つ一生の丸刈りの頭を見る。ああ、この短いこわい毛。これを自分の裸の胸にこすりつけたら。ジェーンの全身をもう一度戦慄が走り、不安な血が一杯にふくれ上って駈けめぐり始める。ジェーンは視線を車の前方に戻し、アクセルを一杯に踏み込んで、ぐわぁーと唸り震えるオンボロのフォルクスワーゲンを、今にも分解せんばかりの勢いで暗い夜の行手へと疾走させた。

7

神田から六本木へ車が向う短い間に、三木公子は突然眠りに落ちた。公子をはさんで両側に坐った康吉と緑は、その様子を痛々しげに眺めた。

それは浅い、苦しい眠りらしかった。公子は、その細い身体を奇妙に硬直したようにシートにもたせかけ、頭は少しのけぞらせるようにしてシートに押しつけていた。薄く開かれた口からは、激しく短くせわしない息にまじって、時折、半ば言葉にならない呻きが洩れ、その中で「一生ちゃん!」という叫びばかりが、何度かはっきりと聞きとれた。額には、じっとりと汗がにじんで来た。緑は、もう一度ハンカチを取り出し、汚れていない部分を探して、公子の額の汗を拭いた。

車は明るい六本木の大通りから少し坂を降り、裏通りへ曲って、緑の店の前に止った。車の音を聞きつけたのか、店の二階でぱっと電気が点いた。だが、下では誰もそれに気がつかなかった。公子は緑に抱きかかえられるようにして、車から降りたが、突然、「あっ」と叫び声を挙げた。

「どうしたの」

驚いて顔を覗き込む緑に答えもせず、公子はまだそこに止っていたタクシーの扉を明けさせ、上半身をなかへ突っ込んで、何かを必死に探し始めた。が、見つからない。

「どうしたんですか。何を探しているんですか」

康吉の言葉に、公子は一度身体を起こしてこちらを見ると、

「私、鞄を持っていなかったでしょうか」

「いや」

康吉は緑と顔を見合せた。緑も頭を振った。舞台の上から直接連れ出したのだから、公子が鞄を持っていたはずはなかった。

公子は一瞬、考えるようであったが、急に何か思い出したらしい。

「私、会場に戻ります。大事なものが入っているのです」

そう言い捨てると、そのまま、またタクシーに乗った。

「あら、三木さん」

緑が慌ててタクシーの扉を押えた。

一人で戻ると言いはる公子の両側から、緑と康吉は無理やりに車に乗り込んだ。車が動き出した時、店の二階でカーテンがゆれ、燈りが淋しそうに消えた。三人を乗せた車は、さっきと同じ夜の街路を逆の方向へ、ブレーキをきしませながら、疾走して行った。公子は黙って前を見つめたまま、何も言わなかった。

「ご免なさい」緑は、なだめるように言った。「真暗で大変な騒ぎだったものだから、あなたの荷物のことをすっかり忘れてしまって。でも大丈夫よ。仲間の人が見つけて、取っておいてくれるわよ」

仲間の人が——と、緑が言った時、公子は何故か、はっとした様子だった。

「いえ。私が悪いのです」

公子はそう短く言ったまま、もう口をひらこうとしなかった。

飯山ビルの前でタクシーを降りると、騒ぎは一応治まって、踊りにきた学生たちはもう引き揚げたあとらしかった。あたりは奇妙にしーんとしていた。停電も直ったのだろう、会場であった三階には、控室のあたりの窓が一つ、明るく輝いていたが、しかし、それもすぐ消えた。そして、間もなく豊田や坂上をまじえた数人の学生がひどく慌てた様子で玄関から飛び出してきた。

緑と康吉は、当然、豊田たちに声をかけようとした。だが、公子は、豊田たちが出てくるのに気がつくと、身をひるがえし、飯山ビルの裏庭に通じる、ビルとビルとの間の狭い路地へ、右足を引きずりながら逃げるように駈け込んだ。緑と康吉が、とっさに公子を追うか、豊田たちの前に出て行くか、迷っているうちに、豊田たちは丁度来かかった二台のタクシーに飛び乗って、走り去ってしまった。緑と康吉は、顔を見合せ、うなずくと、公子のあとを追って、ビルの裏庭へ急いだ。

裏庭には、公子の姿はなかった。代りにいくつかの大きなごみの容器が静かに並ぶばかりであった。が、康吉はすぐ気がついて、上を見上げた。果して、夜空に黒々と延びている鉄の非常階段の半ばに人影が見えた。康吉がそのあとを追った。

緑もそれを追って上を見上げた。公子らしい人影が右肩を烈しく上下させながら階段を必死に駈け上ると、三階の踊り場で扉に手をかけた。しかし、扉はもうなかから閉められてしまっているのか、なかなか開こうとしない。そこに康吉も追いついて、二言、三言、言葉をかわすと、一緒になって扉に手をかけるのが見えた。が、扉はまだ動こうとしない。公子の影は、急に力なくそこにしゃがみ込んでしまった。康吉もしゃがんで、公子の肩に手をかけて、何かしきりに説得する様子であったが、公子は動かない。

どうしたのかしら。豊田さんたちに聞けば、すぐに判ったかも知れないのに——。緑が口の中で呟いて、自分も階段の方へ行こうとした時だった。緑は、ふと、そこに並ぶ大きなごみの容器のうち、端の一つの蓋が締らずに、大きく浮いて、その隙間に何か黒い塊りがはさまっているのに気づいた。もしやと思った緑はそこに駈けよった。やはり、そうだった。黒い革の学生鞄が、ごみで一杯の容器に無理やり押し込まれ、隠されている。いや、それは、隠されているというよりむしろ逆に目立つよう、必ず誰かの目に触れるように、無理な押し込み方をされているのだった。

「鞄があるわよお‼」

緑は思わず、はしたない叫び声を挙げた。上で、公子の影が、ばねのように立ち上り、不自由な右足も構わず、転げるように駈け下りてきた。康吉も、後に続いた。

公子は、緑の手から奪い取るように鞄を受けとった。そして、常夜燈の下に急ぎ寄って、それが自分の鞄であることを確かめると、汚なくはりついている生ごみもはらわずに、しゃがんだ自分の膝に抱きかかえ、チャックを開いて中を調べ始めた。緑と康吉は、少し離れて、それを見守った。

しかし、公子の探すものは見つからないらしかった。公子は、鞄の中のものは、ノート、メモ、紙の切れ端に至るまで、すべてコンクリートの地面の上に取り出し、更に空になった鞄の中を、なおも覗き込んでいたが、そこにももう何もないと知ると、がっくりと膝をつき、その場に坐り込んでしまった。

「何がないの」

近よってたずねた緑の声に、茫然と坐り込んでいた公子は、驚いたように顔をあげた。そして、

「何でもないんです。いいんです」

そう、きっぱりと断わるように言うと、眼の前に並ぶものを急いで鞄の中に押し込み、立ち上った。

「ほら、これも」

緑は、仕舞い忘れられて地面に残った紙切れを一枚、拾い上げて、公子に渡しながら言った。

「ねえ。何か知らないけど、ともかく今晩はもう、私のところへ行って寝ましょう。眠ること

よ。ぐっすり眠って翌朝起きれば、大概のことはどうにかなるものよ。少くとも、眠って悪くなることなんか、何もないわ。世の中は、その程度には人間向きに出来てるのよ」

だが、公子は、その言葉を聞いていなかった。公子は常夜燈の投げる薄暗い光のなかで、今渡された紙切れを、じっと食い入るように見つめていた。緑がなだめるように肩に手をかけると、公子は身体を固くして、それから逃れ、緑たちの方に思いつめた顔を向けた。

「私も、いつかは本当にぐっすりと眠りたいと思います。けれども、今晩はまだそのための夜ではありません。今晩は、ひとりになりたいのです」

公子はきつい黙礼を眼で二人に送ると、身をひるがえし、びっこを引きながら、裏庭から夜の街路へ急ぎ去った。緑と康吉は、そのあとを追ったが、ビルの前に出たまま、そこに立ち止ってしまった。一歩毎に右肩をゆらしながら、神田駅と覚しい方向に急ぐ公子の後姿には、何か、それ以上声をかけるのをためらわせる、一種の必死さが表われていたのである。

「辛いわ、ああ言うの見るの」

立ち止ったまま呟いた緑の言葉が、鼻声になった。康吉は夏背広の胸のポケットから汚れていないハンカチを引っぱり出して、緑に渡した。

「人生なんて、どうやってだって生きて行けるのに」

緑は眼頭を拭きながら、なおも呟いた。そして、くしゅんと鼻をかむと、ハンカチを自分のハンドバッグに押し込み、気をかえるように言った。

「さあ、私たちだけでも行きましょう。そして、ゆっくり眠りましょう」

8

だが、二人はその夜、まだ休息をとる訳には行かなかった。丁度その時、会場であった飯山ビルから少し離れて駐車していた一台の車が、そっと動き出したのに、緑が気づいたのである。

「あら。あれ飯森さんの車だわ」

緑の声に、康吉もそちらを見ると、その車は今公子の急ぎ去った方向へ、ゆっくりと徐行しながら動いて行った。

康吉と緑は、また顔を見合せた。

「つけるんだな」

「ええ。きっとそうよ」康吉の言葉に緑はうなずいた。

「放っといたら、三木さんが危いわ。あんなに疲れ果てて、気持も乱れているのに」

緑は言って、康吉に合図すると、足早に飯森重猛の車を追った。康吉もあとに続いた。

緑は車に追いつくと、中を覗き込んだ。運転台に坐っているのは、やはり重猛だった。

「あら、飯森さん。丁度いいわ。送って下さるでしょう」

声をかけられ、重猛はびっくりしたようにこちらを見て、車を止めた。

緑は、思いがけぬ邪魔に当惑している重猛には構わず、そのまま重猛の脇に乗り込んだ。康吉もすぐ追いついた。

重猛も馬鹿ではなかった。追いついた康吉の顔を見て、自分が公子をつけようとしていたことを悟られてしまったのに、すぐ気づいた様子だった。重猛はにっこり笑って、車から下り、座席を前に倒して、康吉が後の座席に乗れるようにした。

「さあ、鶴木さんも、どうぞどうぞ。こんな小さな車ですが、お役に立てば幸いです」

康吉が乗ると、重猛も続いて乗って、扉をしめた。重猛は何が嬉しいのか、にやにや笑いながら言った。

「さてと、三人になりましたなあ――。いや、私も、時折は気晴しなどしたいのですよ、車で健気な女の子のあとなど、つけたりしてね。が、まあ、今晩のところは諦めましょう。いずれ、向うから私のことが気になり出すに違いないのですから。何しろ、今晩は中途半端でしたからね。一度始まったことには、必ず結末がつくのです。で、さてと」

重猛は、前を見たまま、もう一度言葉を切った。

「それで、どちらにお送りしますかな。折角、三人になったことでもあるし、このまま帰るのは惜しいようでもありますなあ。先程、三木公子さんが私の前にいた時は、鶴木さんは下で大分やきもきしていらしたようでしたが、何なら、三木さんの代りに、鶴木さん相手にひと勝負試みてもいいのですよ。あっは、いや、これは冗談です。それにしても、先程は大変な騒ぎでしたなあ。三木さんもすんでのところで覚めてしまって」

「三木さんのことは、もうやめましょう」

緑が、いつもに似合わぬ強い口調で言った。重猛は驚いたように緑の顔を眺めたが、

「これは失礼しました。下之条さんが、そんなにあの女子学生の同情者だとはね。よろしい。もう言いますまい。その代り、今晩はつき合って頂けるでしょうね」

緑はすぐには答えず康吉の顔を見た。康吉は、もう、疲れ果てて眠りたいばかりであったし、また緑と自分を誘う重猛の意図も量り兼ねたが、しかし、重猛にそう言われて後にも引けなかった。

「飯森さんの招待ならば、行くさ、どこだって」

康吉の言葉に、車は走り出した。

三人が行ったのは、赤坂見附に近い多加根という鮨屋だった。車が曲った時、右手に国民党本部のある真新しい国民ビルがみえたので、康吉にも、それと場所が知れた。

ここでは緑も常連らしかった。若い職人が緑と重猛を相手にしきりにおしゃべりしていた。それを聞きながら、康吉は次第に深く酔って行った。

康吉は、自分が重猛に向って、「いいさ。必ず見とどける。いつだっていい。必ず見とどけるさ」とくり返しているのに気づいた。だが、何を約束しているのかは判らなかった。

「やっぱしさ、こんなの、本当の生活じゃないよ」若い職人がしゃべっているのが聞えた。

「毎日、起きるのは十一時でさ。少しばかし実入りがいいからって言ったってさ。俺、やっぱし、お天道さまの下で働きたいよ」

「殊勝なこと言うじゃないか、新さん」答えているのは、重猛の声だった。

「そのうち、俺が、お天道さまの下で働くのなんかより、ずっといいこと味わわせてやるさ。今更、田舎へ帰って土いじりなんて、新さんにできたら、お目にかかるよ。どうせ今晩だって、これから……」

「いいや、それ言わないで下さいよ。だって、ほかに楽しみないものね、俺たちなんぞにゃ――。で、おあと、おつまみは」

「だったら、お天道さまの下でなんか、働きたがらなければいい――。まぐろ、とろとあかいところ、両方くれ」

重猛の声は、殆ど憎々しげだった。

「へえ、まぐろのとろとあか――。どうせ、先生方には、判んないんだよ、俺みたいな奴の気持なんぞ。俺だって夢もってるんだ」

「そんな夢、つぶれてしまうさ」

「意地が悪いよ、先生は。——はい、お待ち遠さま。まぐろのとろとあか」

会話は、康吉の頭の中で、またぐるぐると渦を巻き出した。康吉は、緑が立ってうしろから覗き込んでいるのを、はっきりと知っているつもりであったが、次第にそれが判らなくなった。

9

暗闇。仰むけの女。その上の自分。耳元で喘ぐ女の息。大きな手で胸の間にこすりつけられる頭。下から激しくゆさぶり上げられる身体。突然、頂上まで駈けつめる。指の爪が背中に食い込む。長く短い数瞬。そして弛緩。

何が起きたのか、一生には殆ど判らなかった。ただ、自分が何かを裏切ったという不安な感覚が、ジェーンの身体の上にうっぷせる彼の心に拡がって行った。が、彼の身体に染み込んだ疲れ、ジェーンの暖かい身体から移ってくる甘い眠気、奇妙な安心に似た溶解の感覚が、その不安をゆるやかにつつみ込んだ。不安の感覚が次第に疲れの中に溶けた。力が手足から抜け、こわばりが身体の中で溶けて行った。ゆっくり投げ出されたジェーンの身体が一生をつつみ、大きな手がやわらかく彼の丸刈りの頭を撫ぜた。そして、一生は深い底なしの眠りの中へ、とめどもなく落ちて行った。

10

「早く降りてよ」

手を引っぱられて康吉が気がつくと、タクシーの扉が開いて、先に降りた緑がしきりに彼の手を引っぱっているのだった。まだ半ば朦朧とした意識のまま、降りてぼんやりとまわりを見まわすと、そこはさっき一度来た六本木裏の緑の店の前だった。

康吉は緑に支えられて店の裏にまわった。緑が扉を鍵で明けると、そこには、表の店とは無関係に、真直ぐ二階へ上れる階段があった。

二階の、緑の居間らしい小部屋の肘掛け椅子に腰を下ろすと、また酔いと眠気が一時に発してきた。

「だらしがないのねえ」緑が笑った。「今すぐ寝る用意をして上げるから」

康吉は坐り心地のいい肘掛け椅子の中で半ば眠りながら、緑が隣りの部屋に入り、シーツなどを持ち出し、ソファーの上に寝床を作ってくれるのを、ぼんやりと意識していた。隣りの部屋で、緑が誰かと言葉を交しているような気がしたが、それも途中で判らなくなった。

「でも、あんな約束しちゃって。私、知らないわよ」

緑が寝床を作りながら、言った。康吉は、それが何のことか、判るようでもあり、判らぬようでもあったが、それでも緑の打ちとけた口調に答えようとして、口の中で「構うものか。構うものか」とくり返した。

康吉は、漸くの思いで上着とワイシャツとズボンを脱ぎ捨てると、そのまま、緑の作ってくれたベッドの中に身を投げ出した。ぐったりとした眠りが、疲れと酔いの染み込んだ康吉の上に拡がって行った。

その夜半、康吉は夢を見た。あるいは夢ではなかったのだろうか。寝つけぬベッドの上でうつらうつらと眠る康吉の視野を、淡いピンクのネグリジェが横切って行った。その姿から漂う抵抗できぬ魅力が、彼の身体に忍び込んだ。彼は、夢のなかで、自分の胸が高鳴るのを聞いた。その淡い幻は、すぐ彼の視野から消えた。もう行ってしまうのか――。彼は夢のうちにそう呟きながら、また、暗く暖かい眠りの中へ戻って行った。若い柔い頼りなげな印象が康吉の意識の下の心に残った。

11

一生は突然、深い眠りの中からぽっかりと浮かび上った。そして、自分が何処にいるのか判らなかった。

眼の前の薄暗がりに女の肩があった。女の寝息が静かな夜の中に聞え、女の匂いが闇の中に拡がっていた。

あっ――。一生は、ばね仕掛けのように上半身をはね起こした。身体の下で鉄の狭いベッドが、きしった。一生は急にすべてを思い出した。

何てことだ！

灼くような恥辱感が、一生の全身を走りめぐった。

車の中から抱きかかえられるようにして、このアパートの一室に連れてこられ、ベッドの中に寝かされた情景が、ありありと一生の心に甦った。襲撃の興奮に前後の判断力を失った一生は、ジェーンの命ずるまま、引きずられるようにして階段をのぼり、ここに転げ込んだ。そして、ペンキで汚れたシャツやズボン、更に上下の下着まで、まるで子供のように、すべてジェーンの手によって脱がせてもらったのだった。

そうだ、下着まで。一生は歯ぎしりして思った。こいつは、上半身を脱がし終ると、さっと尻の方から下半身に手をかけ、前の方の、下着に引っかかるものをひょいとはずして、くるくるっと、まるで三歳の男の子を扱うように俺のことを脱がしたのだ。ああ、何てことだ。俺はすべて、されるままになって、しかも、それから……。ああ、俺は何て出来そこないだ。

十七歳の一生の身体の中で、恥しさと怒りと絶望が、じりじりと灼きついた。

一生はベッドから飛び出した。その瞬間、一生は、自分の下半身が、今もまったくおおわれていないのに気づき、また激しい恥しさに襲われた。

よく眠っていたジェーンは、漸く眼を覚まして、一生の様子を見た。ジェーンは、寝ぼけ声で言った。

「オベンジョ、ソコデテ、ミギ」

一生は、一度はジェーンの方をふり返った。ジェーンの声は、ついさっきまで一生の耳にひびいていた愛撫の囁きとまじって、一生の心を妙にゆさぶった。しかし、一生は、今はこの恥しさの現場から逃走することの外、何も考えられなかった。

窓際の椅子の上にかけられたズボンとシャツに気がついた一生は、裸の上にそれを着た。そして、ジェーンの方をもう見さえせず、廊下に出ると、あちこちとまごつきながら、玄関から外の闇へと転がり出して行った。だが、その時、そのアパートに若竹荘という名札が下がり、その前にある小さな工場の塀に江東工業という看板の出ていることが、一生の無意識の中に、しっかりと残ってしまったのは、一体何故だったのだろうか。

アパートの中では、一生が明け放して行った部屋の扉が、風でぎいっと動いた。

「ハヤク、コッチ、キテ、ネムリナサイ」

暗い、からっぽの廊下に向って、眠そうなジェーンの声がまた呟いた。

こうして、長い長いパーティの夜は、漸く終ったのだった。

第四章　金の行方

1

長い、悪夢のようなパーティの夜は終った。人間たちの野望欲望思惑、そしてその間に見え隠れする願い悲しみ祈り、そうしたことすべてをごっちゃまぜにしたひと晩のカクテルは、飲みほされ、人々の汗となり、尿となり、熱気となって、消えた。あとには、日常が戻ってくる。いや、戻ってこさせねばならぬ。そしてそれを戻ってこさせるのは、人間の平常心である。平常心——。それこそが康吉のここ何年か、もっとも頼りにしてきたものであった。人間の心に住む様々な欲望や希求が織り出す奇怪な世界、人間同士が抜きさしならずにからみ合うしがらみの世界、康吉はその世界の存在を知らない訳ではなかった。だが、そうしたことすべては、所詮、短い夏の盛りを、枝々をもつらせ蔓をからませ、いっぱいの濃い緑に繁茂する植物の群れ、あの蔦と羊歯と肉厚の葉を重く垂れ下がらせた闊葉樹の暗い林、にも似て、やがて冷々した秋風の訪れとともに、枯れ落ちて無の中に消えて行く虚妄の世界にしか過ぎない——。康吉の心には、そういう確信が、冷たい池の水の底に横たわる石のように沈んでいた。そして、平常心を持つことだけが、その虚妄の世界にも、またそれが去ったあとに静かに吹き過ぎる秋風のささやきにも堪えて、自分の生活をつくって行くただひとつの方法だと、彼は信じた。

パーティの翌日の土曜日、康吉が眼を覚ましたのは、もう十時をまわっていた。快い眠りの薄皮が、ゆっくりと一枚一枚はがれて行き、まだ閉じている眼の裏にカーテンの隙間からさし込む光線が穏やかに明るんでいた。その時、眠りから次第に浮かび上る康吉の意識に最初に戻ってきたのは、昨夜半、寝付いてから眠りの中を通り過ぎて行った夢とも現実とも定まらぬ若い女のネグリジェの印象であった。頼りなげにふわふわと揺れる淡いピンクのネグリジェ。その中の美しいが何処かまだおぼつかない稚い身体。やがて、半ば目覚めてくる康吉の意識の中でそれは消えて行き、代って昨晩のパーティの印象の様々な断片が浮かび上ってきた。熱気にゆれるミラーボール。踊りながら笑いかける緑の笑顔。白い咽喉をそらせて悲痛な叫びを挙げる青と白のオプアート・ドレスの少女。重猛の陰惨な笑い、豪次の叫ぶような笑い、留津の英の悪意に充ちた嬉しげな笑い。公子の思いつめた表情。痛ましげに公子を抱く緑。そして、そうした断片の消えて行ったあとに、また浮かび上ってきた頼りなげなピンクのネグリジェ。それとともに彼の眠りの中を漂って行った不思議な感情の記憶。

緑の客間のソファーベッドの寝心地はよかった。康吉は半睡半醒のうちになおもまどろみ続けた。土曜日は、午後から短大で講義を一つすればいいだけだった。細くすかしてある窓を通して、快い風と、六本木の表通りの遠い騒音が流れ込んでいた。

だが、やがて、半ば眠る康吉の心に、自分の今の状態についての意識が戻ってきた。自分が今、緑の店の二階に眠り、昨晩のこと、そして謎のようなネグリジェの影を心に思いかえしているのに、康吉は気づいた。そして、それに気づくと、康吉は殆ど反射的にはね起きた。下宿の机に開いてある読みかけの論文、研究室に積み重なる雑用、そして講義の準備といったことが、俄かに彼の心に甦った。康吉は眼をこすりながらベッドから降りると、雨に濡れた犬のように、顔をひと振りして、あたりを見まわした。さあ、生活に戻ろう——。康吉は考えた。

実際、たかがひと晩のパーティを楽しみ、友人のところに泊ってしまったからと言って、それで世界が変わるかも知れぬなどとは、誰が考えるだろうか。それは日々の中での一つの遠足に過ぎず、翌朝の太陽が上れば、またそれ以前と何の変わりもない時間が流れ始める。それだからこそ、世界は存続するのではないか。

康吉が起きた時、緑はもう居なかった。康吉の寝ていたソファーのかたわらの小さなテーブルの上に、灰皿におさえられて緑の置手紙があった。「今日午前中はデパートです。朝食は台所に用意してあります。よき食欲を!」そして小型の女持の名刺がそえてあった。だが、康吉は、手紙と名刺にはちらっと視線を走らせただけで、手早く身仕度をととのえ、折角の朝食が用意してある台所をのぞきもせずに、階段を急ぎ足で下りて外へ出た。その時、店の中で立ち働く若いひとりの女の子が眼聡《めざと》くその康吉の姿を見つけ、ぼんやりと霞んだ視線に稚い憎しみを燃え上らせて、タクシーを止める彼の後姿を見つめていたが、康吉はそれに少しも気づかず、来かかった車に乗り込むと、その日が出勤しなくてもよい土曜日であることも忘れて、ただひたすら、かび臭い本の山と、昨日までと何の変わりもない日常生活が待つ研究室へと急いだ。もっとも、その彼の背広の左ポケットに、緑の小さな名刺だけはしっかりと収められてあったが。

康吉がのぞきもせずに立ち去った台所では、彼が急ぎ去ったあと、一枚の紙が、湯を差しさえすればいいだけになっている紅茶ポットの下に端を押えられ、開かれた窓からの風を受けてひらめいていた。それは緑の筆蹟の走り書きだった。

「また事件です。パーティの売上げが盗まれました。豊田さんから電話がありました。あとで必ず電話を下さい。鶴木様。緑」

その紙は、ぱたぱたと音をたてながら、無人の台所でひらめき続けた。

2

土曜日の夕方から降り出した雨は、日曜日一日降り続け、月曜の昼過ぎになって漸く上った。雨の休日を、終日アパートで論文を読んで過ごした康吉は、パーティから三日目になるその月曜日の夕方、研究室の仕事を早目に切り上げて、先週見送った時の約束通り、麻布にある祐子の勤め先の図書館へ向った。祐子は、その日の朝に東京駅に着く夜行列車で戻ってきているはずであった。

都電を降りた康吉は、雨にまだ濡れている道を図書館の方へ歩いて行った。旧侯爵邸の片隅にある中世美術関係書を集めたその小さな図書館は、康吉に馴染み深い場所だった。祐子と知り合ったのも、論文のための本を毎日調べに行っていた時のことだった。瓦ぶきの堂々たる門を入り、小さな煉瓦建二階の図書館を右に見て、左へ曲ると、少しひっこんだ小道のかたわらに石の小さなベンチがあって、そこで待つのが長い習慣だった。

時間は、五時を過ぎたところで、元来は閑静な住宅街であるその附近も、幾分人通りが多くなってきた。住宅にはさまれて、そここにある研究所や小さな事務所からひけてくる人々が、二、三人ずつかたまって、康吉とすれちがいに、都電の停留所の方へ歩いて行った。

康吉は、横断歩道のあるところまで来て、図書館のある向い側に渡るために信号を待った。向い側にも、こちらに渡るために信号を待っている人たちがいた。その時、康吉は、向い側で待つ人々のなかに、パーティの夜にいたあの黒シャツの学生を見つけた。

そうか。どこかで見かけたと思ったのは間違いではなかったなと、康吉は思った。この場所で会えば、すぐ判る。それは、祐子の図書館の貸出係に、アルバイトに来てる学生だった。こちらが覚えていたことにも、また、向うがこちらを知っているらしいと思えたことにも、不思議はなかった。

信号が青に変わり、二人は横断歩道の上ですれちがった。青年は、すれちがいざまに、康吉の方へ鋭い一瞥を与えた。彼も、あきらかにまた康吉を認めたのだった。だが、彼が投げてよこした視線の鋭さが、康吉を驚かした。それは決して、単に見かけたことのある人間をもう一度確認して見るだけの眼差ではなかった。

あいつは、何で俺のことがそんなに気になるのか、パーティの夜も、今も。あいつはいったい、あの夜のなかで、どういう役割を持っていたのか——。

青年の刺すような視線と一緒に、急に三日前の夜のすべてが康吉のなかに甦った。横断歩道を渡り終えて、ふりむくと、青年は、歩道を歩く人々の間を縫うようにして先を急ぎ、突然路地へ折れ込んで、姿を消した。

3

康吉は祐子と、研究所の裏門の低いくぐり戸をくぐって外へ出、石塀にはさまれた狭い急な階段を、切通しの方へ下りた。祐子のアパートは、そこから、坂の多い住宅街の折れ曲った裏道を辿って、十分ほどのところにある。

祐子は、いつもの通り、口数が少かった。両側の宏壮な屋敷の庭に生い茂る樹木が、道におおいかぶさるように枝をのばして、雨が上って明るい六月の夕空をさえぎっていた。郷里はどうだったかという康吉の問いに、祐子はすぐには答えず、忘れた頃になって、漸く独り言のように言った。

「田舎の夜って、本当に暗いのね。曇って、月も星もない夜だと、闇のなかに吸い込まれるみたい。すっかり忘れていた」

祐子は、住宅街のなかにある小さな食料品店に寄って、わずかばかりの買物をし、アパートの二階にある自分の部屋で、片隅の小さなガス焜炉を使って、二人のための簡単な食事をつくった。

食事のあと、祐子は、膳の上の茶碗や皿をゆっくりと片づけながら、さっきの康吉の問いへの答であるかのように、改めて言った。

「昨日は、母と一緒にお墓参りに行ったわ。小さな山と山の間の、少し高いところにあるお寺だけど、海が近くて、眼の下の海から墓地へ風が吹きつけてくるから、まわりの松林が鳴ってうるさいくらい。ひとつひとつ没年や行年を見て行くと、若いまま死んだ人が、とても多いのね。享保とか、文政とか、江戸時代の年号がついて。小さい頃、母から教えられたことがあったわ、年をとって死んだ人は眼を閉じているけれど、若いまま死ぬ人は、眼をかっと開いて死ぬんだって」

祐子は入口の脇の小さな流しで食器を洗いながら、急に気分を変えるように、康吉にたずねた。

「あなたは、何をしていらしたの」

「別に」

康吉は一瞬ためらったが、すぐに答えた。

「別に、何もなかった。いつもの通りだよ」

「そう」

祐子は低い声で答えて、それ以上何もたずねなかった。

康吉は、食器が引かれたあとの膳をたたみ、壁と洋服ダンスの間の狭い隙間にしまうと、ベッドに腰かけて、開いてある二階の窓から外を見た。雲の切れ目から出た月が、背の高い木々と、あちこちの二階建の家々を、明るく照らしていた。

人類が始まって以来、無数の人々が生まれ、俺たちと同じように生き、そして死んで行ったのだな。その無数の人たちは、今、どこにいるのだろうか――。その夜の光景を眺めていると、康吉は、不思議な思いにとらわれた。彼の前に拡がる月の光のなかに、さっき祐子が語った墓地の風景が、影のように浮かんだ。

その夜、裸身の祐子の上に、祭の晴着を着、眼を大きく見開いたまま墓に横たわる夭折した女の姿が重なり、康吉は一瞬、物狂おしい情念に突き上げられた。祐子もまた、いつになく激しく、それに応えた。だが、その時、康吉の脳裡で康吉が抱いた裸身の女は、果して祐子だったのか。それとも、別の女だったのか。やがて祐子は坂を越えた。

「テレビ局に勤めていた頃、一年先輩に、なかなか美人のアナウンサーがいたのよ」

暫くして起き出した祐子は、身仕舞いを済ませて言った。

「お上品で、そつがなくて、ちょっとばかり気取った人——。局のディレクターと結婚していたの。それで、私、自分が男の人とのことを初めて経験したあと、その人と会うといつも、不思議な気がしたわ。この人も、夜になれば、ああいうことをやってるんだなと思って——。でもね、本当言えば、私、今でも判らないのよ、人間が何故こういうことをするのか」

祐子は、中途半端に言葉を切った。そして、康吉の方に視線を投げ一瞬そのまま黙ったあと、すぐ、詰めていた息を吐き出すように、激しく、一気に言った。

「私、今なら、あなたと別れられそうな気がする」

4

翌朝、ふたりは、次に会う日を約束しないで別れた。

祐子と一緒にアパートを出たので、いつもより早目に研究室についた康吉は、午前中、新しく購入する本のための書類作りや、書店の社員の応接に忙しく立ち働いた。昼休みと早い午後、研究室は、賑やかに出入りする学生たちでざわめいた。図書館前の広場の方からは、午後のデモに出発する学生たちに予定を説明する、人民党本部派系自治会のスピーカーが遠く響いてきた。三時過ぎ、教授と助教授が臨時教授会に出て行ったのを境いに、漸く研究室はまた静かになった。康吉は、自分の机に坐り、外国から新しく着いた古本カタログを開いて、注文本のチェックを始めた。

だが、静かになった研究室で、康吉の仕事は、にわかに進まなくなった。上から下へ単調に並ぶ古本の書名は、何度見直しても、頭に入って来ず、代りに、茫漠とした物思いだけが駈けめぐった。

康吉は気分をかえるために立ち上って、北へ開く窓から外を見た。空はまた、朝方から鈍く曇って雲が低く拡がっていた。

康吉は、昨夜、自分が、いつにもまして黙り勝ちになっていたことを思い出した。別に不機嫌になっていた訳ではない。祐子に、週末に何をしていたとたずねられても、何も話すことを思いつかなかっただけなのだ。あのパーティの夜の出来事も、祐子を前にしていると、何ひとつ話すほどのことではないと思えてきてしまう。

祐子は、今なら別れられそうだと言った。だが、別れられそうだと思えば、いつだって別れられそうなのだ。だが、別れずに済まそうと思えば別れずともよい。そして、別れずともよいのなら、別れないことにして、今まで通りやって行く——。それが生活というものではないか。それは、祐子もよく知っているはずのことだ。

別れることはない。康吉は考えた。そのうち、何かきっかけになることが起きて、結婚するかも知れない。子供ができるとか、何か——。それでいいではないか。

祐子に電話しなければなるまい。そして、今晩にでも会うことにしなければならない。人間の心に生じかけた生活のひびは、すぐに手を打たないと、たちまち大きくなってしまう。

康吉は机に戻って、電話をとり、祐子の勤め先の番号をまわした。受話器のなかで、明快な呼出しのベルの音の代りに、話中を知らせる信号音が、無表情に断続した。

康吉は受話器を置いて、また窓際に立った。曇り空の下に荒れ果てたグラウンドが拡がり、その向うに錆びたバックネットが見えた。バックネット脇の小さな空地には、夏草が濃い憂鬱な緑に茂り、その間のS状に曲った練習路を自動車部の大きな中古の自動車が、芋虫のようにゆっくりと角度をかえながら動いていた。康吉は左手を上衣のポケットに突っ込み、暫くの間、黙ってその光景を眺め、やがてまた電話機に戻った。その暫くの間に、何が康吉に起きたのだろうか。

受話器をとって机の上に置くと、康吉はダイヤルをまわした。外線につなぐための最初のゼロは、指止めの位置から低い音を立てながらゆっくりと元の位置に戻って行った。それから局番の第一の数字。それも低い音と共に元の位置に戻り、次は第二の数字。次いで第三の数字。そして千の桁の数字。百の桁の数字——。

突然、康吉は、背中に冷水を浴びた思いで手を止めた。気がつくと、自分は祐子の番号をまわしているのではない。今、自分がまわしているのは、いつの間にかポケットから取り出した緑の名刺の電話番号なのだ。

康吉はそれに気づくと、反射的に電話を切った。殆ど恐怖に似たものが彼の身体を走った。緑の女持の小さな名刺。それは今、焼けつくような鮮かさで彼の左手にあった。彼はその名刺を、緑の店の二階から去りがけにポケットに突っ込んだまま、ついぞ見ることをあえてしなかった。いや、自分では、その存在すら忘れていると信じていた。それが何故、彼の手に持たれているのか。康吉の顔は驚きに歪んだ。

旧い友人である下之条緑への打ちとけた親しみ——。彼女の名刺が康吉の心に呼び起こすべきものは、そうした懐しさであるはずではないか。だが、その時、緑の名刺が康吉に意味したものはそうではなかった。康吉にとってその時その一枚の小型の名刺は、何よりもまずあのパーティの夜に見た人間たちの情念の世界への案内状であったのだ。そこにある電話番号をまわしさえすれば、緑の声がきこえ、そして、あの奇怪な熱帯植物の世界への扉が開かれる——。それ以外の意味を、その白い名刺は持ちえなかった。

その夜、康吉は、大学のそばで夕食を済ませてしまったあと、しもたやの立ち並ぶ裏通りを当てもなく歩きまわった。人気のない夜道を行く康吉の心に浮かぶのは、今日電話をかけずにしまった祐子のことではなく、懐しい緑、ピンクのネグリジェの印象、公子の思いつめた顔、そしてパーティの夜の様々な断片であった。

康吉は、緑の住む六本木が、決して遠くはないことに気づいた。同じ東京の町だ。タクシーを拾って、そう言いさえすればいい。あるいは、当てもなしに何時間も歩きまわっているうちに、もう六本木近くに来てしまっているかも知れない。いや、ことによったら、あそこに見える次の道を入れば、そこにもう緑の店があるかも知れない——。

しかし、ふらふら歩く康吉の前に一台のタクシーが止った時、彼の命じた行先は六本木ではなかった。タクシーは歩き疲れた彼を、下宿に近い大塚の裏町に運んだ。そこにはちっぽけで薄汚れてはいるが、顔馴染の、彼を暖かく迎えてくれる小さなバーがある。その他のどこに、今夜、彼の落ち着く先があるだろうか。

カウンターに寄りかかり、泥のような酔いに浮き沈みしながら、康吉はくり返し、自分が昨夜祐子の裸身のうちに抱いた別の女の顔を見きわめようと、記憶とも夢ともつかぬもののなかをのぞき込んでいた。康吉が、癌研裏のアパートに帰りついたのは、もう十二時をまわっていた。

扉を明けると、足元に何か白い紙が落ちていた。拾い上げてみると、電報だった。いぶかしんで開いてみる康吉の酔った手の中で、紫色の片カナがちらついた。康吉は、もう一度、しっかりと眼を開き直して電報を読んだ。電報は緑からだった。

「シキユウデ　ンワコウ」ミド　リ」

酔いの中で康吉は電文をくり返し読んだ。二度三度読むうちに、緑が自分に電話せよと言っているのだということが、次第に彼の頭の中ではっきりしてきた。酔いで感じ易くなっている彼の身体を、戦慄に似たものが走った。

向うから電話せよと言ってきたのだ。もうそれから逃げる方法はない。

康吉は、ポケットに手をつっこみ、小銭のあることと、緑の名刺の存在を確かめると、もう自室の鍵も掛けずに、バス通りの電話ボックスを目指して夜の中へ飛び出して行った。

5

下之条緑は、久し振りのダンス・パーティの夜以来、どうも何か落ち着かない気分だった。パーティの夜に起きた事件が、直接は緑と関係ないにしても、どれもまだ片付かず尾をひいているようであるし、またあの翌朝、出がけに豪次からの電話があって売上金の盗難を知り、わざわざ康吉宛に走り書きのメモで電話するように頼んでおいたのに、その後彼から何の音沙汰もないのも、大いに気になっていた。

土曜日の午後、デパートから戻ってみると、朝食の食器はその日は店に残っていた内弟子の亜左子の手ですっかり片付き、食器と一緒に置いておいたメモもなくなっていたから、緑はそのメモを康吉が当然見たものと思っていた。もっとも、ふと変な予感もしたので、そのメモを見かけなかったか、亜左子にたずねたのだが、「いいえ。何も見かけませんでしたわ、先生」というのが、亜左子の返事であった。それに緑からすれば、ああして名刺をそえておいたのだから、メモを見ようが見まいが、電話してこないのは実に怪しからんことであった。ヴェルターなど、ロッテを舞踏会から暁方に送って帰り、その日の午後には、もうちゃんと「その後のご機嫌」を伺っているではないか。成程、緑は康吉にとって、ヴェルターに対するロッテとは違うけれども、そこは旧い友人が久し振りに会ったのだ。電話の一本位、女の友達に対する礼儀だろう。

緑は、翌日の日曜日も、終日心待ちに電話を待っていたので、雨で客足が閑散とした一日は、何とはなし、中途半端に終ってしまった。

「先生、お電話でございます」

漸く、月曜日の昼前、緑が、新しいお得意の相手をしに店に出ていた時、亜左子が、そう知らせに来た。緑は、その時の亜左子の、いやによそよそしい口調で、すぐ誰か男性からの電話だなと察して、康吉だろうと考えたのだが、電話口に出てみると、予期した康吉ではなく、豊田豪次の大きな声が響いてきた。

「何だ、豊田さんなの」

緑の言葉に、

「豊田さんなのとは何だ。さては、デザイナー下之条緑、色男の電話を待ちこがるるの図か」

と、早速、豪次の饒舌が流れ始めた。

が、豪次の饒舌は、今日は長く続かなかった。豪次は急に言葉を切ると、いきなり問いかけた。

「われら『大学の旗』の聖なる少女、三木公子から、君の方へ何か連絡はなかったか」

その問いの言葉は、いつもながらの豪次の調子だったが、性急にたたみかけて問う彼の口調には、どこかいつもの彼と違う焦慮の影が響いた。緑はふとそれをいぶかしく思ったが、あの晩、夜の町へひとりで去って行った公子の後姿を思い起こすと、急に不安が胸一杯に拡がり、豪次の口調への疑念はすぐにその不安の念に圧倒されてしまった。緑は口早に問い返した。

「三木さんがどうかしたの」

豪次の説明によると、公子は、売上金が盗まれたことが判って開いた土曜日の緊急会議には、ちゃんと出席していたらしい。しかし、その会議で手分けして様々な線をさぐることになり、公子の任務としては、個人販売の切符の売れ先を追及することが割り当てられてから、そのあとは、不意に連絡を切ってしまった。自宅に電話をしても、いつも不在であったという。

金の盗難を知って、公子が姿を消したときいて、緑は、とっさにあの晩の襲撃者のことを思い出した。緑は確かにあの時、「一生ちゃん」という公子の叫びをきいた。またタクシーの中でも、公子はくり返し同じ名を叫んでいた。あの少年は、何か公子につながる人間なのだ。豪次はそのことに気づいているのだろうか。

緑はそれを豪次にたずねかけて、危いところで思い止まった。仮に豪次がまだ知らないとしたら、何も自分の口からそれを言うことはない。公子が言わなかったとしたら、それは彼女が知られることを欲しなかったからだろう——。

緑はたずねてみた。

「あの晩の襲撃者は、もう判ったの」

「おお、それが割れていれば、苦労はしないさ」豪次の声が答えた。「あの小癪なチンピラめ。緑の方に、何か心当りはないか。疑わしげな線はいくつかある。だが、どれも同じ位疑わしく、同じ位曖昧なのだ。辿って行くと、みな消えてしまう。誰ひとり、あのチンピラの顔に見覚えのある奴はいない。電気を消した奴がいる。だから、何か組織が背後にあることだけは確実なのだが。何たることだ、まったく。あんな小童《こわっぱ》に振りまわされるとは。が、まあ、いいさ」豪次は漸くいつもの調子に戻って豪快に笑った。

「何はさておき飯森重猛先生を連れてきた緑には、心からお礼を言わずばなるまい。背に腹はかえられぬ。あの浅川勇太とやらいうおっさんの申し出を受入れ、次号から『大学の旗』は連込宿の広告を載せることにしたよ。あのおっさんの言う通りだ。おっさんの意図が何であれ、連込宿の広告掲載自体は、別に受入れられぬ申し出ではない。ブルジョア良心主義者どもが眼をまわすだろうさ。そのためだけにだって、載せて悪くない広告よ」

豪次の饒舌は、また調子がついて、果てしなく続き始めた。

豪次の電話のために、長く待たせてしまったお得意のお嬢さんが、またひとしきりおしゃべりをして帰ったあと、緑は急いでハンドバッグの中をかきまわし、公子の住所と電話番号のメモを漸く見つけ出した。

電話しても無駄なこととは思ったが、もしかしたら、公子は駄目でも、一生なるあの襲撃者をつかまえることはできるかも知れぬと思ったのである。

しかし、それも無駄であった。電話口に出た手伝いらしい中年の女の声は、無愛想に、公子の不在を告げたあと、では一生さんは、という緑の当てずっぽうの問いに、「やはりずっといらっしゃいません。いつお帰りかは判りません」とそっけなく答えて、取りつく島がなかった。緑がそこから確かめえたのは、あの襲撃者が公子と一緒に暮しているらしいということだけであった。公子についての心配は、ますます暗く緑の心の中に拡がって行った。

6

ところが、緑が公子の行方を案じている矢先、当の公子から緑に電話があった。それがしかも、週に一度の休日の火曜日、ゆっくりと眼がとろけるまで眠ってしまった緑が、下駄をつっかけ洗面器をかかえて、寝坊のお蔭ですっかり汗ばんでしまった身体を流しに、近所の風呂屋まで出かけた、そのほんのちょっとした隙にであった。店にも内風呂はあるのだが、緑は午後の早い時間に、風呂屋の大きな風呂にのんびりと浸って、とりとめもないことを考えたり、出勤前の夜の美女たちがせっせとその顔と身体を磨き上げているのを、なんとはなしに眺めたりするのが、好きなのであった。その日も、すっかりいい気持になって、気にかかっていたはずの公子のことも、実を言うと暫くは忘れてしまって、湯上りの上気した頬を初夏の微風になぶらせながら、角のモンプチで、留守番をしている亜左子の好きなふんわりしたシュークリームを買ってご機嫌で帰ってきたのだった。そして、明るい台所のテーブルに坐って、大きなアプリケのあるお気に入りのエプロンをした亜左子が嬉しそうにコーヒーを淹《い》れるのを眺め、それから二人で、その洋菓子とコーヒーの微妙な舌触りを楽しんでいた時、亜左子が少し舌たらずの甘えた声で言い出した。

「先生。お留守の間に三木さんって女の方からお電話がありましたわ。とても真面目な声をお出しになる方――」

「あら、三木さんから電話?」

緑は思わず、口に持って行きかけていたコーヒー茶碗をまたテーブルに置いてしまった。しまったという思いが心を駈け抜けた。今まで、自分は公子のことをすっかり忘れて、休日の午後のひとときの平和をのんびりと楽しんでいた。いい気なものだ、私って女は――。そう思うと、緑の心には、いささか自責の念も加わって、俄かに心配がつのってきた。緑は、公子が、敗戦直後の浮浪児のように、薄汚れた顔と垢まみれの身体に、ぼろのような布をまきつけ、上野の地下道あたりにしゃがみ込んでいる様子が、ありありと眼に見えるような気がしてきた。あの健気な人が、自分の心の命ずるまま、夜空に飛ぶ流れ星のようにその軌跡を描き、そして遙か彼方から電話線に載せてわずかに一つの信号を私のもとへと送ってきた時、その当の私は、天下泰平にも昼風呂に浸って、透明なお湯がひたひたと乳房をゆさぶる感触を楽しんでいたのだ――。緑は悔悟の念のあまり、慌てて舌をもつらせながら、亜左子にたずねた。

「で、何ですって？　何て言っていた？」

亜左子の甘えた視線は、電話があったと聞いただけで俄かに落着きをなくしてしまった緑の様子にぶつかって、一瞬途方に暮れたように宙をさまよった。

「あの方、どういう方ですの？」

亜左子は緑の問いには答えず、すねたような声で聞き返した。

「誰だっていいでしょう」緑は心のせくまま、つっけんどんに言った。「それより、ね、何て言っていた？　すぐ戻るって言ってくれた？」

緑に叱られて、亜左子はしょげてしまった。

「知らないわ。『先生はいません。いつ帰るか判りません』って、言いました。だって、私の知らない方なんですもの」

その答に緑の眉がまた一段と曇ったのを見てとって、亜左子は一層しょげた。

「そんなに大事な方だったんですの？　ご免なさい、先生。だって、私は……」

亜左子の半ば悲しげで半ば恨めしげな声は、もう消え入りそうに震えた。その時、居間で、また電話が鳴った。緑は思わず反射的に腰を浮かした。今かけてきて不在だったのだから、まさか公子ではあるまいと思いながらも、思わず緑は、われ知らず小走りに電話の方へ急いだ。半泣きになっていた亜左子も、それにつられたように立ち上って、居間に入ってきたが、緑が夢中で電話機を取り上げる様子を見ると、顔をくしゃくしゃと歪めて奥の寝室へ引っ込んでしまった。そのあとには、淡い桃色のスリッパが片方、亜左子の小さな足から脱げて、床に残った。

夢中で取り上げた電話口で、緑の耳に響いたのは、しかし、幸いなことに三木公子の堅い声であった。

緑は、ほっと安堵の胸をなでおろしながら、口早に問いかけた。

「あっ、三木さん？　ああ、よかった。ね、今どこにいるの。何してるの。心配したわ」

「申し訳ありません」

公子のいつもと変わらぬ堅い声の中に、いつもより更に強い緊張、殆ど過度の緊張がひびいた。

「見ず知らずに近い私が、くり返しお電話などさし上げて、ご迷惑をおかけします。けれども、是非教えて頂かなければならないことがあるのです。もうお戻りとは思いませんでしたが、せめてご連絡の方法なりともと思い、またお電話しました」

「いえ、迷惑なことなんか、少しもないわ。ねえ、今どこにいるの。私のところにいらっしゃい」

「いいえ。寄せて頂く暇はないのです。先日パーティにいらした飯森さんの電話番号を教えて下さい。是非必要なのです」

飯森重猛の電話番号――。公子は何故それを必要とするのか。ただでさえ自責と心配の念で混乱していた緑の頭には、あの晩の重猛と公子の間の催眠術の闘い、そのあとの公子の鞄の一件、更に公子をつけようとした重猛の姿が千々に乱れ舞い、そして、最後に重猛が言った「いずれ向うから私のことが気になり出すに違いない」という言葉が急に思い出された。いや、危い。公子の方から電話などしたら、罠にかかるようなものだ。緑は懸命に言った。

「放っときなさい、あんな人。それより、ね、お願いだから、一度、私のところに来て。色々話さなければならないわ」

「それはできないのです」

公子の声が答えた。公衆電話からららしく、公子の声のうしろで町の騒音が高まった。公子はかすれそうになる声を無理に高めた。

「まず飯森さんにお会いしなければならないのです。たとえ危険なことがあっても、必要なことはしなければなりません」

「いいえ、そうじゃないわ」

緑は必死に説得した。

「どうしてもしなければならないことなんて、この世の中には、ありはしないわ。ただ、その時そう見えるだけよ。一週間も放っておけば、どんなに重大に見えたことでも、馬鹿馬鹿しい位、どうでもよくなってしまうものよ、ねえ、ともかく一度私のところに来て。お願いだわ。飯森さんなんか放っときましょうよ。それより盗まれたお金も探さなければならないわ。ねえ、ご存知？　一生さんって方も、ずっとお家に帰ってないのよ」

「一生が――」

電話から、公子の息をのむ気配が伝わった。

7

「ねえ、お願い。聞いて」

緑はここぞとばかり必死に説得を続けた。

「何にしても、一度お会いした方がいいわ。一生さんの行方を探すのだったら、何だって手伝ってあげるわ。飯森さんのことだって、何の用事か知らないけど、直接会う前に、一度、私に相談して。ねえ、私、あなたがしようとすることを邪魔などしないわ。人間、何したって、他人にそれを止める権利などありはしないってこと位、私だって判っているつもりよ。ただ、ね、一度、私に話して。そうすれば、すべてが、また別に見えてくるかも知れない。この世の中のことって、人に話さず自分の頭の中でだけ考えていると、何だって嵐の前の不吉な黒雲のようにふくれ上ってしまって、もう始末がつかなくなるものだわ。ね、三木さん」

だが、電話機の向うで公子は俄かに黙り込んでしまった。居ないのではない。切迫した激しい息遣いは町の騒音の切れ目に、受話器からはっきりと伝わってくる。緑は焦った。

「ねえ、三木さん。聞いてるの？　ね、返事して。どうしたの？」

が、公子の返事はなく、ただ、「ああ、一生が——」という呟きだけが、電話機のむこうからかすかに伝わってきた。

「ね、三木さん、お願い。ともかく、一度……」

なおも緑は言いかけた。しかし、それは無駄であった。公子からは何の答もなく、そして、電話は突然、ぷつんと切れてしまった。あとは、通話音も雑音も何一つ聞えないまったくの沈黙が、耳に当てた受話器の中に残っただけであった。

8

不安と心配でかき乱された休日は忽ち暮れて、六月の長い黄昏が緑の身体と心を包んだ。緑は居間のソファーに身を埋め、新着のモード雑誌を手にしたまま、次第に暗くなって行く裏通りと、ぽつんと忘れられたような小さな神社の境内を窓から眺めていた。いくら気をもんでも、今、緑にできることは何もないのだ。ヒドイモンダ。デモ、ドウニカナルサ。緑は呟いてみた。トリカエシノツカナイコトナド、コノ世デ起キル訳ハナイ。ドウニカナルサ。ナンダッテ、ドウニカナルサ——。だが、いつもなら、それでともかく元気を取戻せるはずの呪文が、今日は少しも効力を発揮しない。

奥の寝室の扉が開いて、眼を赤く泣きはらした亜左子が、淋しげに眼を伏せて出てきた。緑がふりむくと、亜左子はその視線から逃げるようにして洗面所の方へ行こうとした。

「亜左ちゃん。そういつまでもすねてないで、シャワーでも浴びてさっぱりなさい」

緑は亜左子を慰めるつもりでそう言ったのだが、緑の声は、疲れて不機嫌に響いた。その険のある響きに、亜左子は細い肩をぴくりと震わせたが、それでも素直にうなずくと、洗面所へ行って泣きはらした眼を水で少し冷やしてから、服を脱ぎ始めた。

可哀相に——。緑はそうした亜左子の後姿に胸をつかれた。何も亜左ちゃんにあたることはないのだ。悪いのは私なのに。緑は立ち上って台所へ行った。自分と亜左子の二人のために、簡単な夕食を用意しようと思ったのだった。風呂場からはシャワーの音がきこえてきた。

緑は、亜左子の自分に対する気持を、いつも少しもてあましぎみであった。だが、亜左子がその稚い気持を、一杯に緑に傾けてくると、緑には、どうも、それを拒否し続けることができない。亜左子は始め、一階の店の奥にある、仕事場の隅の小部屋に寝ていたのだが、緑は、若い女の子が夜ひとりで下にいては用心が悪いということを自分への口実にして、いつの間にか、亜左子のベッドを自分の寝室に、置かせるようにしてしまった。亜左子は、この頃は、夜眠る時も、「ねえ、先生、手を握ってて」と、むずかるように隣りのベッドの緑に自分の手をさしのべてくる。緑はいつも、そんな赤ちゃんみたいなことはやめなさいとたしなめるのだが、じっと自分を見つめる亜左子の淋しそうな訴えるような眼差に会うと、それを拒むことはひどく残酷なことであるかのように思われてきて、つい毎晩のように、亜左子の小さい軟い手を、自分の手で包んでやってしまう。そうしていれば、亜左子は安心したように眼を閉じ、やがて可愛い寝息を立て始めるのだった。

緑が残りもので、手際よく酸っぱいサラダ風の軽食を作り上げても、シャワーの音はまだきこえていた。亜左子は風呂嫌いで、緑が何度言っても、いつも、小さな子供がいやいやをするように、黙って首を振るのだったが、その代り、シャワーなら、何分でも、ぬるい湯を肌に浴び続けるのだった。緑は大きな声で亜左子を呼んだが、シャワーの音で聞えないらしい。緑は洗面所へ行き、半開きの扉から、風呂場の中を覗き込んで、声をかけた。

シャワーに身体を打たせていた亜左子は、夢からまだ醒め切れないかのように、淋しそうな、それでいてうっとりした眼差で、ぼんやりとこちらをふり返った。そして、そこに緑がいるのに気づいて、あらっと小さく叫んで身をすくめた。

「ね。用意ができたから、早くいらっしゃい」

緑はもう一度シャワーの音に負けないように大声で言って、首を引っ込めた。

緑はそのまま台所へ戻ろうとして、ふと洗面所に脱いである亜左子のエプロンに気がついた。さっき台所でコーヒーを淹れた時のまま、まだ外してなかったのだろう。

「あら、亜左ちゃん。このエプロン借りるわね。いいでしょ」

緑は、肩越しに風呂場の亜左子に声をかけると、そのエプロンを手にとった。何となく、そんな可愛らしいエプロンをしてみたくなったのだった。緑はエプロンをつけて、洗面所の鏡の前に立ってみた。左側の大きな花のアプリケのポケットが、如何にも亜左子らしかった。緑には、どういうものか、そういう夢見勝ちな季節はなかった。緑は、可笑しいほど地味で野暮な女子学生から、一挙に、大人の女になってしまったのだ。

その時、緑はふと、鏡に写っているそのアプリケのポケットから、二つにたたまれた白い紙片がのぞいているのに気づいた。緑はうつむいて、何気なしにそれを引き出して、開いてみた。そこに書かれてある字を見た時、緑はおやっと思った。緑はもう一度、見直した。が、やはりそうなのだ。それは、三日前の土曜日、電話で豊田豪次からパーティの売上げの盗難事件をきいた緑が、康吉宛に朝食と一緒に残しておいた走り書きのメモなのだ。

そうか。そうだったのか。やはり鶴木さんはこれを見ていなかったのか——。緑は、そのメモのことを亜左子にたずねたのを思い出した。その時、亜左子は、そんなメモは見かけなかったと確かに言った。そして、そのメモが、今、亜左子のエプロンのポケットに入っている。

いつの間にか、シャワーの音が止んでいた。顔を挙げて鏡を見ると、うしろでは、小さなタオルで胸を押えた亜左子が、風呂場から上半身をのぞかせ、泣き出しそうな表情で、メモとそれを見つめる緑を見ていた。

「亜左ちゃん」

緑は、思わず厳しい声で、亜左子の名を呼んで、ふりむいた。亜左子は、それを見るとぱたんと風呂場の扉を閉め、中にうずくまって泣き出してしまった。

「亜左ちゃん。いいからすぐ出ていらっしゃい」

緑はそれだけ言って、黙ってエプロンを外して台所へ戻り、洗面所の方に背を向けて坐った。風呂場の扉が開く音がして、亜左子が出てきた様子だった。洗面所で、すすり泣く声がきこえた。緑は待った。だが、亜左子は、ぱたぱたっとスリッパの音をさせて、寝室の方へ駈け込んでしまった。

緑は、亜左子のあとについて寝室へ行った。亜左子は、タオルのバスガウンを身体に巻きつけてベッドに腰かけ、こちらに背を向けて泣きつづけていた。下着やスカートが椅子の上にほうり出され、長いスリップの上半分が、椅子からこぼれて床に垂れていた。

「亜左ちゃん。何故こういうことをするの」

緑は後手で扉を閉めると、立ったまま言った。

「だって、先生……」亜左子は泣きじゃくった。「先生が悪いのよ。ひどいわ。ひどいんですもの。男の人なんか連れてきて、泊めるんですもの」

「泊めるって言ったって」緑は、子供のように泣きじゃくって言う亜左子の、あまりに真剣な様子を見て、怒っていた気持を折られて、つい苦笑してしまった。「あまり大きな声で、そんなこと言わないでよ。遅くなったから、泊ってもらっただけじゃない。あの日だって、ちゃんと亜左ちゃんの手を握って眠ったわ」

「判んないんだわ。先生なんかには、ちっとも判んないんだわ。あの晩、私、たったひとりで留守番していたのに、先生はずっとあの方と一緒で……。一度、自動車の音がしたから、飛び起きて窓から覗いて、ああ、やっと帰ってらしたと思ったら、またどこかへ行っちゃって……。先生は、私のことなんか、一度出かけると、すっかり忘れちゃうんだわ。わたしが、たったひとりぼっちで、先生のことばっかり考えていることなんか、少しも思い出さないで、男の人とダンスしたり、お話ししたり……。ひどいわ。本当にひどいわ。それ位なら、始めから親切になんかしないで、ぶったりつねったりして、うんといじめて、追い出して下さった方が、ずっとよかった」

「継《まま》っ子いじめじゃあるまいし」

緑は思わずまた苦笑して言い捨てた。が、緑は苦笑しながらも同時に、亜左子の、始めから親切になどしてもらわぬ方がよかったという、駄々っ子のような言葉の底から、意外に鋭い真実のようなものが、自分に向って拡がってくるのを感じた。しかも、それは、ひどく魅惑的で危険な真実を、更にそのうしろに隠しているのだった。

「女だもの」緑は、その危険で魅惑的なものを振り捨てるように、声を高めた。「男の人とダンスするの、当り前でしょ。亜左ちゃんも早くボーイフレンド作って、ダンスしなさい」

「ひどい！　先生はひどい！」亜左子は、堪え切れないかのように緑の方にむき直って、身体をゆすった。「私が、先生以外、誰もいらないってことは、よく知ってらっしゃるくせに。それだのに、男の人とダンスしろだなんて。この間の朝だって、判ってらしたはずだわ。私が、先生が泊めて上げた男の人の食器なんか、洗う訳がないって、先生には、ちゃんと判ってらしたはずだわ。私、男の人の食器なんか洗わない。一生、洗わない――。ねえ、先生。そんなところに、そんなこわい顔して立ってらしちゃ、いや。ねえ、こっちに来て。ここに坐って。嘘ついたのは、私、悪かったわ。あやまるわ。でも、そんなこわい顔して怒っちゃ、いや。私のこと、ひとりぼっちにしちゃ、いや」

亜左子は、涙でぐしょぐしょになった顔を挙げて、訴えるように緑の顔を見つめ、また身体をゆすぶって、こっちに来てとくり返した。緑は、不安に怯える動物のような亜左子の眼に見つめられると、もう逆らうことができなかった。緑はベッドに近寄って腰を下ろし、亜左子の乱れた髪をかき上げて、なだめた。

「そんなに泣くんじゃないわ。さあ、私はここにいるんだから」

「先生」

亜左子は、緑の横にぴったりと寄りそって、顔を緑の胸にうずめた。

「ねえ、先生。抱いて。ぎゅっと抱いて」

緑は腕を亜左子の肩にまわして、その顔をのぞき込んだ。涙だらけの亜左子の顔には、何かひどく切ないもの、それでいて、ひどく心をそそるものがあった。緑はそれに心を突かれた。緑の心は急にあやしくゆらぎ出した。緑は、ただ亜左子をなだめようとだけ思って、その肩を抱いたのだった。が、今、緑の心の底で、急に大きくゆれ始めたものは、緑自身さえ知らない何かだった。緑は、涙だらけの亜左子を引きよせて、思わず頬ずりした。「ああ、先生」亜左子は、溜息のように言って、自分の顔を緑の胸、首、顔にこすりつけた。亜左子の生温かい涙が緑の頬を濡らした。緑は亜左子を抱きよせた。緑の唇に亜左子の小さな軟い熱に燃えた唇が触れた。亜左子の唇が開き、舌が舌に触れた。その時、突然、住いの入口のベルが鳴った。

9

あの時、もしベルが鳴らなかったら、自分はどうなっただろう——。緑は、あとでその時のことを思い出して、慄然とした。緑は、その時自分が、もはや引き返せない下り坂、そして、一度転がり出したら、決して充たされることなく、ただもう互いに傷つけ合う他はない道に、すんでのところで入って行こうとしていたこと、いや、事実は、もうそこに踏み込んでいたことを感じた。

ただ、まったくの偶然から鳴ったひとつのベルが、緑を我に返らせ、その無限に続く不毛な官能の下り坂から引き上げてくれたのである。

家中にそのベルの音が鳴り響いた時、緑は驚きのあまり、石のようになった。緑は一つの暗い世界から、いきなりもう一つの現実の世界に引き戻されたのだった。緑の心臓は、はじけるような激しさで打った。

ベルは暫く沈黙したあと、続いて、二つ、三つと鳴った。緑は亜左子を抱いたまま、身動きもせずに、耳を澄ませた。やがて次第に、緑に落着きが戻ってきた。亜左子も、漸くその音に気づいて、身体を起こしてはだけたガウンの前をかき合せた。

緑は固くしていた身体をゆるめると、もう一度亜左子を軽く抱きよせた。そして、涙で濡れている亜左子の両方の眼にそっと口づけしてから、亜左子を離れて立ち上った。

緑は階段を降り、扉を明けた。もう、あたりはすっかり暗くなっていた。緑は、表の街路燈の反射でぼんやりと明るい裏口の周囲を見まわした。そこに立っていたのは、疲れきった顔色の三木公子であった。

10

緑の電報を見て部屋から外へ駈け下りた康吉は、人気のない夜更けの裏道からバス通りに出て、小公園脇の電話ボックスに飛び込んだ。受話器を手にとり、掌の上の緑の小さな名刺の電話番号をみると、もう一度、恐怖に似たものが彼の心を走った。

彼はその時、自分の心の戦《おのの》きの意味を、どこか無意識のところでは正確に理解していた。それは恐怖でありながら、同時に、抗しえない魅力なのでもあった。十円玉を投入口へ入れようとして、康吉の手は震えた。

呼出音が殆ど鳴るか鳴らないうちに、すぐ相手の受話器が上った。

「鶴木さん?」

こちらが名乗るよりも先に、緑の声が呼びかけた。

「何故、もっとすぐに電話を呉れないの」

緑の声はひどくせいていながら、何か妙に押えたような声だった。緑は康吉に答える閑を与えずに言った。

「ねえ。ともかく、すぐ来て。できるだけ早く。三木さんがいるの。眠ってるわ、このすぐ横で。あまりしゃべると起こしちゃう。ともかく、すぐ来て」

康吉を乗せたタクシーは、さっき戻ってきたのと同じ夜の道を、六本木へ向けて突っ走った。康吉の心に、あのパーティの晩、ひとりで夜の中へ消えた三木公子の後姿が思い出された。公子は、あれ以来、ふらふらと夜の町を歩いて行ったなり、何の消息もなかった。それだのに、康吉は、自分自身のことにかまけて、公子のことを案じさえしなかった。

いや、だが、本当にそうだったのだろうか。ここ数日、悪夢のようなパーティの記憶、妖しくゆれる白日夢が、実はくり返し康吉の心を襲っていたのではなかったか。その細い身体を直立させ、政治に関わろうとする人々に向って人間の内心の声を語る公子の健気な姿が、そのなかに立ち現われてはいなかったか。康吉は自分自身のことにかまけて、公子を忘れたのか。あるいは、公子のこと、公子をとりまく別の世界のことを忘れるためにこそ、自分自身に、自分自身の狭い世界に、その確かな世界に、かまけていたのではなかったか。

緑が、今、何故、康吉を呼び寄せるのか、康吉は知らなかった。しかし、康吉は、六本木へ向うタクシーに身をゆだねながら、自分が今、もう引き返すことのできない道を疾走しているのを感じていた。それは緑の店へ向っているのでありながら、そこを通して、一つの別の世界へ向う道であった。その道の導くところは、かつて康吉もその存在を知りながら、賢明にも、おそらくあまりに賢明にも素早く立ち去った世界、今、豊田豪次が住み、浅川勇太が住み、飯森重猛が住み、そして、果敢にも三木公子がそこで闘う世界、おそらくは下之条緑もそこに暮す世界、政治も欲望も、すべてが無限定な世界であった。

タクシーが信号で止った。夜の闇の中に、赤い信号が輝いている。交叉する道を、光が流れる。赤い信号が一瞬またたくようにして消え、緑の信号が輝く。康吉は、その輝きを美しいと思った。

考えてみれば、この何年かの康吉の努力は、常に自分を限定することに尽きていた。康吉は自分を限定した。自分を、政治にも欲望にも関わらぬものと限定し、手品を唯一の趣味とする人生のディレッタントと限定し、恋愛無能力者と限定し、中世美術史学者と限定し、実生活嫌悪者と限定し、やがて祐子と結婚するものと限定し、安らかな、しかし何処か一点で冷えた心を抱いて一生を暮し終るものと限定していた。そして、その限定によってこそ、彼は心の安心を得ていたのであった。だが、康吉は今、夜更けのタクシーの中で、自分がその営々として築いた確かな世界から、無鉄砲にも、すべてそこでは何の手がかりもない世界へと急いでいるのを感じていた。万人が万人にからみ合う世界。欲望が自らの意志のみによってその葉を繁らせ、どこまでが自分であり、どこからが他者であるか、予め決めてくれる境界線は存在せず、一歩間違えば、自分ののめり込んで行く先が自分の内臓の内側であったりする世界。その危険な無限定な魅惑あふれる世界へ、康吉は今、急ぐのであった。

ベルを鳴らすと、緑の店の裏口はすぐ開いた。緑は無言のまま、康吉を上の居間に導いた。そして、ソファーの上に崩れ落ちるように坐ると、視線を康吉の顔からそらせて、泣くような声で言った。

「三木さん、居なくなっちゃったのよ。ちょっとの隙に。たった今まで、ここに寝ていたのに」

黄色い電燈の光に照らされた緑の顔は、疲れて、ひどく老けて見えた。緑の坐っているソファーの上には、先日、康吉が泊った時と同じように、簡単なベッドがしつらえられ、枕にかけられたタオルのカバーに、公子のだろうか、女のものらしい髪が一本、まつわりついていた。その枕の、頭を載せられたあとのへこみは小さく、浅く、今までそこに横たわっていた公子の薄い身体を、まざまざと思わせた。

緑は思いついたかのように立ち上ると、黙ってソファーの上の寝具を片付け始めた。毛布をたたみ、シーツをたたみ、隅の角と角をのろのろと合わせてたたみ上げ、ソファーの上にかさねて行った。シーツをたたむ時、一枚の白い紙片が床に落ちたが、それにも気づかなかった。みな片付け終っても、緑は、まだ何も言わなかった。緑はそのまま、台所へ行った。康吉は、緑の気づかなかった紙片を拾い上げると、やはり黙って、その緑のあとについて行った。

緑は機械的に水道の栓をひねると、水に漬けてあった食器を洗い始めた。康吉は、今拾った紙片を開いてみた。それは、引きちぎったノートの一片で、薄い鉛筆の走り書きがあった。

「こんなにも暖かく眠ったことは、久しくありませんでした。けれども、今は眠っていていい時ではないのです。いつか、もう一度は、必ずここに戻ってきます。身も心も休めるために。いつか、自分に休息を許せるようになった時に。本当に、すべてを休めるために。それまではお目にかかりません。一生のことを、よろしくお願いします。もし、お力の及ぶことでしたら。下之条様。三木公子」

康吉は眼を挙げて、食器を洗い続ける緑の後姿を見た。水の中で手を動かしているうちに、緑に生気が戻ってきたようだった。緑は、洗い上げた食器を手早く布巾で拭き上げ、食器戸棚に納めると、初めて康吉の方に向き直り、笑顔を見せた。

「お茶でも淹れましょうか」

康吉はうなずいた。酔いが醒めてきて、咽喉が乾いてきていた。康吉はうなずいて、そこの小さなテーブルに腰を下ろした。それから、康吉は、公子の書置を緑に示した。

「シーツの間から落ちたんだよ」

緑は眼を通し終ると、黙ってそれをスカートのポケットに仕舞い、茶を淹れ始めた。そして、康吉に背を向けたまま言った。

「そうなのよ。三木さん、本当によく眠っていたのに。漸く、眠ってもらったのに。痛ましいなあ、本当に。人間が、こうも思いつめるって」

下之条緑は、茶を淹れながら、三木公子が訪れてからの一部始終を語った。

11

その夜、戸口に疲れ蒼ざめた三木公子を見つけた緑は、殆ど無理矢理に、公子を二階の居間まで連れてきた。

「一生は、どうしたんでしょうか」

公子は腰も下ろさず、緑にたずねた。しかし、緑が知っているのは、一生が家に戻っていないことだけだった。

「一生じゃないんです。弟じゃないんです。犯人は違うんです」

公子は、また、いきなり言った。緑には、何のことか判らなかった。

「襲撃者は一生です。でも、それとこれとは、全然、別なんです。一生は何も知らないんです」

「ともかく、お坐りなさいな」

緑は、公子の肩に手をかけて、椅子に腰を下ろさせた。そして、自分もそれに向い合って、坐った。緑は、公子ばかりではなく、公子の突然のベルで急に現実の世界に引き戻された自分自身のことをも、落ち着かせる必要があったのだ。亜左子はさっきのまま隣りの寝室で、かたりとも音をさせなかった。漸く少し落着きが戻ってきた時、緑は初めてたずねた。

「あの一生さんて、弟さんなの。でも、何のことなの、犯人じゃないって。何の犯人のこと」

「売上金を盗んだのは、一生じゃないんです。一生は無関係なのです」

だが、あの襲撃事件と、それに続いて起きた売上金の盗難。その二つが無関係などということが、あるだろうか。

納得しがたそうな緑の表情を見て、公子はくり返した。

「別なんです。全然、別なんです。一生のやったことと、お金のなくなったことは別なんです。それは確かなんです」

緑はもう一度公子の顔を見た。公子の顔は汗と埃で茶色に汚れ、その中で小さなきつい眼だけが、きっと光っていた。この人はただ弟をかばっているだけではなく、何かを知っているのだと、緑は思った。それに、この張りつめよう。ともかくなだめて、休ませなければ、倒れてしまう。

「私には、そのことはよく判らないわ」緑は言った。「でも、心配することはなくてよ、誰も弟さんのことを疑っている人はいないわ。ねえ、まず、ゆっくり休みましょう。休めば、弟さんの行方を探すこともできるわ」

「そうじゃないんです」公子は、もどかしげに言った。「そうじゃないから、お願いに上ったのです。豊田さんも、坂上さんも、他の人も、みんな、襲撃者が売上金を奪ったと、いいえ、金を奪うために襲撃を仕組んだと、思い込んでいるのです。それが別々に起きた事件だとは、考えてもみないのです。そして、私は……」公子は、少し言い淀んだが、そのためらいを振り捨てるように言い続けた。「そして、私は、それが別々の事件だということを知っていて、しかも、人にそれを言えないのです。まだ言えないのです。金を取戻すまでは言えないのです。だから、お願いに上ったのです。どうにかして、豊田さんたちに、一生が犯人でないことを判らせて下さい。一生が帰っていないのは、きっと豊田さんたちに摑まって、何処かに監禁されているのです。あの傷つき易い一生が、監禁などされたら、その恥辱のためだけで、人生をすべて投げ捨ててしまおうとするでしょう」

「そんなはずないわ。そんなことになっているはずないわよ」

緑は、公子の言い出したことの意外に驚いて慌てながら、急いで打ち消した。

「だって、豊田さんたちは襲撃者が一生さんだってこと、襲撃者があなたに関係のある人だってことさえ、気づいていないじゃない。掴まえられる訳がないでしょ」

その言葉に、公子はぴくっと薄い肩をふるわせて、緑の顔を見つめた。

「それでは、下之条さんは、一生のことを豊田さんには言ってなかったのですか。鶴木さんも言っていないのでしょうか」

「言う訳ないじゃない。鶴木さんだって言うはずないわよ。もし必要なら、あなたが自分でおっしゃるでしょう。何故、私たちがそれを言う必要が、ありますか」

「そうですか」公子は、今まで張りつめていた肩を、がっくりと落した。「それでは、一生は、自分の意志で帰らなかったのですね――」

長い沈黙が続いた。公子は、じっと机の上の一点を見つめていた。やがて公子は囁くように言った。

「人は、愛するもののためには、わずかな木のさやぎにも死神の訪れをみたかのように怯えます。一生は、今では、ただ一人の兄弟なのです。ご迷惑をかけました」

公子はそう言うと、ふらふらと立ち上り、階段の方へ出て行こうとした。

「あら、三木さん、待って」

緑は慌てて立ち上った。

「ともかく休んでいらっしゃい。あなたを、こんなに思いつめさせているものが何か、私には判らないし、無理に聞こうとも思わないけど、ともかくあなたは休まなければいけないわ。そうすれば、またいい智恵も浮かぶものよ。一生さんのことだって、あなたが心配していたようなことはあるはずないのだし。ねえ、本当に私、何もあなたの秘密を聞くつもりはないのだけれど、何故、飯森さんに会わなければならないの。いえ、どうしても会うって言うのなら、止めはしないわ。でも、せめて、私のところでゆっくり休んで行って。そうでなけりゃ、危険過ぎるわ、あなたみたいに張りつめて。もし、ゆっくり休んだら、飯森さんの電話番号もちゃんと教えてあげる。本当は、何故会うのだか教えてくれれば、何か智恵も貸して上げられると思うんだがなあ」

「いいえ、もういいんです」公子はそのままふり返って言った。「飯森さんの電話番号は判りました。思いついて大学に電話したのです。すぐ教えてもらえました。もう連絡はついて、明日、会うことになっています」

「そう」

緑は、困ったことになったと思った。飯森が、何か悪意と怨恨にみちたたくらみを公子に対して企てている——。緑は直感的に、そう思った。だが、緑はまだ投げなかった。まだ半日の時間はあるのだ。

「そう。いいわ。じゃ、ね、それまで、その明日まで、ここで休んで行きなさい。眠って行きなさい。私、何も言わないわ。ただ休んで、疲れをとり、身体を洗って行ってほしいのよ。女の子が、そんな汚れた顔で外を出歩くものじゃない。女の子は、きれいにすることで、自分の内側から力を汲み上げることができるのよ。それに、何よりも一生さんのことがあるじゃない。一生さんの行方を探さなくちゃ。そうでしょう。ゆっくり休んで、色々話してくれたら、私にも一生さんを探す手伝いはできると思うわ」

緑の顔を、疲れ果てた、しかし、きつい眼差で見つめていた公子は、一生の名をきくと、また、ぴくっと薄いやせた肩をふるわせた。が、公子は、すぐ、心の動揺を振り払うかのように言った。

「いいえ、いいのです。それも、もういいのです。一生が人から恥辱を受けているのでないのなら、自分の意志からその生の軌跡を描いているのなら、たとえそれが一生にとってどんな苦しいことでも、それを止める手立てはないし、また、それを止めようとも思いません」

公子はふらつく身体を支えるかのように柱に摑まって言い続けた。

「人は、愛するものに対し、愛するが故に権利を持つと思いがちです。しかし、人間が自らの意志からその生を自由に生きて行く時、それを拒む権利は、愛にもまた、許されてはいないのです。もし一生にお会いになることがあったら、そして何か手を貸してやって下されることがあったら、どうか、あの子を支えてやって下さい。まだ、ほんの子供なのです」

公子はそう言って、首をかすかにお辞儀するかのように下げ、身体をのろのろとまわすと、階段の方へ立ち去ろうとした。が、次の瞬間、細い身体はぐらっと傾き、公子はそのままそこに膝をつき、崩れ落ちてしまった。

漸く眠った――。ソファーの上に横たわり、苦しそうに息をしながらも急速に眠りの中へ引き込まれて行った公子の顔を眺めながら、暗くした燈りの下で、緑は思った。この人を飯森重猛に会わせてはならない。それは、何かひどく無慙《むざん》なことになりそうな予感がする。が、この人はそれを思い止まるまい。

緑の心は、重い思案にふさがった。

緑は、あの夜以来、相変わらず何の連絡もしてよこさない鶴木康吉のことを考えた。鶴木さんなら、何かよい思案があるかも知れない。いや、何の思案はなくとも、とにかく相談することはできる。

緑はハンドバッグを探って、前に公子から聞いた康吉の住所を見つけ、電話で電報を打った。電話を切ると、緑は坐って煙草の火をつけた。ひどい疲れが、彼女の四肢を侵していた。

この人は、自分のベルが、私をどんな危機から救ったか、全然知らない。ただ、自分の心の命ずるままに、世界の暗い空間に精神の軌跡を描き、今、疲れ果てて、ここにひと時の眠りを眠っている――。

緑は、公子を見ていると、疲れのせいか、不覚にも眼がうるんできた。緑は、この年頃の健気な同性を見ると、それだけで、いつも胸が一杯になってくる。緑は、同じ年頃だった時分の自分の姿を、そこに重ねて見てしまうのだった。

あの頃の自分も、何と必死だったことだろう。何と健気だったことだろう。あるきっかけから、みるみる間に深い水の底に沈んでしまったあと、そこから浮かび上るために、どんなに努力をしたことか。今考えてみれば何でもないことが、何でもないと思えるまでには、色々のことが必要だった。この人も、そして亜左ちゃんにしても、まだ随分と、色々のことを知らなければならないだろう。

暗い中で、自分の吸っている煙草の火だけが、赤かった。緑はそのままの姿勢で、康吉の電話を待った。少し眠ろうとしても、眠ることができなかった。

夜が更けてから、漸く電話が鳴り、康吉の声がした。康吉が電話を切ったあと、緑はそっと立ち上ってグラスに少しウィスキーをついだ。ウィスキーは、舌から全身に滲みて行った。椅子に腰を下ろした緑の心と身体に、康吉と連絡がついた安堵が、ゆっくりと拡がって行った。緑は、そのままの姿勢でうとうとした。眠りの中で、風のさやぎのようなものが、通り過ぎて行った。

緑は、階下の扉が閉められた音で、眼を覚ました。気がつくと、眠っていたはずの公子の姿がなかった。緑は驚いて立ち上ると、階段を駈け下りた。しかし、店の裏口の闇の中にはもう何の人影もなく、板壁に乱雑に生え繁っている蔓草の長い葉だけが、かすかな夜風のためだろうか、ゆらゆらと暗がりに揺れていた。

12

緑は、そうした話の一部始終を、亜左子に関係するところはぬかし、かいつまんで、康吉に語った。康吉は、あのパーティの夜、売上金が盗まれたことも、その話で初めて知ったのだった。

緑の話を聞き終った康吉の心には、飯森重猛への敵意が、改めて燃え始めた。

あの陰険な、怨恨にみちた重猛の笑い。豊田豪次のあからさまの誇らしげな嘲笑でもなく、浅川勇太こと留津の英の嬉しげな悪意に充ちた哄笑でもなく、表面滑らかでありながらぞっとするほど暗い重猛の笑い。他人を自分の心の暗がりの中へ、ともに引きずり込もうとたくらむあの怨恨に充ちた笑い。あの笑いが、今、やせて胸の薄い公子に狙いをつけているのか——。

そう思うと、康吉の心には、歯ぎしりしたいほど激しいものが育って行った。そして、康吉は重猛の表情、その前にすくむ公子の顔を心に想像して、そういう自分の気持の激しさを、無意識のうちに更につのらせて行った。その重猛に対する敵意の激しさは、多分、その時、三木公子への愛にひどく似たものになっていたのである。

「寝ましょう」

そんな康吉の様子を見ながら、緑がぽつりと言った。

「あなたも、ひどく疲れているらしい。私も疲れたわ。本当に休息が必要なのは、私たちの方かも知れない」

緑は暫く眼をそらせて、ガラス窓の向うの暗い夜空に視線をやった。それからまた、眼を、小さなテーブルをへだてて坐る康吉の方へ戻し、彼の顔をじっと見て言った。

「今日は、悪いけど、私の隣りのベッドで寝て。それが、今夜は、私に必要なの。何故かは、そのうち説明することがあるかも知れないわ」

緑は立ち上ると、康吉の手をとって、彼をも立ち上らせた。

「肩に手をかけて」

緑は命令した。

「私を支えて。その手を放さないで。そうでないと、私は勇気が出ない。私には今夜、勇気が必要なのよ」

康吉は、言われるままに緑のうしろからその肩に手をかけた。緑は、康吉のもう一方の手を改めて握り直すと、そのままの姿勢で、彼を居間の方へ導き、そこを横切り、隣りの寝室への扉を明けた。康吉に肩を抱かれ、康吉の手をじっと握りしめた緑は、敷居の上に立つと、中へ向って硬い声で言った。

「亜左ちゃん。今夜は、私たち一緒に寝るんだから、ここ明けて頂戴。居間のソファーの上に寝具が出ているわ」

康吉は、暗い常夜燈の光の下で、若い女がのろのろと起き出すのを見た。身体を隠すかのようにに両腕を前に引きつけ、ピンクのバスガウンの前をかき合せて、その女は、途方に暮れたように二人の顔を見上げげた。それから何も言わずに、まわりに散らばった下着、洋服をかき集めると、黙って二人の横をすりぬけて、居間のソファーの方へ行った。

スリッパの音が小さくぺたぺたと鳴り、小さな形のよい華奢な足首とふくらはぎが、夜目に白く残った。

康吉の心に驚きがふくらんだ。それは、彼の心に残るあの夢の中のネグリジェの女なのだった。その小柄で、やせているのではないが、どこか稚さの残る身体つき。何かひどく頼りなげな表情。その淡いピンクの色。しかも、それは昨夜、康吉が裸身の祐子の上に重ねて見た女なのではないだろうか。康吉は思わずふりむいて、亜左ちゃんと呼ばれたその女の後姿を追った。

「何も言わないで」

緑が小さくきつく言って、康吉の手を握りしめた。緑は、康吉の心の動きを知らない。緑は、ただ、自分の行動の不可解さが、康吉を驚かせたとだけ思っていた。

緑は康吉の手を固く握って、寝室に入り、後手で扉をしめた。そして、ふりむくと、康吉の胸に顔を伏せた。康吉は、その顔の眼尻から、すっと涙が糸を引くのを、常夜燈の光の中に見た。

「ね、何もきかないで。いつか、説明するわ。可哀相に。でも、これが一番いいの。大人になるのよ、あの子も。ね、鶴木さん。今夜は、何もきかないで、私の手を握っていて。そうしないと、私、辛くって、大声で泣き出しちゃう」

下着だけになった康吉は、緑の示すまま、奥のベッドに横になった。緑は、ぼんやりした薄明の中でネグリジェに着換え、隣りの、さっき亜左子が横になっていたベッドに身を横たえた。目まぐるしかった一日の疲れが、一時に康吉を襲った。康吉は眼を閉じた。

「目覚し、何時にかける」

緑がたずねた。

「九時」

康吉は呟くように答えた。じっ、じっと、目覚し時計を巻く音がし、それから緑がもう一度身体を起こした気配がし、常夜燈が消え、瞼の裏が暗くなった。

「ね」

呟くような声がきこえて、緑の手が康吉の手を探った。康吉は、それに応えようとしたが、奇妙に掌から力が抜けてしまい、ああ、緑が俺の手を握りしめているなあと、漠然と思いながら、底のない眠りの中へ落ちて行った。

明け方、康吉は、深い眠りの中から、急にぽっかりと浮かび上った。疲れて深く眠った夜の明け方、康吉はよく、そういうふうに目覚めることがあった。もう眠り足りた訳ではないが、深く眠った快さが、暫くの間、充ち足りた仕合せな感覚をもたらしてくれていた。頭をまわすと、隣りのベッドに、緑がこちらに背中を見せて眠っているのが見えた。規則的に上下するその丸い肩と、少し寝乱れた髪につつまれた頭が、薄暗がりの中に、平和に、確かに浮かび上っていた。

それを見ていると、康吉の中に、次第に健康で、純粋に生理的な欲望がふくれ上ってきた。康吉は手をのばして、その肩に触れた。緑は寝返りを打って、何か呟きながら、康吉の腕を引きよせ、胸に抱いた。康吉は緑のベッドに移った。康吉の手が緑の裸の胸に触れた時、緑は、まだ半ば眠りのなかで、快楽の小さな叫び声を挙げた。

やがて緑がまた自分の眠りの中へ戻って行ったあと、康吉はそっと起き出すと、窓際に立った。緑はすっかり変わっていた。かつては、真面目で無器用な女子学生であった緑が、今は、性のなかに楽しみと喜びと快楽を追って、飽きることのない女になっていた。次第に目覚めてきた緑は、その手で、指で、唇で、脚で、肌で、身体のあらゆる部分で、康吉の身体と遊び、その遊びのなかで、快楽への期待を果てしなく高めて行った。康吉の健康な欲望は、緑の遊びのなかに浮かび、漂い、高まり、何倍にも楽しく増幅され、はるかに自由でのびやかなものになった。康吉は、自分が、祐子とのくりかえされる時間のうちに、性の快楽について、如何に怠惰に、閉鎖的になっていたかを悟らされた。

窓の外では、短い夏の夜が、もうすっかり明けていた。今になって、眠気がまた、康吉の眼蓋に重くかかってきた。もう一眠りしようと康吉は思った。康吉は、居間への扉を明け、手洗いへ行った。

手洗いから、また居間へ戻り、壁際のソファーと、そこに寝ている昨夜の姿のままの亜左子をみた時、激しい驚きが、康吉の心を通り抜けた。

彼はその明け方のひと時、そこに亜左子が寝ていることを、いや、その淡いピンクに身体を包んだ亜左子の存在自体を、すっかり忘れ去っていたのだった。何かよく判らぬ鈍い感情が、彼の心にゆれ拡がった。

そこに横になっている亜左子は、眠ってはいなかった。眠っているかのように閉じた眼元が、神経質にぴくぴくと痙攣して、その狸寝入りを暴露していた。それでも亜左子は、身体を固くして、身じろぎもせずに、眠っているかのように装っていた。

おそらく一晩中眠れなかったのだろうと、康吉は思った。薄い扉を通して、さっきの気配も、すべて聞きとったに違いない——。

康吉は亜左子を見つめた。

朝の白い光がカーテンを透して亜左子を照らしていた。亜左子はこちらを向いて横たわり、その、わずかにはだけたガウンから、小さな可愛らしい膝が片方と、その上の意外に肉付きのよい腿が少し、誘うようにのぞいていた。枕に片方の頰を押しつけた亜左子の顔は涙で汚れ、不健康な赤みが目元から両頰に拡がっていた。亜左子は、康吉に注視されているのに気づき、尚更身動きもならずに、身体を固く緊張させて、眠りをよそおっているのだった。

康吉は、亜左子の赤らんだ稚な顔から、肩、胸元、腰、膝、足と視線を移して行った。そして、もう一度、はだけたガウンからのぞく膝とわずかな腿に眼を戻して、それをじっと見つめた。その華奢な膝につづく腿は、ぼんやりと覚つかなげに盛り上って、ガウンに隠された奥へ消えているのだった。

康吉の中の鈍い感情は、ゆっくりとゆれながら、大きくふくらんできた。その情念は、何を悔むという訳ではないのでありながら、取返しのつかない悔恨にひどく似ていた。それは、果たしえぬままに身体と心の底に沈んでいる怨恨の数々によって突き上げられていた。それは悔恨であり、充たされぬ暗い憧憬であり、人の心を責めさいなんで、ひどく不毛な思いに追い込む怨恨であった。しかも、それは、そんな不毛な情念でありながら、それだけ深く人の心を嚙み、人の心の内側に入り込まずにはいない情念であった。康吉の心を、さっき自分を訪れた快活な生理的欲望と、それに続いた楽しい快楽の記憶が通り過ぎた。今、暗い情念にゆすぶられる康吉の心には、それはあまりにあっけなく、自分に殆ど無関係なものであったと思えた。カーテンを透して染み込む朝の薄明に、亜左子の美しく稚く頼りなげな身体が浮かび、康吉は放心したかのように、それを見つめ続けた。

康吉は、今、自分がひどく恐ろしい瀬戸際に立っているのを感じた。身じろぎもせずに横たわる亜左子の身体が、そのあどけない美しさが、そのままおそろしさに充たされて行った。美しさがおそろしさそのものとなった。康吉はそのままの姿勢で次第に後ずさりを始めた。康吉と眠りをよそおう亜左子の身体との距離は、わずかずつ、しかし確実に開いて行き、康吉は心に果てのない悔恨を感じながら、なおも後ずさりし続けて、その距離を開いて行った。

13

早朝の薄い光は、ジェーンのアパートの六畳にも差し込んでいた。遠い車の響きにもがたがたと鳴る古いガラス窓。垂れ下がった安物の緑色のカーテン。雨のしみの浮き出たボール紙のような天井。信じられぬほど薄い、隣りの物音をすべて伝えてしまうベニヤ板の壁。ジェーンが寝返りを打つと、その下で鉄のベッドが少しきしった。

ジェーンは、そっと首を挙げて時計を見た。六時十五分。あと十五分たったら起きよう。ジェーンは思った。そして、そう思った時、ジェーンの心をふと希望に似たものが横切って行った。

薄い壁を通して、早起きの隣人たちの朝の物音がきこえてきた。水の流れる音。物を洗う音。大きなナイフが板の上に鳴る音。その快いリズム感——。ここの国に住むごく普通の人々の生活を殆ど知らないジェーンには、それらが何の物音なのか、具体的に思い浮かべることはできなかった。しかし、そこには人々の生活があった。これから一日が始まる朝の生活の響きがあった。ジェーンは今、そうした物音を通して伝わってくるこの国の人々の生活を愛し始めていた。ジェーンは今、この国にも人々が生きていることを、初めて信じようとしていた。

ジェーンは、もう一年半をこの国で過ごしていた。だが、それはこの国の上に存在していたというに過ぎないものだった。アメリカ系の貿易商社で、速記をし、うろ覚えの商業文を書き、タイプを叩く一日。大方はひとりで過ごす夜の時間。時折は同国人の同僚と、あるいは行きずりに知り合ったイギリス人、アラブ人、インド人などと過ごすこともあった。だが、彼らはすべて、ジェーンと同じくガイジン、つまりこの国での異邦人、この国での生活を持たない人間たちであった。この国で生活する人々が、ジェーンに本当に関わってくることはなかった。ジェーンは毎日をこの国で送った。だが、その毎日は、この国自体とは、何の関わりも持たずに過ぎて行った。この国は、いつも鄭重に、しかしいつも頑《かたく》なに、そこへ入って行こうとするジェーンを押し戻した。仕事の折などに知り合うこの国の人々。ふと互いの眼に好意の色が浮かぶことはあった。が、そういう時ジェーンの期待する家庭や友人たちの集まりへの招待の言葉は、決して出ることがなかった。この国の人間たちの、自分たちの間での生活は、まるで秘密結社の営みででもあるかのように、異邦人であるジェーンの前に閉ざされているのであった。精々のところ、レストランでの一杯のコーヒー、あるいは一夕の食事。場合によっては、テンプラ、スシ、サシミ。ジェーンの欲しいのは、そんな物珍しい観光客用のものではない。この国に生きる人々の生活であり心であった。が、そうした茶や食事の間に、たとえひとかけらにせよ、この人生を生きる自分の心をジェーンに見せた日本人は、ひとりもいなかった。彼らは、そうしたことは自分たちの間だけにとっておいて、ガイジンであるジェーンには、観光局の旅行案内のように口当りのいい退屈な会話しか提供しようとしないのだった。

だが、今、ガイジンであるジェーンの前にあった薄い透明な膜は破れていた。ジェーンは元より今もガイジンであった。しかし、ガイジンであり、踏み越え難い線のこちら側にはいながら、ジェーンには、その向う側の、この国の人々の生活が、生々と眼に見えてきだしたのだった。そこに生きる人々の愛も憎しみも苦しみも、実在のものと信じられ始めたのであった。ジェーンはもう一度、なるべくベッドをきしませないようにそっと寝返りを打って、狭いベッドの壁側に眠っているカズオを見た。

不思議なことだ。ジェーンは思った。このカズオという若い男の子が、あのパーティの翌日の夜遅く、再びジェーンのところに怒ったような表情で戻ってきて以来、ジェーンの生活は変わってしまったのだ。

外形的には、ジェーンの生活が、それでどれ程も変わった訳ではなかった。ジェーンは、自分が勤めに出ている昼の間、カズオが何をしているのか知らなかった。ただ、夕方、仕事が終って帰ってくると、彼女のアパートには、いつもカズオが黙って坐っていた。それを見てジェーンは、パンとハムとサラダと紅茶の簡単な夕食を、今までの二倍の量、用意するだけだった。その間カズオは、何の関心もなさそうに、窓の外の狭い空を見つめていた。それから二人は食事をし、片付けた。片付ける時、カズオは黙ってジェーンを助けた。それが済むと、ジェーンはいつもの通り新聞に眼を通したり、ラジオの音楽をきいたり、洗濯をしたりした。カズオは、その間もまた、黙って坐っていた。が、ただそれだけのことでありながら、それはジェーンの生活の意味を変えてしまった。

ジェーンは、カズオの世話をすることに喜びを見出したのではない。一人の生活が厭で、他人の肌の温《ぬく》もりを求めたのではない。ジェーンは孤独には慣れていた。ジェーンは、国の高校の同級生たちとは違っていた。孤独と独りぼっちのベッドがこわくて、ともかくも指輪をはめてくれる相手を見つけようと、ただそれだけに切ない心をふるわせるあの女の子たちの一人ではなかった。もし、そうなら、今頃トオキョオのバラックのアパートになど、いはしない。もし、そうなら、どこか東部の中都市の郊外で、退屈さをかみ殺しながら民主党の町長候補のためのパーティでも開いて町のインテリたちとベストセラーの話でもしていただろう。だが、ジェーンが欲したのは、この一度きりない人生で、孤独でもいい、まず生きることだった。お仕着せの生活の中で、充たされない欲望と、いつ自分がこの社会から滑り落ちるかという不安に縮こまりながら、なけなしの毎日をなしくずしに費して行くのではなく、一度でいいから、生きるということの核心にぶつかることであった。ジェーンの生活が、カズオがそこにいることで、その意味を変えたとすれば、それは、カズオの存在が曖昧な人間的な温もりをもたらしたせいではない。それは、そうではなくて、ジェーンが、そこで、この国にきて初めて、本当にこの人生を生きようとしている人間にぶつかったからであった。あるいは、そのことをジェーンの前に露わに見せる人間に、初めてぶつかったからであった。ジェーンは、あのパーティの夜のカズオに、その翌日舞い戻ってきたカズオに、そして殆ど口をきかずに外を見つめているカズオに、この人生を自分の意志に従って生きようとする心、今始まろうとする人生に他からの規制を拒否する心、それが思うようにならなければ自分の生そのものをも拒否しかねない激しい心を見たのであった。

カズオは今、壁側に顔を向け、こちらに刈り上げた頭を見せて、深く眠っていた。その黒く短くこわい毛におおわれた丸い頭を見ていると、鋭い感動に似たものがジェーンの心を貫いて行った。ジェーンはその頭を自分の胸にこすりつけたかった。が、カズオの眠りを妨げるのを怖れたジェーンは、そのままの姿勢を動かさなかった。

カズオも、一人立ちすることのできるまでには、まだ色々のことを学ばねばならないだろう。ジェーンは思った。カズオは多分、この数日間に、その手始めの一つを学んだのだ。彼の襲撃とその失敗。そして失敗のあともなお、人はまだ生きなければならないということ。カズオは私の部屋で暗い沈黙を守りながら、その真理を学び、消化しているのだ。私は偶然、カズオの人生での初めての戦いの時に、その傍にいて、その疲れた心と身体を見守り、カズオがやがて新しい世界へ出て行くために、蚕が糸をつむぐように、黙々とその思いをつむいでいる今という時間のパートナーになることもできた。が、いずれカズオはまたひとりで歩き始めなければならないだろう。この国の中で歩き始めなければならないだろう。その時は、私が傍についていることは、もうできまい。

とを学ばなければならないだろう。そして、まだまだ色々のこ
タカシ。ジェーンは心に言った。私はあなたの国にきた。あなたの鋭い絶望の発する生の匂

いに引かれて。そして私はそれを見つけたのだ。

ジェーンは頭をめぐらせて、また時計を見た。もうそろそろ時間だった。ジェーンは、一生の目を覚まさないように気をつけて起き出すと、畳の上に立って、天井に手をぶつけぬよう用心しながら、精一杯ののびをした。その時、ふとジェーンの心を、こうして、足のうらに畳の感触を感じて目覚めるのも、ことによったら、もうそれ程長いことではないかも知れないという予感が通り過ぎて行った。

一生が目覚めたのは、もうジェーンが勤めに出たあとだった。ベッドを出てカーテンを明けると、今日も湿っぽい六月の陽光が狭く立てこんだ江東の屋根に鈍く反射し、窓の下の路地では、追いかけあう子供たちの叫び声が蒸暑い空気をふるわせていた。

一生は部屋の片隅の流しで顔を洗うと、手近なタオルで濡れた顔を拭った。そのタオルからはジェーンの化粧品らしい甘い匂いが少し匂った。

こうしたことは、一生にとっては初めてのことだった。一生は生まれてから今まで、いつも自分専用のタオルを持っていた。親や兄弟とも共通のタオルを使うことはなかった。学校をさぼり、優等生たちと教師たちを心に罵り、世に背く狂暴な想いを懐《いだ》いて道を行った時にも、自分が自分のタオルを持つことには、何の疑いも持ちはしなかった。一生は今、自分が他人のタオルで顔を拭き、しかもそれを何の違和感もなしにしていることを知って、何か自分が変わったということ、よかれ悪しかれ一つの世界を捨てたのだということを自覚した。

一生は、あのパーティの日の深夜、恥しさと怒りと絶望とにかられて、一度はこのジェーンのアパートを飛び出したのであった。そして、彼は、湿気と埃と排気ガスでべとつく梅雨時の東京を、鉄錆で赤ちゃけた工場街から、野菜くずの浮かぶどぶ川が淀んだ住宅密集地帯まで、何の当てもなく彷徨した。一生は、ただひたすら、前夜の襲撃の失敗と敗北を反芻し、汗と埃と恥辱にまみれて、歩きつづけた。そして、再び深夜、何の目的もなく一日を歩き尽して、重い疲労を身と心に引きずった一生は、突然、自分がまたジェーンのアパートの前に立っていることを発見したのだった。一生は殆ど自分の意志に逆らってその階段を登った。

ジェーンはその時黙って一生を迎えた。その時の一生には、自分の恥辱と絶望が、そのまま受け入れられることが必要だった。ジェーンはそのことを見てとった。ジェーンは一生を坐らせると、濡れたタオルで一生の顔と手足を拭いた。それから服を脱がせ、ベッドに寝かせ、自分はその脇に腰かけて、彼の顔をじっと見つめた。一生はジェーンの眼を見かえした。一生は、その眼へ向けてなら、恥辱と絶望にまみれた自分のすべてをさらすことができるのを感じた。一生は、再びジェーンに導かれて、ジェーンの身体に自分の情念のすべてを解放して行った。

やがて一生は、あの恥辱も絶望も、ジェーンの傍らに横たわる自分の中では奇妙に滑稽でちっぽけに見えるのに気づいた。そして、敗北の恥辱感とはまったく違う、少し打ちとけた恥しさだけが、彼の心に残っているのだった。

元より、そうした平衡状態は、さし当りは一時のものにしか過ぎなかった。恥辱と絶望の感覚は、くりかえしくりかえし、一生の心に戻ってきて、それをしめつけた。だが、それはまた、くりかえしくりかえし、ジェーンの何も強いず何も問わない強い眼差と、その白く大きな身体の中に吸いとられて行った。そして、そうしたことがくり返されるにつれ、一生の恥辱と絶望の感覚は、決してなくなりはしなかったが、次第にはじめとは少し違うものに変わって行った。それははじめのような鋭い直接的なところを失って、少しずつ鈍い、何か平らなものに変わって、一生の心の底に沈み始めた。それはもうはじめのように激しく一生を苦しめはしなかったが、また逆に、ジェーンと寝ている時も、一生の心から消えることがないのであった。一生はやがて自分がこれから先、心の底に沈むその重いものを、ずっと持ち運びながら生きて行くのだということを、次第に納得するようになった。そして、ふと気がつくと、あれ程一生を苛立たせ、行動に駈り立てていた姉の公子への灼けつくような思いも、いつの間にか、かつての激しさを失い、冷静な、いや平板とさえ言っていいような愛情に変わっていた。

一生はタオルを元へ戻すと、テーブルの上の、ジェーンが食べかけて残して行った朝食のパンを手にとった。そして、それをかじりながら、やかんをガスにかけた。やかんは次第に煮立ってきた。その音を聞きながら、一生は、自分が途方もない距離を生きてきたような気がし、また一方では、それがあまりにあっけなかったとも思われた。あの襲撃を心に懐いていた間、一生は、ただその一事ばかりを思って、そのあとにも毎日の生活があるなどとは、思っても見なかった。だが、そのあとも、一生は生きていた。今も、こうやって生きていた。一生は、次第に沸騰しはじめたやかんの音を聞きながら、ああ、俺はこうやって生きて行くのだなと考えた。

第五章　対決

1

闘争は決定的段階へ！
五万の学友、国会を包囲！
帝国主義者の陰謀を打破！
問題を大胆に提起せよ！
学生大衆の中へ大胆に提起せよ！
大胆に提起せよ！

そして、その下半分の紙面には、

学生の愛と解放の宿！
闘争の中のシークレット・タイム！
闘う友らのための特別割引！
池袋湿田裏ホテル・スパルタカスへどうぞ！

研究室の机に坐る康吉の前にあるのは、金曜日のデモへの参加を呼びかける『大学の旗』であった。政府は、来週始めまでに、東アジア条約の民議院通過を強行しようとしている。そして、それに反対する議会内の野党は、元より少数勢力であった。『大学の旗』は叫んでいた。「条約を阻止するのは、議会外での闘いのみ。街頭での闘いのみ。大衆の闘いのみ。全労働者階級の尖兵となる学生の闘いのみ。大胆な問題提起を！　直接の行動を！　すべてのブルジョワ的なるものの破壊を！　大胆な問題提起を！」

康吉は新聞から眼を離すと、電話機に手をのばし、法学部の飯森助教授の研究室を呼んだ。が、飯森重猛は、また不在であった。研究室秘書の声が、「飯森先生は外出中です。お帰りは判りません」とくり返した。康吉は苛立ってくる心を押えて、受話器を置いた。

康吉はまた新聞に眼を戻した。その見出しは叫んでいた。「問題を大胆に提起せよ！　学生大衆の中へ大胆に提起せよ！　大胆に提起せよ！」

問題を大胆に提起せよ！　康吉は苛立ちながら心に呟いた。問題を大胆に提起せよ！　大胆に提起せよ！

康吉は今朝から飯森重猛を摑まえようとしていた。が、重猛は自宅にも研究室にも不在であった。今日、三木公子は重猛と会う約束をしている。康吉はその前に重猛に会わなければならない。公子がひとりで重猛に会うのを妨げなければならない。重猛のわなに落ちるのを阻止しなければならない。しかし、それはもう手遅れなのだろうか。

大きな見出しと激烈な文字と鋭い行動への呼びかけ、そして下半分を連込宿の広告で埋める『大学の旗』を見ていると、康吉の心には先週の金曜日の夜のパーティ、そこでの様々な事件が鮮かに甦ってきた。そして、同時に、昨日この研究室で祐子に電話しようとして、無意識のうちに緑の番号をまわしてしまった時、彼を襲った戦慄が、再び康吉の身体を貫いた。問題を大胆に提起せよ。大胆に提起せよ。康吉は、自分でもよく判らぬものに心を揺さぶられて、また呟いた。

だが、康吉にとって、何をどの方向に提起すればよいのか。揺さぶられた心を、どこへ向けて投げ出せばよいのか。彼は一枚のパーティ券に誘われて、ひとつの世界を捨てた。しかし、それを捨てて、彼は一体どこへ行こうとするのか。

俺は飯森を許さない。康吉は苛立って呟いた。あの人間に対する傲慢さを許さない。俺は三木公子を、あの『大学の旗』の聖なる精神を、飯森の手に渡すことはできない。精神は勝たなければならない。飯森重猛が人間の情念のすべてをそこへ還元しようとするところの、人間内部に棲む太古の欲望に対しても、精神は勝たなければならないのだ。

しかし、そう苛立って呟く康吉の意識の更にもう一つ深いところに色彩も鮮かに漂っていたのは、実は、精神を守るために闘う公子ではなく、今朝みた亜左子の姿、その魅惑的な肢体であった。それは沈めよう、沈めようとしても、執拗に意識の中を漂い続けた。そして、それをひそかに感ずればこそ、康吉はなお苛立った。

いや、俺があの時、後ずさりをしたのは正しかったのだ——。亜左子の稚く美しい肢体が、また康吉の意識の表面に浮かび上ってこようとした時、彼はそれを乱暴に意識下に押し戻そうとした。今朝、俺は美しい亜左子の魅惑の前から後ずさりした。あれは正しかったのだ。

俺は知っている。あれは危険な誘惑なのだ。危険な美しさなのだ。その中へ一度のめり込んだら、元も子もなくす他はない美しさ、その美しさを自分の腕に抱きしめるには、それ以外の世界すべてを捨てなければならない美しさ、その魅惑の中へ自分を解き放ったら、それ以外の世界とのつながりはすべて溶け、自分をただその中だけに漂わせておく他はなくなってしまう美しさ、そこには眠りと死だけがある美しさなのだ。いや、違う。今、俺の欲しているものは、あれではない。俺に今必要なのはもっと明確な生、公子のように、人々の間で、人々と拮抗しつつ、自分の生をくっきりと形づくって行く生活なのだ。

そう考える康吉に、不意に、祐子との夜に自分の心を訪れた見知らぬ女の幻影が甦り、また亜左子の姿と重なろうとした。だが、康吉は、それをすぐ否定した。そんなことはありえないのだ。あの女の影が彼の心をかすめた一昨夜、彼はまだはっきり亜左子を見たことさえなかったのだ。亜左子を見る前に、亜左子の幻影を見るなどということは、ありえない。

あの美しさではない。俺が必要とするのは、あの美しさではない。康吉は、また苛立って呟いた。あの美しさに身をまかすことは、自分を他の人間たちから切り離し、閉じた部屋の中に自己を監禁することだ。

だが、それは何故だったのだろうか。康吉がそう苛立てば苛立つほど、彼の意識の底で亜左子の稚い肢体の像は更に鮮明になって行き、逆に、公子を守ろうとする意志と飯森重猛への怒りは、その焦りの中へばらばらに拡散して行こうとするのだった。

いや、こんなことであってはならない——。康吉は気をとり直すように立ち上った。窓からみえるグラウンドの濃い緑は、雨に濡れて重く垂れ下がり、針金のネットの向うに、暗い不吉な雲が低く拡がっていた。康吉はその雲を見ながら思った。俺はあの美しさに従った時に起きることを知っているはずだ。俺はまだこの人生で、破滅したくはない。

彼はまた手をのばして、受話器をとった。そして、既に覚えてしまった飯森重猛の研究室の番号をまわした。一度、二度と呼出音が鳴る間、彼は自分の重猛への怒りを改めて確かめるかのように、力一杯受話器を握りしめていた。

しかし、向うの受話器が取り上げられた時、女秘書のにこやかに平静な声は、再びまた同じことを告げた。

「飯森先生は一時外出中です。いつお戻りになるか判りません」

2

「それで、どうだった」

麻布の中世美術図書館の暗い貸出窓口で、黒シャツのアルバイト学生が低い声でたずねた。

「判らない。全然判らないんだ」

閲覧者をよそおった小柄な学生が声を押えて答えた。

「金は確かに失くなってるんだ。『大学の旗』の連中はうろたえていた。だが、誰がとったのか、判らない」

「あの襲撃者は判ったか」

「そうなんだ。金をとったのはあの襲撃者の一派だろう。だが、それがどこの連中か、まったく判らないいんだ。畜生！　おれが電気を消した時には、金はもう消えていた。ああ、あの金が俺たちの手にさえ転げ込んでいればな。今度の『大学の旗』を見たろ。何だ、あのおためごかしの呼びかけは、あの広告は。人民党と何処が違うってんだ。歌と踊りの人民祭だって、連込宿の大盤振舞いだって、猫撫で声の大衆蔑視は同じことじゃないか。畜生、あの金さえあれば、今頃は俺たちのビラが全都の大学に撒かれている頃だ。徒党左派の、受け取り手に甘えこびるビラじゃなくて、真正孤立左派の鋭い糾弾のビラ、それを受け取る一人一人への鋭い告発の言葉で充ちみちているビラがな。お前たち生ける屍よ！　それ以外に大衆に呼びかける言葉があるものか」

「なあ、お前」

黒シャツの学生は、また低い声で言った。

「あの襲撃した野郎が、本当に金をとったのか。あいつの一味が入っていたのか」

「それが何の痕跡もないんだ。ひとり、変なアメ公の女の子がいた。お前も見たろ。あいつが事件直後に姿を消している」

「だって、あいつは会場にいたぞ」

「そうなんだ。金をとった奴は別にいたはずだ。畜生、あれだけの仕事だ。三人や四人は仲間がいたはずだが、何も判らない。だが、そんなことはどうでもいい。とられたのは『大学の旗』の金だ。俺たちはまた新しい金を探せばいい。新しい襲撃を用意しよう」

「なあ、お前」

黒シャツの学生は、もう一度低い声でくり返した。

「俺たちは間違っていたんじゃないだろうか。俺たちに金なんか、必要ないんじゃないだろうか。あいつらの金を奪えたとして、そしてその金で、東京中の大学にビラを撒いたとして、それが何になったろう。それが俺たちを満足させただろうか。お前は、あの襲撃者の一味が金を奪ったのだろうと言う。だが、本当にそうなのだろうか。あいつの一味の痕跡も見つからないのは、元々、あいつには一味などなかったからではないのか。あいつは、ただ自分のしたいことを、ひとりで、そのまましたんじゃないのか。おい、お前。他人に、生ける屍よと呼びかけて何になるんだろう。人民同盟の運動の邪魔をして、どうなるんだろう。そんなことを考えていた俺たちよりも、あの汚ならしいペンキの弾を、パーティ会場に力一杯ぶつけたあのチンピラの方が、はるかに人生の核心をつかんでいたんじゃないのか。他人に、生ける屍よと呼びかけることで、俺たち自身が生ける屍になるんじゃないか。いいか、俺たちの敵は俺たちだぞ。大衆の敵は大衆だというのが、俺たちのテーマだった。それなら何故、俺たちの最大の敵が、俺たちでないことがある」

「じゃ、お前は何をしようと言うんだ」

「実行だ。俺たちの考えていることを、そのままためらわずに実行するんだ。他人になんか呼びかけなくていい。俺たちは何故、こんなことを始めたのか。それはただ、俺たちが自分の今の生活に不満だったからじゃないか。自分の考えていることを表現する機会も力もなく、アルバイトと教室だけで過ぎて行く毎日に不満だったからじゃないか。人民党や人民同盟の偽善を暴露するのは当然だ。また、生ける屍である大衆たちを諸悪の根源として告発するのもいい。だが、そうしたことにかまけ、そうしたことを目的と思い誤っては、自分たちを新しいきずなで縛るだけだろう。俺たちは、俺たちの思うところを述べ、俺たちの欲するところをやろう。大衆が、それに何を見るか。彼らがもしまだ本当に人間の名に値するものであるのなら、彼らは俺たちの行為から、彼ら自身へのメッセージを受け取り、彼ら自身の行動へと立ち上るだろう。もし、そうではなくて、彼らが俺たちの送る告発のしるしに気づかず、依然として生ける屍でありつづけるならば……。そうだ、その時は、世界は滅びるに値しているのだ。彼らはまだ暫くの間屍のように生き続け、そしてやがて世界とともに滅びて行くだけだ」

「お前は何をしようと言うのだ。俺たちが具体的に何をすれば、俺たちは自由でありうると言うのだ」

「大したことではない。しかし、俺たちだけでやれることだ。俺たちの言いたいこと、そして今まで言う手段のなかったことを、おそれず、ためらわずそのままはっきりと、言葉と行動で表明するだけだ、聞き手があろうとなかろうと。この世界で何が犯罪であり、何が許されないことかを、俺たちの肉体をもって明確に告げるのだ。今週の金曜日、つまり明後日、人民党本部派学連も、人民同盟派学連も、東アジア条約反対の決起大会を開く。人民党派の連中はアメリカ大使館に、同盟派は首相官邸と国会にデモをかけるだろう。同盟派は、明後日を決戦だと見ている。警察側も、当然、機動隊を総動員するだけでなく、東京中の警察力を国会周辺に集中するだろう。国会周辺以外の警察力は、ひどく手薄になるのだ。そして、その時、俺たちは、俺たちが自分自身の権利だし義務だし、生き甲斐だと思うことを果たすのだよ。幸い今年の梅雨は雨が少い。東京の空は明るいだろう……」

3

扉が開くと、女中に導かれて三木公子が部屋に入って来た。女中はすぐにまた扉を閉めて去った。公子はその閉まった扉を背に、身体を硬くして立っている。ソファーに坐っていた飯森重猛がゆっくりと立ち上って言った。

「やはり来ましたね。待っていたのですよ」

が、公子は身動きもせず、そのままの姿勢で立っている。康吉は薄暗いこちらの部屋の長椅子に坐ってすべてを見つめている他、何もできない。じっと息をころして横に坐っていた下之条緑が、わずかに身じろぎして、康吉の手を握った。二人の手は、忽ちじっとりと汗ばんできた。

それは奇怪な状態だった。重猛と公子の居る部屋は、康吉たち二人のすぐ眼の前にあった。康吉たちの部屋の壁につけられた厚いガラスのはまった奇妙な窓の向うが、そのまま重猛と公子のいるホテルの一室なのだ。物音も細大もらさず伝わってくる。しかも、どういう仕掛けなのだろうか、向うからこちらはまったく見えもせず、聞えもしないらしい。向うの二人は、こちらを少しも意識していない。

いや、飯森重猛だけは、隣りの部屋の二人が自分たちを見つめていることを、百も承知のはずであった。ただ、公子を前にして、それをまったく知らないかのようにふるまっているに過ぎない。康吉たち二人をここに迷い込ませたのは、そもそも重猛の企らみだったのだ。重猛は康吉たちに一体何を見せようと言うのか。

何度電話しても重猛と話すことのできなかった康吉のところへ、緑が直接訪ねてきたのは、もうその日の夕方四時半を過ぎていた。

「私と一緒に、今すぐ来て！」

階段を急いで上ってきた緑は、息をきらせながら言った。緑の店へ重猛の方から電話があったのだと言う。

「図書館裏のテニスコート入口で、飯森さんと五時に待合せているの。飯森さんの言う通りなら、三木さんも来るわ。ともかく行ってみましょう。あんなに思いつめた三木さんをひとりで飯森さんに会わせちゃ駄目よ」

だが、二人が図書館裏の、雑草の繁った人気のないテニスコート入口に急いだ時、そこには重猛の姿も公子の姿もなかった。その代りに、崩れかけた土手の陰から出てきた背の低いずんぐりした赤ら顔の男は、あの浅川勇太、かつての留津の英、であった。勇太は二人に、にやっと笑いかけた。

「へえ。先日は失礼しましたな。お待ちしていたよ」

「あら、飯森さんはどこなの」

「飯森先生は突然の用で少し遅れるよ。あんたたちを案内しろと私に言ったね。多分、二人でやってくるだろうからってね」

二人は顔を見合せた。

「何も考えることはないね」勇太は上機嫌な笑いを浮かべて言った。「飯森先生はすぐ来るよ。何とかいうあのきついお嬢さんにも、同じところに来るように言ってあるって、先生は言ってたね。何ていうんだね、あのやせたびっこのお嬢さんは。私は好きだね。あの人の眼で睨まれると、ぞくぞくってしちゃうよ。それから、これ、鶴木さんに渡すように頼まれたよ」

勇太は、白い封筒を康吉に渡した。なかは一枚の走り書きの手紙だった。

「対決を見とどけるとの約束を果たされたし」

緑も、それをのぞき込んで読み、康吉の顔を見上げた。問いかけるような康吉の表情に、緑はうなずいた。

「ええ、あなた、あの晩約束していたわ。確かに」

そして、勇太にむかってせき込むように言った。

「いいわ。行くわ、何処へでも。でも、三木さんと飯森さんは、必ずそこに来るんでしょうね」

「来るとも、来るとも。必ず来るね。私が保証するよ。飯森先生は、もう先に来てるかも知れないし、あのお嬢さんも必ずやってくる。必ずやってくる訳があるんだって飯森先生が言ってたよ。さあ、それじゃ、こちらへ来てもらうよ」

テニスコートの外れの裏門の傍らに、古ぼけた大きな外車が止っていた。勇太は二人を前の席に乗せると、自分で運転台に坐って、その大きなもぐらのような車を、夕方の東京の雑踏の中へ強引に乗り入れて行った。

「一体どこへ行くんだ」

康吉は勇太を見た時の驚きから漸く立ち直って、たずねた。勇太は昔康吉と会ったことなどすっかり忘れているらしい。それに、そうして並んで坐っていれば、勇太に顔を見られる心配もなかった。

「行けば判るね。素敵なとこだよ」

車は大塚から池袋へ出、一寸刻みの車の波の中を巨大な身体でかきわけながら、大踏切を渡って西口へまわり、更にその雑踏を横切って、立教大学の裏手に入った。勇太は無遠慮に警笛を鳴らし続けながら、旅館の立ち並ぶ狭い曲りくねった道へ車を乗り入れて行ったが、やがてスピードをおとし、ゆっくりと止めると二人に言った。

「ちょっと、窓からのぞいてみて欲しいね。それ私のホテルだよ」

見ると、このごみごみした界隈にしては、ちょっと目立つ鉄筋のホテルが立ち、その小さな入口の上にネオン管が、奇妙に身をよじらせて、ホテル・スパルタカスという文字を描いていた。

「大したもんじゃないね。今に、これの十倍位あるの建てるよ」

そこで車から降りるのかと康吉が思っていると、勇太はそれだけ言って、また車を動かした。が、もうスピードは上げず、徐行のままホテルについて角を曲ると、ホテルの裏手に車をまわした。そこには、意外に大きな入口がぽっかりと口をあけていて、車はそこから地下へ滑り込んで行った。地下には、さっきの正面よりは、かえって立派な位の玄関があった。勇太はそこで初めて車を降りると、二人を中へ案内した。

狭い廊下を通り、自動エレベーターに乗り、また狭い廊下を通って案内された部屋は、薄いベージュ色で統一された、連込宿と言うよりは、むしろごく普通のホテルの一室だった。部屋の隅にベッドが置かれ、他の半分にありふれた応接セットが置かれてあった。だが、それにもかかわらず、部屋全体の様子は、何か妙に落ち着かない感じだった。康吉はもう一度部屋を見渡した。そう見てみると、どうやら、奇妙なのはその応接セットの置き方であるらしかった。長椅子が部屋の中央に、ベッドの方に背を向け、重いカーテンのかかっている窓へ前を向けて置いてある。そして、長椅子と窓の間には低い卓が置いてあるだけだから、長椅子に坐った人は、丁度窓と向き合うことになるのだった。しかも、まだ明るいはずなのに窓に厚いカーテンが引かれ、部屋に電燈が点いているのも、変なことであった。

勇太は、二人をその長椅子に坐らせた。卓には料理とビールが用意してあった。

「飯森先生は、すぐ来るよ。それまで、まあ一杯やってて欲しいね。不味い料理だけどね」

勇太はそれだけ言うと、そそくさと姿を消してしまった。二人は訳のわからぬまま、暫くそのまま坐っていたが、緑がそのうち、しびれを切らせたように言った。

「まあ、いいわ。とにかくビールでも呑んでいましょう」

緑のその言葉に康吉がビールを開け、二人のコップに注いだ時だった。天井の電燈が、まるで映画の始まる前のように、すうっと暗くなった。そして、ジーと、何か機械音がすると、それにつれて長椅子に坐る二人の前の重いカーテンが左右に開き、そこの窓の向うに明るいもう一つの部屋が現われ、奥のソファーに飯森重猛が坐っていた。そして更に、二人が驚いている閑もなく、扉が開いて、三木公子が入って来たのだった。

4

「やはり来ましたね。待っていたのですよ」

公子が入ってきた時、重猛はゆっくりとソファーから立ち上って言った。が、公子は、扉のところに立ったまま身じろぎもしようとはしなかった。

「ちょっと危ぶみはじめたのですよ。はじめ研究室と言っておいて場所を変えたから、しかもこうしたあまり上品とは言い兼ねる場所だから、あなたのような無垢なお嬢さんは、あるいは、とね。いや、だが、こちらの方がゆっくりと話を伺えますよ。副手にあずけておいた地図で、すぐここが判りましたか。いや、判ったって判らなくたって、あなたは来ないはずがない。私は危ぶみなどはしなかった。あなたは来ないでいられるはずがない。それは私に判っていたのですよ」

重猛はひどくゆっくりと言葉を一つ一つ切りながら言ったが、それは心の底の憎しみをそうした緩慢さで辛うじて抑えているかのようであった

「返して頂きます」

公子が突然言った。それは突拍子もなく一直線に響いた。が、重猛は公子の言葉にはまったく無関心に続けた。

「そうなのですよ。あなたが来ないはずはない。私には判っていた。まだあのパーティの夜に始めた勝負は終ってないのだからですよ。あなたはやって来ないはずがない。それも私に負けたいため、私の催眠術に負けたいために。あなたの心の中では、挑まれた勝負に負けて、あの青と白のドレスの女のように自分を恥辱と本能の跳梁とに泥まみれにしたい欲望が、もうあの晩から消すことができなくなった。あなたは私を憎んでいる。それなのに挑まれた勝負から逃げることができない。それも負けて踏みにじられたいために」

「お金を返して頂きます」公子が、また断乎としてその短い言葉をくり返した。「あなたが、あの晩盗んだお金を返して頂きます」

「そう。いい口実だ」重猛はゆっくりと嘲りの笑いを浮かべると、康吉たち二人を坐らせておいた隣りの部屋のことを思い出したのだろうか、こちらにもその嘲笑の視線を送り、それからまた公子の方に向き直った。「盗まれた金を返してもらうためにやってきた——。大義名分は立つ。だが、何故それが私だと判るのですか。あの混乱の中で、よりによって私が盗ったなどと——。そうじゃない！」重猛は突然、何かに突き上げられたかのように声を荒らげた。

「お前は金のためにやってきたのなんかじゃない。鞄の中のメモを見たからだ。勝負の決着はいずれ。紙の切れ端に書かれたたったそれだけの鉛筆の走り書きに、御苦労様なことだ、こんなところまで私を追ってきた」

「お金を返して頂きます。返すべきお金を返して頂きます」

公子は身体を硬くし、重猛をじっと見すえながら、また短くはっきりと、それだけをくり返した。それは、それ以外の言葉を発するのを恐れているかのようであった。

重猛は暫く黙っていた。彼の大きな息遣いがこちらまで聞えてきた。やがて彼の憎しみに荒らげられた視線が、また次第に余裕のある嘲りの笑いに戻って行った。

「金を返してほしい——。いいでしょう。ですが、三木さん。あなたは、それを私が盗ったのだと言えるのですか。いや、私に向ってではない。私以外の人間たち、例えばあなたの同志諸君とやらに向って、そう言えるのですか。あなたが鞄を失くした。それがごみ捨場にころがっているのを見つけた時、その中から金の包みが消えて、代りに鉛筆の走り書きのメモが入っていた。そのメモはどう考えても飯森重猛のものだ。だから金は飯森重猛が盗ったに違いない——。いいです。『大学の旗』の聖女さん。その通りですよ。何も隠すことはない。あなたに私が取ったと知ってもらいたいばかりにメモを入れておいたのだから。だが、あなたは、われらの聖女さんは、そのことを他の同志諸君に言えるのですか。その金包みが何故あなたの鞄の中にまぎれ込んでいたか、その理由を説明できるのですかね。あれは、元来が坂上君の鞄の中に保管されてあったはずのものですからねえ」

重猛はそこで、公子の答を待つかのように言葉を切った。が、公子は顔を蒼ざめさせ、重猛を見つめるだけだった。

「あなたにそれが言える訳がない」重猛は憎々しげに呟いた。「あなたはあの晩、変革に参加するとは自己のうちなる怨恨を克服することだとか何とか、判ったようなことを言っていた。だが、自分の心の怨みが、一体誰に始末できるって言うんだ。あなただって金を盗んだ。そして何故金を盗んだか、説明なんかできはしないんだ。ええ、こわいかい」重猛はまたあからさまな嘲りを公子にぶつけた。「自分の心の中を覗き込むのが。そのくせ、覗き込みたい気持を振り捨てることもできはしない。だから、ここまでやってきたんだ。さあ、何故、そんなところに立っているのですか。こわいのですかね、近寄るのが」

公子は、重猛の言葉につられるかのように、思わず前へ動きかけた。が、辛じてそのままの姿勢を保つと、顔を起こして、重猛を正面から見つめ返した。それから公子は改めて二、三歩前へ出た。その一歩毎に、不具の右足に支えられた半身が大きく揺れた。が、それは、はっきりと意識されて踏み出された歩みであった。それを見た重猛の顔に、何かひるむような表情がかすめた。重猛は、自分のなかのひるみを振り捨てるかのように、かえって荒々しい嘲りの声をあげた。

「ええ、そうでしょうが。何か訳の判らない衝動が、あの金を盗ませたんだ。そして同じ衝動が、聖女とやらのあなたを、こんな場所に連れてきたんだ。こんなところに男を訪ねてくることが何を意味するか、それを考えてみないはずがない。そして、こんなところだからこそ、あなたはふらふらとやって来たんだ。同じように、何か判らないけど、居ても立ってもいられなかったからこそ、あなたはあの金を坂上の鞄から盗んだのだ。こうして、ここに、私のところにやってくるために、私との勝負に負けるために、そして泥まみれにされるために、何かそうしたことに巻き込まれ、恥辱の中に自分の身体をころがしたいために、あなたはあの金を盗んだのだ。あなたは心の何処かで、そのことを百も承知しているのだよ、聖女さん。じゃなけりゃ、何んであなたは、あなたの同志とやらに金をとったのは飯森重猛だと言わないのですかね。何故、坂上でもいい、豊田豪次でもいい、ここに連れてこないのですかね。あなたは、自分の中の充たされない厭らしい欲望があの金を盗ませたのだと知っているのだよ。だから、それを誰にも、言うことができない。そして、自分の中で焦げつくその欲望にうながされて、ふらふらとこんなところまでやってきたのだよ」

飯森重猛は言いつのって行った。だが、三木公子の眼には、それにつれて逆に何か確かなものが拡がって行った。重猛は言葉を切ったが、公子は静かに重猛を見つめたまま、すぐには何も言い出そうとしなかった。その沈黙には、もはや不安定なところはなかった。やがて公子は口を切った。

「自分の不幸によってどんなに心をむしばまれているにせよ、人には絶望する権利はないのです。自分の個別的不幸によって世界全体を絶望の暗色で塗りつぶしてはならないのです。あなたの不幸が何であるか、私は知りません。しかし、それが何であれ、世界を破滅させることであなたの心が癒されることはないのです」

「世界なんて滅びればいい」公子の言葉にまるで無関係であるかのように、まったく突拍子もなく重猛が呟いた。「咽喉が乾いている人間なら誰だって、コップ一杯の水のためになら世界なんか滅びたっていいと思うんだ」

「そうではありません」公子は弾《は》ね返すように言った。「あなただって、誰だって、そんなことを望むことはできません。本当に心の底からそれを望むことなど、できはしないのです。あなたは、ただ、自分がそれを望むことができたらとそう思っているだけなのです」

「私のことなぞ、どうでもいいでしょう」重猛は公子の言葉を荒々しくさえぎった。「自分はどうなんですかね、あなた自身は。あなたは何故金を盗んだのですかね。それが言えないから、人にそんな説教をし始めるのだ」

公子は言いつのる重猛をじっと見つめた。その硬い視線には、何か動かし難い力があった。

重猛は気圧されたように口を閉じた。公子はなおも黙って重猛を見つめた。暫くの沈黙ののち、公子は口を開いた。

「何故、私が自分のしたことを恥じる必要がありましょう。私が金を隠したのは、このホテルの広告を『大学の旗』に載せるためです。金がなくなれば、広告を載せる他はない。そう考えたからです。『大学の旗』はすべてを伝えるものでなければなりません。いわゆる政治的考慮とは、つまりは人間を信頼できない活動家たちの恐怖心に過ぎません。『大学の旗』は、そんなものによって左右されてはならない。すべてをありのままに大衆に示さなければならないのです。それだけが、私たちが本当の人民主義者であることの証しなのです。そして、私のその願いは既に果たされました。『大学の旗』は、ホテル・スパルタカスの広告に飾られて、今、全都の大学に配布されています。人々は、そこに今の日本の青春、つまり彼ら自身の青春の貧しさと惨めさを見ることでしょう。彼ら自身で、それを見ぬくことができるでしょう。今は駄目でも、いつか、すべてを見てとるでしょう。それを自分自身で知ること以外に、彼らの解放への道はないのですから——。だから、私はもう、何恥ずることなく、自分が金を隠したことを、私の同志たちに告げることができます。彼らが私を統制違反として処分しようとも、それは彼らの問題であって、もう私の問題ではありません」

「へん。嘘だ。嘘だ」

公子の話している間中、重猛は視線をそらせ、口の中で憎々しげにそう呟きつづけていた。

だが、公子は重猛にはまったくかまわず続けた。

「だから、私が、金はあなたの手にあることを、彼らに告げなかったとしたら、そして、自分ひとりでここにやってきたとしたら、それは決して、あなたがその金をとったのが私の鞄からであることを隠そうとしたためではありません。それは、あなたの言う通り、たとえて言えばあの一枚の走り書きのメモのためでした。あなたと話していて、私ははっきりとそのことが判ります。あれは絶望の走り書きです。余裕ありげな書き方の中に絶望があります。あなたのいどむ勝負であなたは必然的に敗れるのです。相手が私であろうと、他の誰であろうと、必ず敗れるのです。あなたはよくそれを知っているのです。人間が人間である限り、自分が敗れる他はないことを、あなたはよく知っているのです。ただ、それを認めまいとしているだけなのです。あなたは、あるいは勝利するかも知れない。あの青と白のドレスを着た可哀相な女の子のように、自分の獲物が自分の前に崩れ落ちるのを見ることができるかも知れない。しかし、それを見る時、あなたの心があなたを裏切るのです。自分の勝利を見る時、そのむごたらしい勝利に心が快感でふるえる時、その勝利が悪意に充ちているが故に快感であるのだということを感じるあなたの中のもう一つの心が、あなたの勝利を裏切るのです。あなたは、あなたの勝利において敗北するのです。それを知っていればこそ、あなたは、これほど絶望的なまでに、勝負をつけることに執心するのです。あなたは、自分の敗北を、とことんまで味わってみなければ気が済まないのです。あの走り書きを見た時、私にはあなたの絶望が判りました。そして、あなたが、自分の絶望の意味を本当に知るためには、私がここに来ることが必要だったのです――」

「へん。嘘だ。嘘だ」

重猛は呟き続けた。

「何が俺の絶望だ。何が俺の敗北だ。俺は確かに見たのだ。一度は坂上に売上げの入った封筒を渡しながら、俺が舞台の上にいる時、そっと会場から滑り出たのは誰だ。そして、それこそ絶望に顔を黒くし、どぶ水をぶっかけられた野良犬のようにおどおどしながら戻ってきたのは誰だ。俺はもちろん、お前がその時何をしたのか知りはしなかった。それを知ったのは、停電のなかで、お前をおびき出すために、お前の鞄を手にした時だ。だが、あの舞台裏の小部屋で、お前があたりをうかがいながら、震える手で坂上の鞄を開いているのが、眼に見えるようだ。良心にやましくないものが、お前さんの言うほどに立派な理由を持っている奴が、何であんなにおどおどした眼を、何であんなに絶望の表情をするだろうか。そうじゃない。あれは、自分の中の何か判らない衝動にそそのかされ、われとわが心を裏切って、快楽への坂道を転がり落ちようとする奴の眼なのだ。そうなんだ。俺には判る。俺は知っているのだ」

重猛の呟きは、最後には殆ど独り言のようになった。公子はじっとそういう重猛を見つめていたが、やがて悲しげに声を落して言った。

「何故そんなにまで、他人と自分を侮蔑しなければならないのでしょうか。人の心は弱いものです。しかし、人の心が自らを弱いと意識するのは、それが自ら癒えることを願っているからこそではないでしょうか」

「すべては茶番だ。すべては茶番だ」

重猛は呟き続けた。

「あなただって知っているのだ。いや、もし神様というものがあるのならば、彼こそが一番よく知っているのだ。すべては茶番だ。それとも、そうじゃないって言うのかい、お前さんは。自分の身体を張ってでも、そうじゃないって言うのかい、お前さんは」

重猛ははっと首を上げ、公子を睨んだ。公子は視線を落して悲しげに立っていた。重猛はくり返した。

「そうなのですかね、『大学の旗』の聖なる公女さん。自分を賭けても、この世界は茶番でないと言うのかね」

公子は黙ってうなずいた。

「よし！」

重猛は荒々しく前に出た。そして公子のすぐ前に立つと、指先を公子のあごにかけ、乱暴に自分の方をむかせた。

「それなら、さあ、見るんだ」

重猛は、公子の眼の中を鋭くのぞき込んだ。公子は殆ど反射的に見つめ返した。硬く悲しげで懸命な視線であった。重猛は公子の眼をじっと見すえた。次第に公子の視線が焦点を失って行った。

「よし、そうら、そうら」

重猛は公子の眼を見すえ続けながら、声をかけた。それは今までの興奮を残した荒々しい声でありながら、どこか人の心の奥に媚びる声であった。その声につられて、公子の身体がゆっくりと前後に揺れ始めた。康吉は、ガラス一枚をへだててすべてを見、聞きながら、長椅子に身体を固くして坐っているばかりであった。彼の手を握る緑の手は、木のようにこわばっていた。

「よし、そうら、そうら」

重猛の声がきこえ、公子の身体がなおもゆっくりと揺れ続けた。

5

「そうら、私の眼を見て。じっと見て」

重猛の声につられるように、公子は彼の眼に見入った。公子の眼は、もう殆ど焦点を失って、無限に拡がる無の中へ漂い出そうとしていた。ただ、何かが、その公子の眼の中でかすかに抗《あらが》ってぼんやりと崩れて行く表情を引き止めていた。

「じっと見て。じっと見て」

重猛は公子の眼を見つめながら、そうくり返した。何度も何度も、それはくり返された。始めは低かった重猛の声が、そのうちわずかずつ高くなって行った。かすかな苛立ちが声にまじった。同じ言葉をくり返す重猛の額に、汗が浮いてきた。

公子は今にも倒れそうな身体を辛じて支えて、じっと、殆ど機械的に重猛の眼を見返していた。公子はなおもかすかに前後に揺れていたが、やがて、その揺れ方に何処かぎくしゃくしたもの、平常の公子らしい無器用なものがまじってきた。公子の半ば焦点を失ってぼんやりした眼にも、苦しげな色がはっきりと戻ってきた。

突然、重猛が眼をそらした。そして、荒々しく身をめぐらすと、始め坐っていたソファーに大股にもどり、身体を投げ出すようにして腰を下ろした。彼は荒い息を吐くと、頭をのけぞらせ、ソファーにぐったりと沈み込んだ。

「へん、まやかしものめ。へん、まやかしものめ。お前は知らないんだ」

重猛はあえぎながら呟いた。

公子は依然として苦しげな眼でそういう重猛を見つめていた。公子は辛じて重猛の視線を押しかえしたのでありながら、自分でもそれを信じかねているかの如き様子であった。公子は、半ば無意識のように、がたんと身体をゆらして、一歩前に出た。

「お金を返して頂きます」

公子の声が、まるで今までのこととまったく無関係であるかのように響いた。

重猛は、その声に顔を上げて公子を見た。重猛の疲れた眼がまた暗く輝き始め、そのぐったりした身体に、次第に生気が戻ってきた。

「へん。お前は何も知らないんだ」

重猛は公子を睨みながら、殆ど独り言のように呟いた。

「お金を返して頂きます」

公子の苦しげな声が、また機械的にくり返された。

「よし、返してやるとも」

重猛は今度ははっきりと公子に向って答えた。

「そうすれば、みんな判るんだ」

重猛は立ち上ると、片隅の机におかれた自分の鞄から、紐で一緒にからげた二通の大きな茶色い封筒を取り出した。それは康吉たちも数日前の金曜日の夜、あの小部屋で見かけた封筒だった。重猛はそれを眼の前のベッドに投げ出した。

「さあ、ここにある」

公子は無器用に身体を上下させて、ベッドに近寄り、その封筒を手にとった。そして、苦しさのなかにも次第に静かさが戻ってきた声で言った。

「あなたは敗けました。私にではなく、自分の試みに敗けたのです。たとえ私に勝っても、自分の味わうのが底のない敗北感だと知ればこそ、あなたは今、眼をそらさずにはいられなかったのです。しかし、それこそ、あなたの回復の、いえ勝利の始まりなのです。何故と言って、自分自身に対する以外、何処に私たちの勝利がありうるでしょうか」

公子はそう言い終ると、身をめぐらせ、出口の方へその不自由な身体を運び始めた。が、その瞬間、公子の背後から重猛が烈しい嘲りの笑いを浴びせかけた。

「へん。俺の敗北だ？　俺の回復だ？　まだ帰るのは早いよ、聖女さん。あんたにはまだやってもらうことがある。いや、見てもらうことがある。へん。そんな怯えた顔をしなさるな。さあ、ここへ戻ってきて」

重猛が「そんな怯えた顔」と言ったにもかかわらず、公子は決して怯えた表情などではなく、むしろ毅然とした顔で振りむいたのであった。しかし重猛はそれにはかまわず、殆ど陰性な陽気さと言ってもいいような調子で、言った。

「そら、見るんだ。あんたの手の中の封筒だよ。確かに見覚えがあるだろう。ひとつは、あんたが財政の坂上に渡した封筒。もうひとつは、坂上がそれと一緒にからげた、切符の代金の入った封筒だ。そして、そのあと、あんたが、震える手で彼の鞄から取り出し、自分の鞄に滑り込ませたあの封筒だ。いや、そうしたと、あんた自身は信じている封筒だ。坂上に渡した封筒、坂上の持っていた封筒、その同じ封筒を自分が盗み出したと、そう信じている封筒だ」

公子はその言葉を一瞬理解しかねるかのように、重猛の顔を見つめた。が、次の瞬間、烈しい驚きが公子の顔を走った。

「そら、こわがるな」

重猛は苦々しげに叫んだ。

「見る勇気がないのか。真実を知る勇気がないのか。その封筒を開けてみるんだ。今すぐ、開けるんだ」

公子は崩れるように跪くと、ベッドの上に封筒を放り出し、からげている麻紐をやにわにほどき始めた。そして、こんがらがった紐を引きちぎるようにして外して、まず片方の封筒を、慌しく、逆さにした。中からは新聞紙の包みが出てきた。公子はその新聞紙を引きはがした。その下からはまた新聞紙が現われた。更に引きはがすと、紙の束が出てきた。しかし、それもまた新聞紙の束だった。その新聞紙の束をかき分けると、褐色の煉瓦の小さな破片が数個転がり出た。それがすべてであった。公子は、もう一通の封筒も逆さに振った。だが、それも同じであった。公子は跪いたまま茫然とした視線を壁に投げた。

「どうだ。判ったか。それがお前の金包みなのだ」

重猛は憎々しげに公子に浴びせかけた。

「それが、お前がはるばるこの連込宿まで追ってきた神聖なる金包みなのだ。『大学の旗』の刊行資金なのだ。お前の同志諸君の汗の結晶なのだ。一体どうしたのだ、あの金は。お前が集め封筒に納めて坂上に渡した売店の売上げは。坂上が保管していたはずの切符代は。見るがいい、この煉瓦を。あの小部屋にひとり戻ってきて、予め用意してきた新聞の切り束と煉瓦を金とすりかえることのできた奴は、一体誰なんだ。お前たちの『同志』の誰か以外に、それが可能な人間がいたのか。どうだ。見るがいい。これがお前たちの同志なのだ。俺がこれをお前たちみなに知らせる。すると、どうだ、そこで始まるのは互いの疑惑、査問、スパイ探し。自分の近くにいる奴ほど怪しく見える不信の時間。うずく傷を自分の泥まみれの指でひっかきまわす歯をきしませる快感。昨日までの同志を足でふみにじる時心にじわじわ滲み出す応えられない毒の喜び。正義の名の下に解き放たれるあらゆる暗い貪婪《どんらん》な欲望。執行者と被処刑者の心と身体にひりひりと焼きつく拷問のしるし」

「あっ」

突然、鋭い絶望的な叫びが公子の口から洩れた。

「どうだ。見るんだ！」

ぐっと圧しつける重猛の声に、公子は跪いたまま吸いよせられるように振りむき、彼の眼を見上げた。

「そうだ。そうだ。そうやって見るのだ」

漸く獲物を捕えた陰性の喜びが、重猛の声にみなぎった。公子の視線は無気力に重猛の眼の中に吸いこまれて行った。

「さあ、お前はもう逃げられない。お前の心はお前の過去の中へ、お前の中の暗い淵の中へ降りて行く。そうら段々深く。段々底の方へ。そうら、お前の心は漂い出した。暗い、暗い、長い、長い道がずっと続いている。その中をお前の心は漂って行く。暗い長い道のずっと先がぼんやりと明るい。そうら、あそこには、お前の待ち望んでいたものが待っているのだ」

重猛の声は憎悪を押し隠し、次第に滑らかに撫でるようなものに変わって行った。いつの間にか公子はその重猛の前に跪き、両手を胸の前に組み合せて、焦点を失った視線で重猛を見上げていた。重猛は公子の眼の中へじっと視線を当て、次第にそれに圧力を加えるかのように見続けた。

「そうら。もう、いいんだ。すべていいんだ。何も心配することはない。何をそんなにこわがったのだ。お前の心の中の長い闘い。お前の同志たち。何もためらうことはないのだ。お前は何故彼らに近づいて行ったのか。何がお前を引きつけたのか。あの運動と呼ばれる秘儀の何が、お前の心をそこに誘って行ったのだ。お前はびっこで、デモにさえ行けないというのに」

重猛は、公子の眼を見つめながら、ゆっくりと撫でるように語って行った。やがて重猛の言葉が切れ、公子の頭が下に垂れた。暫くして公子の唇が、かすかに動いた。が、それは殆ど言葉にならぬ呟きであった。公子は何度も同じ言葉を呟いているようであった。

「タカシ兄さん」

何度目かの呟きが、漸く言葉になってきこえた。

「タカシ兄さん。何処にいるのですか。タカシ兄さん」

その言葉をきいて、重猛の眼に残酷な喜びの光が走った。重猛はそっと公子に近づくと、公子の髪を優しい手つきで撫でた。眼は残酷な喜びに光り、その手は稚い恋人を愛撫するかのように優しげであった。その装われた優しさはあまりに完璧なので、あたかも彼の手が彼自身の心を裏切っているかのようであった。

「何処にも行きはしない。ここにいるのだよ」

そう答える重猛の声は、もう今までの重猛の声とはまったく別の、優しさに溢れる声でありながら、その底にひそかな憎悪の響きが震えた。

「タカシ兄さん。タカシ兄さんはそこに黙って立っているのですね。もう傷はいいのですか。私はタカシ兄さんの言葉を守って、自分のするべきことを果たしてきました」

公子は静かに語り出した。

「人の心は、何故苦しい記憶ばかりを鮮明に覚えているのでしょうか。あの恐ろしい朝、帰ってきたタカシ兄さんの顔半分は大きなボールのようにふくれていました。耳には血がこびりついていました。手に巻かれた白いハンカチからは指の形で血がにじみ出ていました。私はまだ学校へ上ったか上らぬかの小さな女の子で、自分がまだ小さくて、タカシ兄さんを何も助けて上げられないのが口惜しくて、襖の陰からじっとこわい顔をしてそれを見ていました。タカシ兄さんはそれに気づかず、黙って廊下を通り過ぎて行きました」

「それは、いつもそうでした」公子は首を垂れ、跪き、祈るような姿勢のままに語り続けた。

「タカシ兄さんは、いつも私に気づきませんでした。けれども、人がある人を気づかうのは、その人に認め返してもらうためでしょうか。人は人を気づかうことによって、誰よりも自分自身に大切な何ものかを心に育てるのではないでしょうか。いえ、その何ものかは、自分自身も気づかぬうちに、その心の中で育って行き、いつの間にか、それ自体としてはささやかなものではあっても、この世に欠くことのできぬものとなるのではないでしょうか。ある日、お母さんが死んで間もなく、珍しく早く帰ってきたお父さんが、知らない大きな男の人を連れてきて、私に『これはタカシ兄さんだ。今日から公子の兄さんだ。仲よくして、よく助け合うのだよ』と言ったその時から、そういう何かが、私の心で育ち始めたようでした。その時、お父さんの言葉は、小さな私の胸に、とっても大事なこととしてしまわれました」語り続ける公子の言葉は、平生の突きつめた強ばった調子から、一本調子だが、平静な、何処か透明な調子に変わって行った。「私はタカシ兄さんを助けなくてはいけない。そう決心したのでした。もう旧制の高校生だったタカシ兄さんが、新しく妹になった小さな女の子のことに気づかなかったことは当然です。タカシ兄さんには、その年齢にふさわしい様々な問題があったのですから。ただ、私は、タカシ兄さんのことを、いつも何処かの隅からじっと見ていました。タカシ兄さんが、お父さんの結婚前の子供だということも、いつの間にか、ちゃんと胸にたたんでいました。タカシ兄さんは、いつも少し暗い顔をして、廊下を真直ぐに歩いて行きました。たまに玄関脇などでひとりで遊んでいる私に気がつくと、『ああ、公子。よく遊ぶのだよ』それだけ言って、また黙って歩いて行くのでした。たまに夜更け、酒に酔って帰ってきて、玄関を明けに出たばあやさんに珍しく大声で話しかけたりする時、寝床から抜け出た私がそっと襖からのぞくと、『ああ、公子』そう言って頭を撫でてくれるのでした」

「そのうち、タカシ兄さんは大学に入り、そして毎晩帰ってくるのが遅くなりました。泊ってくることもありました。遅く帰ってくる時も、もうお酒に酔って遅くなるのではありませんでした。時折、お父さんが家にいて、タカシ兄さんが早く帰ってくることがあると、兄さんはお父さんに書斎へ呼ばれて、長い間出てこないようになりました。ある時は激しい議論のような声が聞えました。大人たちの会話から、小さな私も、タカシ兄さんが何かウンドウというものに入ったのだということが判りました。ウンドウというのは、何か真面目な、烈しい、大切なもののようでした」

「そしてある時、タカシ兄さんはまた長い間帰ってきませんでした。一週間たっても十日たっても帰ってきませんでした。私は、ひとりでおはじきをいじりながら、タカシ兄さんの静かな足音が聞えてくるのをじっと待っていました。そして、ある朝、タカシ兄さんは傷だらけの身体と、そして暗い思いつめた表情で帰ってきたのでした。襖の陰で胸をいためている私のことには少しも気づかずに、黙って廊下を歩いて行きました」

「その時、書斎の扉がひらいて、お父さんが出てきました。お父さんはタカシ兄さんをじっと見つめました。そして、たずねました。『警察か』タカシ兄さんは黙って首を振りました。暫くしてタカシ兄さんが言いました。『弾圧なら、怖れることはないのです』お父さんは、それだけ言って黙ってしまったタカシ兄さんを、またじっと見つめました。お父さんには、何か恐ろしいことが判ったようでした。『そういうことなのだ』お父さんは言いました。タカシ兄さんは顔を伏せたまま、自分の部屋へ入って行きました。私は、タカシ兄さんの入って行った部屋の襖を、ただじっと見ていました。その時、私にも何か判ったのです。具体的なことは判らずとも、判ったのです」

「見るがいい。そうなのだ」重猛は憎悪の喜びに燃えて、ひとりで呟いた。「人間など信じて、革命だの解放だの同志愛だのと快い夢にひたる奴の、当然の報いなのだ、仲間同士の憎しみ合いは。ざまあみろ。お目出度い奴らめ」

が、公子はただ語り続けた。

「その日も、その翌日も、翌々日も、タカシ兄さんは部屋に閉じこもったまま、出てきませんでした。ただ黙って坐っているか、寝ているかしているのでした。私が食事を持って行っても、『ああ、公子か』とさえ言ってもらえませんでした」

「二、三日たったある日の夕方、私が玄関脇で遊んでいると、タカシ兄さんが出てきました。私に気がつくと、いつものように『ああ、公子か』と言って、ちょっと立ち止りました。そして、少しためらってから、私の方に、『こちらにお出で』と手招きをしました。私は黙って近寄りました。けれども、何故か、これから何かとても重大なことが始まるのだということが判っていました。タカシ兄さんは、自分の背丈の半分もない私の肩にしっかりと手を置いて、私を見つめました。『公子』タカシ兄さんは言いました。『正しいことをするのだよ。自分の心にたずねて、正しいことをするのだよ。ひるんではいけない。たとえどんなことに会っても絶望してはいけない。正しいことの中に、どんなに醜いことがまじっていても、それは見かけだけなのだよ。心を清くさえ保てば、必ず正しいことをすることはできるのだよ』私は黙って、こわい顔をして、タカシ兄さんを見つめていました。タカシ兄さんは、ふと思いついたように附け加えました。『公子は足が悪くて可哀相だが、だからかえって、正しさに近いところにいるのかも知れない』タカシ兄さんの言葉は、意味の判るものも判らぬものも、そのまま一言一言私の心に刻まれました。私が、自分の不具をはっきりと自覚したのも、その時でした。『さようなら』タカシ兄さんはそう言うと、私に背を向けて、人通りの中へ歩いて行きました。私はまた黙って一人遊びに戻りました。それが、タカシ兄さんの静かな足音をきいた最後です。タカシ兄さんを見ることとは、もう二度とありませんでした」

公子は、わずかに言葉を切った。

「そうだ。お前はもうタカシ兄さんと会うことができなかった。そのタカシ兄さんが、今、お前のまえにいるのだ」重猛は公子の告白が進むにつれ、次第に苛立ちを隠せなくなってきていたが、そのわずかな切れ目につけ入って、また奇妙に滑らかな調子で公子に話しかけた。「そうら、よく見てみるのだ。タカシ兄さんは、優しくお前の方に手をさしのべている。お前の髪を優しく撫でてくれる」

「けれども」と、公子はしかし、その重猛の言葉とはまったく無関係に、声を励まして自分ひとりの言葉を続けた。「会わないことが何であったでしょうか。私の中にあの日芽生えた何かは、しっかりと育って行きました。私は、いつもその何かが語ることに耳を傾けました。その何かが命ずることを実行しようとしました」

「そうら、タカシ兄さんだよ」重猛の表情に苛立ちが露わになった。「何ももう考えなくていい。お前が今までひとりぼっちでしてきたことなど、もうどうでもいいのだ。そうら。お前はどんなに淋しかったことか。タカシ兄さんがここにいる。お前を黙って抱きしめてくれる」

「淋しさが何でしょうか」公子は重猛の話しかける言葉を理解しているのか、理解していないのか、ただひたすら、跪いた自己の前に拡がる内部の空間に向って、懸命に語り続ける。「タカシ兄さんの言葉はいつも私の中にありました。それは私の中で、私自身を越えるものに成長して行ったのです。私はいつも、それに従う他のすべを知りませんでした。そうしたことの豊かさに比べれば、ひとりでいる淋しさなど、一体何でありえたでしょう。タカシ兄さんを見ることができないことなど、一体何の意味を持ちえたでしょう」

「そうじゃない。そうじゃない。そうら見るんだ」

重猛の言葉は、今は憎悪にうちふるえた。重猛は公子の顔に手をかけると、ぐっと引き起こして自分の方に向けた。

「さあ見るんだ。お前の言っていることは嘘だ。さあ、じっと見るんだ。そうら、じっと、じっと見るんだ。深く、深く見るんだ」

重猛の言葉に公子は無抵抗にじっと彼の眼の中に見入った。重猛の言葉は憎しみに充ちながら、次第にまた滑らかになって行った。

「そうら、いいか、お前の心の中をじっと見るんだ。じっとじっと深く見るんだ。お前の心はいつもいつもどんなに淋しかったことか。お前はどんなにか、自分を見つめてくれる視線に憧れたことか。びっこのお前は、どんなにか、パーティで男の子に抱かれて踊る仕合せな女の子たちを羨んだことか。そして、その不幸を、どんなにかタカシ兄さんに訴えて、聞いてもらいたかったことか。そうら。何も恥しいことはない。今はタカシ兄さんがいるのだよ。何だって、みな言ってしまっていいのだよ。学生運動も『大学の旗』も、みな淋しいお前の心が求めた一時の慰めだったのではないか。もう、そんなことはみな捨ててしまっていい。タカシ兄さんがいるのだから」

公子のまぶたが、ぴくぴくと痙攣するように動いた。眼に涙が一杯に盛り上ってきた。

「淋しさが何でしょう」公子は殆ど泣きじゃくるような声でくり返した。「ひとりでいることが何でしょう。私たちの心は、自らの求めるものを知っているのです」

「ほうら。恐がることは何もないのだよ」重猛はじっと公子の様子に目をそそぎながら、ゆっくりと語りかけた。

「何を言ってもいいのだよ。何が正しいか、何が本当か——、そんなことは、みな捨ててしまっていいのだよ。ただ、心の流れるままに身をまかせてしまっていいのだよ。ほうら、ここにおいで。こわかったことも、淋しかったことも、みんなゆっくりと溶けて行く。さあ、何もかもみんな忘れていいのだよ」

重猛の誘いにつられるように公子は両手を差しのべて、ふらふらと立ち上った。が、そのままの姿勢で、公子はまたくり返した。

「淋しさが何でしょう。ひとりでいることが何でしょう。私たちは、自分の心の語ることをする他はないのです」

「そうなのだよ」重猛が撫でるような調子で答えた。「自分の心の欲するまま、身をまかしていいのだよ。ためらわなくていい。こわいことはない。そうら。もう一歩前に出るのだよ」

公子はよろめきながら一歩前に出た。重猛は公子の華奢な肩にそっと両方の手をかけ、ゆっくりと愛撫し始めた。

「そうら。こわいことは何もないのだよ。ゆったりと、気持を楽にして行って。ほうら、みんな何もかも忘れていいのだよ。そうら、身体がぼんやりと暖まってきて、いい気持だよ」

公子は眼を閉じ、少し見上げるようにして、重猛に身をまかせていた。公子の閉じた眼から、涙が頬につたわった。重猛はゆっくりと語りながら、公子の前開きのブラウスのボタンを、一つ一つ外して行った。

「そうら。もう何もすることは要らない。何も考えることは要らない。ただ、そのまま、気持よさにまかしていればいいのだよ」

公子のブラウスが床に滑り落ちて、やせた小さな裸の肩が現われた。重猛はその肩を静かに抱きよせた。公子をじっと見つめるその眼は憎悪に溢れながら、重猛の手は、優しげとしか呼びえない慎重さをもって、そっと公子の胸元から乳房を愛撫し始めた。力を失っていた公子の身体に、ゆるやかなうねりが走り、次第にある柔軟な生気が甦ってきた。重猛は公子を抱き上げると、ベッドに運んだ。その時、突然、公子は身体を起こした。

「いいえ。今はいけません。今ではないのです。今はまだ果たさなければならないことがあるのです」公子はうわ言のように、しかし懸命に言い続けた。「人はまず、しなければならないこと、心の命ずることを果たさなければなりません。今は、まだ駄目なのです。すべてが許されるのは、まだなのです」

「ああ、何ていうことだ。畜生!」重猛は地団駄を踏むように呟いた。「いつだって、何だって許されている。誰なんだ、理想なんてものを人間の心に吹き込んだ奴は。どうせあとで吠え面かくだけなのだ。畜生。人間がそんな強くて堪まるものか」

「ああ、今は駄目なのです」依然として半覚半睡の状態にある公子は、その夢の中で必死に言い続けた。「いつかは、その時が来るかも知れません。ですが、今は駄目なのです。語りかけるべき人々が、配るべきビラが、私を待っているのです」苛立った重猛は公子の眼を懸命に睨み、公子の心を押し戻そうとした。が、公子は涙で頬を濡らしながら、なおひたすら語り続ける。「何事が起こっても、どんなに醜いことが起きても、正しいことはやはり正しいことなのです。ただ自らの心の語るところに耳を傾ければ、自ずと正しいことの何であるかは判るのです。必要なのは、ただ素直に自分の心の語るところを聞くことだけなのです。ああ、何故私が休息を、喜びを欲していないことがあるでしょう。けれども、今は許されない。私には許されない。私には別の道があるのです。心がそれを語っています」

重猛の顔は、次第に憎悪と苛立ちと絶望に歪んで行った。重猛は公子を見つめたまま、一歩退いた。

「へん。言うがいい。語るがいい。そんなことが何になる。すべては言葉、言葉、言葉に過ぎないのだ。お前に何が判っている。さあ、今、判らしてやろう。何が恐ろしいものなのか」

重猛は公子を見つめた姿勢のまま、片隅の机の上に手をのばした。そこにはコップと水とウィスキーと、更にそれとは別に用意したらしい一本のジュースとが置いてあった。重猛はまずコップの底にウィスキーをたっぷりと注ぐと、それから、ジュースに手をのばし、荒々しくその栓を抜いた。そして、それをウィスキーの上に注ぎ、更にその上に水を注いだ。重猛は一杯になったコップを持つと、憎しみに燃える眼で公子を見つめた。

「そうら。もう、何も心配することはない。君の言う通りだ。君のするべきことが君を待っている」重猛は語りかけた。「君はもうすぐここから出て行くのだ。そして、教室をまわるクラスアジテーションを、校門の前でのビラ配りを、みんなと一緒にやるのだよ。君の足の悪いことなど、なんでもない。金曜日には、よく晴れ上った空の下を、君もデモに参加することができる。戦争に反対する何万という人たちと一緒に、君も声を限りにシュプレッヒ・コールを叫ぶことができる。素晴しいじゃないか」重猛の声は、重猛自身、その仕合せな想像に酔っているかのように、殆ど本当に明るく響いた。「もうすぐのことだよ。何も心配することはないのだよ。少しここで休んで、それから出かければいいのだ。さあ、冷たいものを一口飲んでごらん。そうすれば、すべてがずっとはっきりしてくる」

重猛は左手を公子の頭にあてがい、右手のコップを公子の唇に当てた。公子は暫く遠くの方を見るような表情をしていたが、それからゆっくりと一口、そのウィスキージュースを飲み下した。公子の細い咽喉が動いて、液体が流れて行くのが見てとれた。重猛はそれをじっと見とどけると、またコップをそっと公子の唇へ持って行った。公子はまたゆっくりと一口を飲んだ。それからまた暫くの間を置いて、公子は次の一口を飲んだ。

次第に公子の顔が、ぼんやりと火照ってきた。かすかな微笑がその顔に浮かんだ。公子は身体をゆったりとベッドの上にのばした。陰惨な喜びが重猛の眼に溢れた。公子の顔から全身へ、アルコールの火照りが、ゆっくりと拡がって行った。重猛は公子の身体を優しく愛撫しながら、公子の着ているものを順々に脱がせて行った。

重猛の手の下で、公子のやせた細い身体は、次第に大きなうねりに漂い始め、閉じられた公子の眼からは、暖かい涙がゆっくりと流れ出た。重猛の憎しみにふるえる眼にさらされて、公子の骨の出た小さな裸体は仕合せそうにのびのびと横たわっていた。康吉はあとから考えてみて、その時自分が何故叫びもせず、立ち上りもせず、じっと見つめていられたのか、判らない。彼はその時、厚いガラスを隔てて展開されるそのすべての光景を見つめる眼になっていた。ただただ、ひたすら凝視する眼になっていた。

6

康吉と緑の凝視する中に、眼を閉じた公子の小さな裸の身体はのびのびと横たわっていた。乏しい恥毛は、身体に黒い穏やかな中心をつくり、細い二本の腕は、身体の両側に、何かを待ちうけているかのようにゆったり開かれていた。重猛は立ち上ると、頬を引きつらせながら、一、二歩退いた。

「へん、とうとうだ。ざまあみろ。判ったか。ふん、理屈など何の役に立つものか」

重猛は小声に呟きながら、バスルームへの扉に寄りかかるようにして立った。そして後手でその扉を明け放つと、ベッドの上の公子を見つめたまま言った。

「おい、出てこい」

バスルームの中からは、ひとりの若い男がよろけるように出てきた。刈り上げた頭、ジーパン、丸首シャツ——。どこかで最近見かけた男だと、康吉は思った。

「あっ」

耳元で緑が短く叫んだ。

「新さんだわ」緑は康吉の手を握りしめた。「ほら、あの多加根鮨の」

康吉も思い出した。それはあのパーティの夜、公子を追おうとする重猛を引き止めて緑と三人で行った鮨屋多加根で、重猛に新さんと呼ばれてからかわれていた若い職人だった。

「先生。いい加減に帰して下さいよ。俺、もう……」

男はおどおどと言いさして、不意にベッドの上の裸の公子に気がつき、言葉を切った。彼は自分のうしろの壁にへばりつくように立ちすくんだ。

「さあ、新さん。約束通りだ。これの方が、お前のお天道さまの夢なんぞより、ずっといい」

「へえ」

若い職人は立ちすくんだまま声だけで答えた。

「さあ、やるんだ。お前が毎晩、新宿の裏町で拾った女の子たちとやることをやるんだ。ほうら、お前の相手の女の子たちの相場はいくらだい。これは只だぜ」

「だって先生……」

「おじけづいているんだな、お前は」重猛の声が低く嘲った。「そら、じっと見るんだ、あの裸の女を。ふるえるな。じっと見ろ。お前の眼は、もうなめるように見ているじゃないか。あの男の子のような胸を。細い腰を。そら、仕度をするんだ」

若い男は重猛の声につられるようにのろのろと丸首シャツを脱いだ。猫背の薄い胸と、不均衡にもり上った色の悪い肩の肉が現われた。

「さあ、やるんだ」

重猛にうながされて、彼は二、三歩ふらつくように前に進んだ。そしてベッドに横たわる公子の裸の身体を見下ろした。だが、彼の身体はそのまま石になったように動かなくなった。

「俺にゃ、やっぱりできねえよ」

泣くような声が彼の口から洩れた。

「へん、お上品ぶるな」重猛は激しい嘲笑の叫びをあげた。「お前は今までに何人の女の子を安宿に引っぱり込んだんだ。金で買える女ばかりじゃない。いやだって泣きわめく女をするのにはどうしたらいいか、自慢していたのは誰だ」

「だけど先生。それとこれとじゃよお、話が違うよ」

「どこが違うんだ、馬鹿。家出娘にはできても、女子学生にはできないって言うのか」

「先生、勘弁してくれよ。できねえ。俺にゃできねえよ。こんな風に寝ている女はできねえよ。こりゃ、何んかよく判らないけどよお、何んかひどく悪いことだよ。ひどく間違ったことだよ。ひどくおそろしいことだよ」

「おい、新さん」

重猛は苛立って、男の肩をつかむと、その顔を自分の方へ向けた。

「先生、勘弁してくれよ」男は怯えた叫び声を挙げた。

「金は返す。今は費《つか》っちゃってないけど、必ず返すから。先生、もういいだろ。帰してくれよ。お願いだよお」

「おい、新さん。そら、俺の眼を見てみろ」

重猛は左手で男の裸の首をおさえ、右手であごをつかむと、男の顔を上から睨んだ。男はその視線を逃れようと両手を必死に顔の前でふりまわした。

「ひどい。先生、ひどい。何故俺にこの女抱けって言うんだよ。こんな裸にしたら、自分で抱きゃいいじゃないか。俺、知ってるんだ。知ってるんだから。先生は自分がやれねえから、こんなことするんだ。女みる時の眼みりゃ判るんだ。みんな、先生はそうだって言ってるんだから」

「う、う」重猛の顔が絶望的な憤怒で紅潮した。「お前なんぞに何が判る。虫けら。女なんか抱いてひいひい言うのは、お前なんぞで沢山なんだ。金がなくなると、やりたくって、やりたくって、がつがつした眼でガード下あたりを夜通しうろつくくせに。このうじ虫」

重猛は男の汚れたのどに右手をかけると、力一杯突きとばした。男は他愛もなくよろめいて部屋の片隅に押しつめられながら、必死に腕をふりまわしわめき続けた。

「やめてくれよう。そんなに睨まないでくれよう。威張るなよお、そんなに。俺、判ってんだから。いっくら貫禄つけたってよお、女とやれねえなんてのは片輪じゃないかよう」

「騒げ。わめけ。この虫けら」重猛は苛立って叫んだ。ベッドの上の公子が、眼を閉じたまま不安げに四肢を震わせた。が、重猛はそれに気づかない。彼の憎しみに燃えた声はいつになく上ずった。「お前みたいな虫けらに何ができる。畜生。えい。お前のちっぽけな自尊心なぞ、今泥まみれにさせてやる。そら見るんだ。俺の眼を見るんだ。この野郎……」

重猛は男の髪に手をかけ、無理やりに自分の方をむかせた。

「見るなよう。やめろよう」男は叫んだ。「卑怯だよお、先生は。そうなんだ。俺、判ってんだから。先生は卑怯なんだよう。だからこんなことするんだよう。こんなことするからよう、こんなこと思いつくほどよう、心がねじけているからよう、だからよう、女とできねえんだよう。おい、やめろよう。見るなよう。俺、こんなこと、いやなんだからよう」

男は重猛の視線を少しでもさえぎろうと、無茶苦茶に手をふりまわし、身体をよじった。重猛は興奮にふるえる手でその頭を押え、眼を光らせて男の眼を自分の視線にとらえようとしていた。その時、必死にあばれる男の手が、偶然片隅のテーブルの上のウィスキーの角瓶に触れた。

「もう、やめろよう。やめてくれよう」

男は叫びながら瓶をつかむと、夢中でそれをふりまわした。ウィスキーが部屋中に飛び散り、何処かでごつんと鈍い音がした。重猛が一瞬男の髪を放し、呆けたように口を開けて立った。そして次の瞬間、ぐったりと男に抱きつくように前に倒れかかった。男はあっけにとられて立ちすくんだ。斜めになった男の手のなかの角瓶から、残りのウィスキーが流れ落ちた。血が、倒れた重猛の白いワイシャツの首元から、次第にまわりにひろがった。

血がひろがるのを見て、男は我に返ったらしい。瓶を放り出し絨緞に足をもつらせながら、昏倒した重猛のうしろにまわると、彼の腋の下に手をかけ、さっき自分が出てきたバスルームの中へ息を切らせて引きずり込んだ。そして自分はすぐ飛び出してきて慌てて扉を閉めると、「ええい。何てえことだ。何で俺が、ええい。何てことだ。何で俺が」と呟きながらその辺をうろうろと見まわしていたが、やがてもう矢も楯もたまらなくなったように、上半身裸のまま出口へ突進し、扉を自分のうしろで乱暴にばたんと閉じる間もなく、大きな足音を響かせて駈け去ってしまった。

部屋の中には、ベッドの上の裸の公子だけが残された。公子はウィスキーの冷たい飛沫を浴びて、さっきから不安げに身体をよじりながら低くうめいていたが、扉の閉まる激しい音に、突然はじけるように身を起こした。

「三木さん！」

緑が低い押えた叫びを挙げた。だが、その声にもならぬ叫びが、厚いガラスに隔てられた公子の耳に伝わるはずはなかった。上半身を起こした公子は、焦点の定まらぬ目であたりの様子を見まわした。公子の目が、ベッドの隅に押しやられた新聞紙の束と煉瓦のかけらの上に止った。公子はそれを長い間じっと見ていた。茫然とした公子の顔に、次第にある表情が戻ってきた。それは暗い静かな沈んだ表情であった。公子はそのまま目をずっとあたりへ移して行った。公子は若い男が脱ぎ捨てた床の上の白い丸首シャツに目をとめた。公子は裸のままベッドから降りると、それを拾い上げ、もう一度考えるように眼の前にかざした。すべての記憶が公子に戻ってきたようであった。やがて公子は跪くと、そのシャツをベッドの上で丁寧にたたみ、そこに乱雑に押しやられていた新聞紙の束と煉瓦のかけらも整理して、その二つを並べて置いた。

それから公子は立ち上り、椅子の上に投げ出されている自分の衣類を手にとり、それを下着から一つ一つゆっくりと身につけた。そして身仕舞いを済ますと、公子はもう一度悲しげな表情であたりを見まわし、静かに扉を明けて外へ去って行った。

7

公子の閉めた扉がかちりとかすかな音を響かせた時、すべてをただ見つづけていた康吉は初めて我に返った。今見ていた情景のあらゆる断片がきらきらと光りながら渦になって彼の頭の中でまわり出した。ともかく公子を引き止めよう——。何の判断もできぬままに、康吉はただそれだけを考えて、自分も公子のあとを追い廊下へ飛び出した。だが、どうしたことか。康吉たちのいる部屋は廊下の行き止りのところになっている。そして、今公子が出て行った廊下のあるはずの所は、ただの灰色の壁で、赤い消火器がよそよそしい表情でかかっているばかりなのである。

「早く。急いで！」康吉は部屋の中に坐っている緑に叫んだ。「外へ出て、三木さんを追いかけよう。今すぐならば、まだ追いつける」

だが、緑は動こうとはしなかった。

「さあ、急いで。すぐ出てホテルの表口にまわらなくては間に合わない」

康吉は苛立って、また叫んだ。しかし、緑は短く切り捨てるように答えた。

「三木さんに追いついて、それでどうするの」

康吉の方に向いた緑の眼は暗く燃えていた。その眼を見た時、康吉は異様な衝撃を受けた。康吉は緑のその眼を、いつか見たことがある。康吉は口ごもった。

「何にもならないにしても……」

「無駄なことだわ」

緑はまた短く言った。

「いいのよ、これで」緑は言葉をついだ。「よくなくても、どうしようもないわ。あの人だって、いずれは知らなければならないことを知ったのよ。誰だって、自分を知るのよ。早いか、遅いか。なしくずしにか、ある日突然にかの違いだけだわ。ああ、可哀相に。でも、どうしようもない」

緑の眼の奥には、何か判らない情念の炎がゆれていた。康吉はそういう緑を、惑乱の思いで見つめた。それは数日前、何年ぶりかで再会したデザイナーの下之条緑、美しく豊満で社交的で、世間の智恵に通暁していて、人と自分を巧みにさばいて行くあの下之条緑とは、まったくの別人であるかのように見えた。それは何処か、康吉が何年か前に見失った野暮くさく真面目で笑顔を見せることもなかったあの同級の女子学生によく似かよっているのであった。

「判らない」康吉は俄かに不透明な存在に変容した緑に向って、その不透明さ、その重さに辛じて堪えようとしているかのように呟いた。「何故そういう風に言わなければならないのか。あの人もまた、官能の喜びへの指向を持っていて何故いけないのか。それが何故、あんな貶《おとし》められた形で扱われなければならないのか。何故君がそれをやむをえぬとするのか。何故、もっと明るいもので官能の喜びがあるのだと言ってやろうと、君がしないのか。何故官能があんなにも貶められたのを放置しようと君が言うのか」

「あなたには何も判らないのだわ」緑が一語一語はっきりと言った。「生身の人間が生きることのおそろしさが。あなたは昔からそうだった」

緑の断定的な言葉がおそろしい衝撃となって康吉の身体を通り過ぎた。彼の心に古い記憶がひらめき、それと何の関連もなくあの夢の中を通り過ぎて行った若い女の姿、祐子の上に見た幻の女、そして今朝方現実にみた亜左子の肢体の記憶が、みな一度に、重なり合って甦った。突然、康吉は、自分が何年か前のある夜にも、今朝亜左子を前にして後ずさりしたのと同じように、とり返しようもなく後ずさりをしたことがあったのではないかという疑惑に襲われた。

「出ましょう」

緑が言った。緑の言葉には、何かひどく切羽詰ったものがあった。緑の眼は暗い異様な炎に燃えた。

タクシーに乗ると、緑は「あなたのアパートへ」と短く言った。それは殆ど命令であるかのように響いた。

康吉のアパートの六帖で、緑は寝乱れたままのベッドの前に立つと、もう一度短く「鍵をしめて」と言った。康吉が鍵をしめると、緑は康吉の方に向き直った。そして二人の間に情念の時間が開いた。それはあたかも、あてのない憎しみ怨みを互いの身体の上で果たし尽そうとしているかのようであった。そこには、今日の早暁、緑の店の二階で二人が交した快活な快楽は、影さえなかった。康吉は亜左子の身体の幻想を切れぎれに見た。

「あなたには判らない」

すべてが去った時、康吉の胸に疲れた顔を押しつけて緑が呟いた。汗ばんだ額と髪の毛が康吉の肌に冷たく触れた。

「あなたには判らないのよ」緑はまた呟いた。「自分の心の中に自分の心に逆らうものを持つということのおそろしさがどんなものか――。あれは高校二年の時のことだったわ」

緑は言葉を切ってそのままの姿勢で長い間何も言わなかった。暫くして、緑は顔を康吉の胸から離すと、額の髪をかき上げ、ゆっくりと語り出した。

「何故だろう。あの時のことだけは今でも隅々まで見えるような気がするわ。あれは、曇り日だった――」

8

それは、曇り日だった。故郷の町で真面目で成績のいい女子高校の生徒だった緑は、その日、学校の帰りに参考書を買いに町に出て、繁華街の大きな本屋に寄ったが、一時間近く探しても、満足できるものは見つからなかった。

お洒落もせず映画もみず、参考書を探すのに一時間もかける生活――。その頃の緑が、そうした生活を好んでいたのかどうかは、本人にももう判らない。ただ、その頃の生活を思い出そうとしてみると、決して個々の出来事を忘れているのではないにもかかわらず、何ひとつ心に鮮明に甦ってくるものがない。地方の小都市の真面目な女子高校生の生活――。緑は、生活とはそういうものだと思って、いやそれさえも思わないで、ただそういう生活に身をまかしていた。

その曇り日の午後にも、本棚の前で探し疲れた緑は喫茶店に入って休むことさえ考えずに、そのまま本屋を出て家へ帰ろうと思った。だが、その時、疲れのせいか、急に目まいがして、緑はうしろの柱につかまった。それは、ほんの数秒間であったに違いない。そして、気を取り直して立ち直った時、緑はふと自分がうしろから見られているのに気づいた。何か人間の目ではない目、何か巨大な目が、彼女の背をじっと見ていた。彼女はふり返ろうとした。が、ふり返れなかった。ただ、見知らぬ視線が彼女の背に灼きついていた。緑はその視線に押しやられて、本棚に近づいた。緑の前の本棚には、今まで気をつけて見たこともない一冊の本が、にわかに異常な生気を帯びて輝いていた。緑はその本に手をのばした。緑は自分が何をしようとしているのか、知っていた。だが、緑の前のその本の白い輝きは、曇り日の暗い大気のなかで、抵抗することのできない魅惑に充ちていた。緑は、その本を抜き取り、手に持ったレインコートの中に隠した。緑が店から出た時、緑を見ていた巨大な目は消えた。

家に帰ってレインコートの中に本を見つけた時、緑は自分のしたことが信じられなかった。もし見つかったら、真面目な高校生としての自分の生活はどうなっていたか——。それを考えると、緑の心は恐ろしさに冷えた。だが、それでいながら、自分の背中に感じたあの巨大な目の視線を思い出すと、緑の心に自分はその目の力に決して逆らうことができないだろうということが、恐ろしい予感となって拡がった。緑はそれから卒業して東京の大学に受かるまで、もう二度とその本屋に行くことはなかった。その目もまた緑を訪れることがなかった。だが、緑は、その目に見られた時のことをひと時も忘れることができなかった。緑は心の中でいつもその目の訪れを恐れて怯え続けていながら、しかもその目に見られたあの曇り日の午後のことを、くり返しくり返し反芻して思い返さずにはいられなかった。その反芻には殆どひそかな喜びが隠れていた。

その目がまた戻ってきたのは、大学に受かった直後の春休みだった。緑は東京での下宿生活の準備に故郷の町の小さなデパートで買物をしていた。買物の疲れに、大学には受かったがまだ大学生活は始まらない曖昧な時期の、あてどのない気持が混じって、陳列棚の間でぼんやりと立ち止った時、緑はまた突然、自分が見られている、巨大な目がうしろから自分を見つめているということを感じた。それと同時に、全身の血がざわめきながら頭へ流れ上った。恐怖とも期待ともつかない感情で顔がこわばって行くのが、自分で判った。あたりのものがいっせいに遠のき、眼の前の陳列棚の上にある赤い皮の手袋だけが、またあの白い光に輝いていた。緑は自分の意志に逆らうようにそこへ近づいて行き、素早く店員の視線の動きをうかがい、その赤い手袋を手に取って、自分の買物袋の中へ落した。その瞬間、巨大な目に見られている緑の身体の中で突然の解放感が渦まいた。そして、緑がさり気なくその売場を離れた時、巨大な目は視線を外し、緑は自由になった。

緑はエレベーターに乗って屋上に出た。北国の三月の風はまだ頰を切るように冷たく、緑はその中で暫く茫然としていた。緑の中でその時、ある恐ろしい考えが次第に形をとり始めていた。こうなることを欲しているものが、私自身の心の中にあるのだ――。それは考えてみるのも恐ろしいことでありながら、どうしようもない力で彼女の心をとらえた。

四月になって、東京に出た緑の生活は二つに分裂した。大学での真面目な女子学生としての生活。そしてあの巨大な目に見られている生活。はじめは月に一度、二週間に一度、突然自分が見られていることを感じ、そして、あの白い光に充ちた世界が緑の前にひろがった。が、その訪れは次第にひんぱんになり、やがて、昼となく夜となくその巨大な目は、緑を見つめるようになった。そしてそれとともに、白い光は瞬間の輝きを失って、緑の住む世界に、いつもどこでも、ぼんやりとした薄明となって遍在するようになった。緑の手はどんな機会にでも、もう殆ど自動的に、積み上げてある商品から一つを取り去り、あの巨大な目はいつもじっとそれを見つづけていた。

それは緑にとって、もう何の喜びももたらさない苦行になった。しかもそれでいながらやめることはできず、そしていつも、あのじっと見つめる目だけが、緑の身と心をしばった。

そうして三年間が過ぎた。緑は表面は普通の学生として毎日を送りながら、心の底でもうどうしようもないほど疲れ切っていた。そして、四年になる春休み、みなであの三浦半島への遠足を計画する数日前、緑は、帰省する前の買物をするために盛り場に出て、デパートへ行った。そして必要な用事を済ませた後、何とはなしに一階ずつ上へあがって行った。

何とはなしに……。いや、緑は、心の中で、自分が何をするだろうかということを、はっきりと知っていた。あの巨大な目が緑をじっと見ていた。緑は電気器具売場に近づいた。そして緑の手はガラスケースの上に置き忘れてあった小型の電気剃刀を、ハンドバッグの中へ滑らせた。自分には何の用もない電気剃刀を。

緑は階段を上へ昇って行った。昇りながら、緑は背中にぞっとする悪寒を感じた。何かある視線が背中に吸いついていた。あの巨大な目とは違う別の、何かもっと粘っこい、冷やかな視線が背中にねばりついていた。それはさっき電気剃刀に手をふれた瞬間から背中にねばりついているのだった――。だが、緑は振りむかず、そのまま屋上まで上って行き、その冷たく粘っこい視線も、それについて上ってきた。

屋上に出ると、駈けまわる子供たちやねんねこ姿の女たちの間を通って、緑は片隅の花壇の脇へ行った。暖かい春の日の日差しがあたりを包み、金網から下をみると、昼間の繁華街を都電が一台のろのろと動いて行くのが見えた。それを見下ろしながら、緑はまだじっと背中にそそがれている蛇のような視線を感じ続けていた。緑は遂に堪え切れなくなって、うしろをふり返った。すると、少し離れてそこに立っていたのは、汚れたねんねこで赤ん坊を背負った三十過ぎの平凡な女だった。

その女はじっと緑の顔をみた。緑はその女を見つめかえした。緑は急に、そのおかみさん風の女が、実は何か全然別な種類の女だということを悟った。それを知って緑の表情に怯えが走ったのかも知れない。その女は緑に近づくと、

「若い人は大胆だねえ」

とあきれるように言った。

「でも、ここでの仕事はやめてもらうよ。こちらが迷惑だからね」

女は冷たい残酷な声でそう言うと、緑の視野から去って行った。

9

「あの女を私が見たというのは、本当にあったことなのかしら。あの時のことを思い出してみて、私、時々思うのよ、あれはすべて私の幻覚ではなかったのかって。その女は、数秒とは私の前に居ずに、すぐに私の視野から消えて行った。そして、ああ居なくなったと思った瞬間、五月みたいな陽気で汗ばんでいた私の肌が、急にすっと冷たく氷のようになって行ったわ。そして私は心の中で、ああ見られてしまったって呟いていた——」

「私の眼の前を走りまわっていた放課後の子供たち。きしみながらゆれるブランコ。ペンキのはげた自動木馬。埃っぽい春のデパートの屋上。向いのデパートの壁で風にゆれていた大売出しの大きな垂れ幕。そうしたものが、にわかに、夢のなかの風景であるかのように鮮明に生々しく眼に映り、その鮮明な風景のなかで、私は、ああ見られてしまったって呟いていたの」

「その時、私は突然すべてを理解したのよ。自分が今送っている生活が如何に偽りであるか。大学での講義、図書館での読書、家庭教師、語学クラスのグループとの交友。それらすべてが、どんなに虚偽か。どんなにどうでもいいことか。どんなに自分に無関係のことか。そして自分は心の底ではその無意味さ無関係さをどんなによく知っているか。私が見られたのは、正にその空しさなのだ――。もう逃げられない。お前はそうしたことすべてを捨てなければいけない。あの巨大な目が背後から私に、つきさすようにそう命じていた――」

「あなたたちと最後に集まった会があったのは、それから四、五日してからだった。あの時、いつものようにみんなが楽しそうにしゃべり合っているのを聞きながら、私のなかでは、見られてしまったっていう呟きがまだ低く響き続けていた。それまでは、みんなと一緒にいると、そうして坐って耳を傾けている真面目な女子学生こそ自分なのだと信じていられたのに。あの日には、もうそれができなかった。あの見られた自分こそ本当の自分なので、今、坐っている自分は影にしか過ぎないと思えて、もう、そこにいるのが息苦しくて、堪まらなくなってきたのよ。みんなの話している遠足の話も、すべて私の上を素通りして行ってしまった。みんなから話しかけられれば、半ば自動的にそれに答えながら、私のなかでは、苛立ちが次第にふくれ上ってきた。こんな生活はもう続けられない。自由になりたい。すべてを捨てて自由になりたいと私のなかから何かが叫び出したの。けれど、それでいながら、もしそうなったら、自分の今の生活のあらゆる事柄を、そこにいるみんなとの附合いも、静かできれいな下宿での落ち着いた時間も、すべて捨てることになるのだと考えると、恐ろしさで、心が冷え込んだわ。そして、どうしたらよいのか判らずに、私は黙って、じっと坐っていた。青いガスストーブの炎が静かに燃え、みなの楽しそうな笑い声が行き交う暖かく気持のよい部屋で、私はじっと、黙って笑いながら、殆ど息を詰めているような思いで、坐っていたの。そして、あの晩——」

10

そして、その晩、康吉は下之条緑を送って行った。

その晩の緑は、疲れた表情で、口数も少かった。国電の駅を降りると、二人は、バスが終って、タクシーばかりが疾走する夜更けの大通りの歩道を、停留所三つ離れた緑の下宿まで歩いた。

「寒いわ」

緑が呟いて、歩きながらオーバーの襟を立てた。康吉の腕に、緑の肩が触れた。厚い生地の下に感じられる肩は、意外に豊かな弾力を伝えてきた。

最後のバス停を過ぎて少し行き、左へ入ると、道はまたすぐ板塀にぶつかって、右、左と鉤の手に折れた。緑の下宿は、その先の二軒目だった。

昔風の、連子《れんじ》の引き違い戸が立てられた門の脇まで来て、立ち止ると、緑はふり返って、板塀に寄りかかるようにして康吉を見た。疲れた緑の眼には、何か暗く揺れているものがあった。

「上って、少し話をして行って」

緑が言った。その抑揚のない言葉は、学芸会のセリフのように固く響いた。二人を迎え入れた連子《れんじ》の引き違い戸が静かな夜のなかで低くきしんだ。

康吉は、緑について、二階への階段を上った。その四帖半は、教養部のクラスの仲間たちと、何度も来たことのある部屋だった。部屋には、まだ炬燵がつくったままになっていた。緑が炬燵に電気のスイッチを入れ、二人は、夜気に冷えた身体を暖めた。

「あなたは、今の生活に満足しているの」

緑が不意にたずねた。康吉が顔を挙げると、緑はもう一度、説明するように言い直した。

「あなたは、今のままの生活がずっと続いて、それでいいと思っているの」

「思うことにしている」

「何故」

康吉の答に、緑は殆ど反射的に、たずねかえしてきた。康吉は、緑の顔を見た。そういう問い方は、いつもの緑にはないことだった。緑の眼には、何か見慣れぬものが揺れていた。

「これ以上、別の生活があるとは思えないから」

康吉は、緑の視線を押し返すように、答えた。緑はすぐ視線をそらした。暫くして、緑は、独り言のように低い声で言った。

「いえ、勇気がありさえすれば、何かあるはずよ、きっと」

国電の終電に近い時間になって、康吉は立ち上った。緑も、それを送ると言って、立った。

窓の薄いカーテンの隙間に、水銀燈に照らし出された隣家の庭の緑が、美しくのぞいて見えた。

その時、突然、緑の眼がまた暗く揺れた。緑は、康吉の手を取って、低い、殆ど聞きとれない声で言った。

「帰らないで。お願い」

だが、康吉はその時、緑の手を押しとどめた。

11

「あの晩のことは、あとになってから、ずいぶん何度も思い出したわ。それで、結局、あれでよかったのだと思うようになったの」緑は言った。「あの時は、あなたのことを、本当に判らず屋だと思った。女の子が帰らないでほしいと頼んだ時、それがどれぐらい大事なことなのか、たとえそのあとで何が起きようとも、そして起きたことの結末がどういうことになろうとも、それは、帰らないでほしいと頼んだ時、それに素直にうんと言ってもらうことに比べれば、本当にどうでもいいことなんだってことが、どうして判らないのか。そういう、あの一瞬の、抜きさしならない行為を除いては、人生なんてありはしない、たとえ、その時に切った手形を落すのに一生かかったって、そうするほかはないんだってことが、どうして判らないのか。そう思うと、本当に腹が立ったわ」

「でもね。暫くあとになってから考えてみて、私は、自分があの時、怖がっていたのだということに気がついたわ。あの巨大な目に見られ、自分のそれまでの生活が虚偽だと判ってしまい、それを捨てなければならないと判ってしまいながら、それを捨てるのが怖くて、それで、あなたに居てもらいたかった、そして、あなたと抜きさしならない間柄になって、それで自分を今までの生活にしばりつけて置きたかったんだって、気がついたのよ。あの晩の私には、ただその時ひとりぼっちになりたくない、あなたに居てほしいというだけで、それ以上に、自分が何を欲し、何を待っていたかなんか、判っていなかったのだけど。だから、もしあなたがあの晩、帰らずに居てくれたら、きっとそれで、それまでの生活を捨てる決心は崩れてしまったに違いないわ。あなたが、いささか他人行儀に、私の手を押しかえしてくれたお蔭で、私は、すべてを捨てて別の生活へ入る以外なくなってしまったのよ。そして、それは、それでよかった。そうでなければいけなかったのよ。——それに、もしあの晩、私たちが」

長い話の間で、はじめて、緑は顔を挙げ、笑いを見せて、康吉の方にいたずらっぽい視線を投げた。

「わりない仲になっていたとしたら、今またこうやって会って、一緒に話ができたかどうか、判ったもんじゃないものね——」

緑は、康吉の手をとり、大事そうに、友情をこめて握りしめ、それからまた言葉を続けた。

「あれからあと、私が何をしたかは、もう別に大して言うこともないのよ。ただ、あれから暫くして、今までの生活のすべてから縁を切って、まったくひとりで生きて行かなければならない別の生活の中へ滑りおりて行った時、私は目まいがするみたいに自由だったわ」

「勿論二十歳そこそこの女が、あの頃の東京でひとりで生きて行くって、並み大抵のことじゃなかったわよ。でも、私はともかく飢え死もせずに、生きのびた。人間としても、若い女としても、随分滅茶苦茶をやったけれど。そして不思議なことには、生きのびるのが精一杯で、そのための様々なことにがんじがらめに縛られながら、私はいつも自分がどこか根本のところでひどく自由だって感じ続けていたのよ。それが私にとって一番大事なことだった。そして気がついてみると、あの巨大な目が私を訪れることも、なくなっていたわ」

「男たちを相手にする夜の仕事に疲れて、ある洋裁店の女中に住み込んだのは、それから二年位してからだったかしら。そこの女主人が私を気に入って、お針子になるように勧めてくれた。ふと、気持が動いたわ。ああいうように手仕事をかさねて、それで何かひとつのものをつくる仕事。単調で退屈な作業に堪えて、そこに何かができるのを待つ生活。私は、自分が今はその根もとでしっかりと握っている自由を、今度はそういう仕方で形のあるものにつき固めたいと思った。私は女主人の好意に甘えてお針子になり、仕事の合間に洋裁学校にも通うようになったの」

「それから私が比較的短い年月の間に、こうして少しは名の知れたデザイナーになるまでには、勿論いくら話しても話しきれないほどのことがあったわ。それこそ、笑い出したくなるようなことばかり。有名になりたい若い女たちと、権力や金を持った男たち。飯森さんと再会したり、浅川さんと知り合ったのも、そういう中でだし、豊田さんもデパートの広告で名前を見つけて、連絡をとってきてくれた。会うなりカンパを出せと言ったけれど。でもね、そうしたなかで、私が何をどれだけ経験したにせよ、すべてを一言で言おうと思えば、一言でそれを言い尽せるかも知れない。それは美しさということ。美しさというものを通して生きて行こうと、私は思うようになったの。どんなことがあっても、自分が美しさをつくっているのだということが、すべてを償ってくれた。どんなひどいことがあっても、私は自分にいつも、しっかりするのよって言って、ただ美しさだけを見つけようと眼を凝らしてきたの」

「美しさは勿論、この世と無関係にはないけれども、でも美しさはいつも、少しこの世に刃向うものなのよ。世のなかのことに押しつぶされながら、でも何とか自分を救って行くのが美しさなのよ。自分がどんなことを切りぬけ、自分でもどんなことをしてきたかを考えれば、それはひどいものだったって思うこともあるけれど、私はそれでも、自分がこうしてデザイナーとしてひとつの店を持つまでになってきたこと、そして、美しいドレスをつくるのを日々の仕事としてやれるようになったことに満足しているわ。だって、それが私の、いわば自由への道だったんだから」

12

長い話を終えて、緑は眠りこんだ。が、康吉は、寝つくことができなかった。

あの十年に近い昔の夜、康吉は、まだ若く稚かった緑の精一杯の言葉を前にして、それに応えることなく、後ずさりした。康吉は、今初めて、そのことをはっきりと意識し、そして、そのことの意味をはっきりと知らされたのである。緑はそれを、結局は、それでよかったのだと言った。だが、たとえそうであったにせよ、そのことは、あの時康吉が後ずさりしたという事実を消すものではない。緑にとってはどうであれ、康吉にとっては、それを消すものではない。

あの時、康吉は、決して緑の言葉に驚き、当惑したのではない。その夜の半ば頃から、康吉はいつもと違う緑の様子に気づき、それがどういう方向に緑を連れて行こうとしているのか、はっきり感じていた。緑の最後の言葉は、康吉にとって、半ば以上予期したものであったし、その言葉に康吉が応ずれば、その後に何が起きずにいないかも、おそらく緑よりはるかに明確に知っていた。そして、そのこと——、驚きもせず、当惑もせず、半ば以上予期しながら、まさに予期していたが故に、緑の手をそっと押しとどめたということが、今の彼を惨めにしていた。

彼はあの時、緑のその一言にこもっていたある種の必死さを感じなかった訳ではない。だが、彼は、身辺の友人である緑と、それ以上の間柄になることを怖れて、冷静に、すべてを意識しつつ、その必死さに応えることから後ずさりしたのである。彼は、その必死さを感じ、それに応えようとする自己の内心の衝動に強く突き動かされながら、しかも、次の瞬間、何でもないことであるかのように、緑の手をそっと押しとどめ、内心の衝動を押え切れる自己制御力を誇っていたのである。

だが、自己制御力とは、彼にとっていったい何であったか——。彼はそれを、あの青い、暑い南の海での敗北の経験以来、殆ど必死になって自己のうちに養い育ててきた。そして、彼はそれを、久しく自らの誇りとしてきた。しかし、今、眠り込んだ緑のかたわらで、ひとり暗い天井を見つめながら、自分がこの年月、何をなし、何を生きてきたかをふり返ってみれば、そうした自己制御力が彼にもたらしてくれたものは、無に過ぎなかったのではないかと、康吉は思う。そうなのだ。人生で敗北することが、いったい何であったのだろう。敗北することを、何故怖れる必要があったのだろうか。何故、あの時、緑の手を、押しとどめる代りに、しっかりと握りかえし、稚い彼女の必死さに応えようとしなかったのだろう。緑の言うとおり、たとえその時振り出した手形を落すためにあとの一生を費すことになったとしても、何でそれを怖れることがあっただろう。どうせ死ぬのではないか。敗北することを怖れて、賭けないでは、人生を経験することは、ついにできないのだ。

康吉の心を、不意に、その日の早暁に見た、ソファーに横たわる亜左子の姿がかすめた。そして、自分がその前から後ずさりしたことが、痛切に思い起こされた。それと同時に、一昨夜、裸身の祐子の上に自分が見た幻の女が、今一度、亜左子の上に重なった。

そうなのだ。あの女の幻影は、もとより亜左子ではありえない。だが、あれは亜左子なのだ。そして、若かった緑なのだ。自分がその前から後ずさりしたすべての女、いや、自分が回避した人生のすべての事柄なのだ。その回避から生まれた幻影なのだ。あの女は、自分がついに経験しなかった人生への未練であり、怨みであり、そして同時に、自分と人生との間に拡がる不透明な膜そのものなのだ。

緑にとっては、それは結局それでよかったことだった。だが康吉にとっては、よかったことではない。康吉は、あの時、緑の隠された必死さに応えて、自分の人生を賭けるほかないはずだった。しかし、康吉は、それをせず、その代りに、緑の前から後ずさりした。その時、彼から、人生は遠く、遙かに、遠のいて行ったのだ。今朝、亜左子の前から後ずさりした時と、同じように。

13

翌日の木曜日、緑は康吉の下宿から直接Lデパートへ出勤した。出てみれば、そこにはいつも通りの多くの仕事が待っていた。

緑は世の中の大抵のことには慣れていた。ここ数日来の事件も、そしてまた昨晩のホテル・スパルタカスでの見聞も、そうした緑をどうして驚かすことがあっただろうか。もし緑が疲れていたとすれば、それは驚きのためではない。ただ彼女には、痛ましいのであった。すべてが痛ましいのであった。公子はもとより、あのパーティの夜の若い学生たちも、亜左子も、自分も康吉も、そして重猛さえも、いやいや、すべて人が生きているという事態が等しく、今日の緑にはみな心を切るように痛ましいのであった。

緑は眼の前にあったしなやかなサマーウールの生地を手にとった。遠い国から来たその生地の沈んだ厳しい焦茶色は、ふと一瞬この世のすべてを忘れさせるように美しかった。

人間は何故こんな美しいものをつくり出すのだろうか――。緑は改めてまた思った。身体を包むのならば、北欧の老婆たちがくるまるあの黒いラシャ地で充分ではないか。それにもかかわらず人間は何千年もの年月をかけ、身を削るような思いをしながら、こうした美しいものをつくり上げてきた。それは、すべて人々がこの世に生きる時の悲惨な思いが、心に美しさを養い育てずにはいないからではないだろうか。悲惨な思いの凝ったものがこの美しさなのではあるまいか。しかも、今こうして眼の前にある美しさのなかには、そのうちに織り込まれた悲惨さを思わせるものは何一つ残っていない。

緑は不意に、その美しい高価な生地で亜左子のためのドレスをつくってみたいという思いにかられた。それは、康吉が泊って以来暗くふさいでいる亜左子のご機嫌をとろう、傷ついた亜左子の心に何か明るい気持になる糸口をこしらえてやろうというためではなかった。それはむしろ、その沈んだ美しさを持つ生地が、誰の身体よりもああいう風に痛ましく傷つかねばならなかった亜左子の身体を包むのにふさわしいと思えたからだった。亜左子の好んだふんわりしたピンクは、もう亜左子の表情と合わない。人にふと永遠を思わせる厳しい色合いを持ち、はっきりとした輪郭を着る人の身体に描き出すだろうこの生地こそが、今の亜左子によく似合うだろうと緑は思った。

そうだ。三木さんにも美しいドレスの一枚を贈ろう。緑は心に呟いた。三木さんも美しいドレスにふさわしい。緑は立ちあがると、積み上げられた生地の山から公子のためにふさわしい生地を心をこめて選んだ。緑がやがて取り出したのは、夏向きの薄いコバルト色の生地であった。それは公子に似つかわしい淋しい色合いでありながら、その底に宥和的な静かさを沈ませていた。

あの人だって美しくならなくては。緑は呟いた。ああいうことを生き延びたあとでは、あの人にも美しさが必要なのだ。そういう風に自分にふさわしい美しさを味方にすることで、人間は随分と色々のことに耐えて行けるようになるのだ。

緑はその二種類の生地を持ち帰るように包ませると、改めて自分の仕事に向った。そうしていつもと変わりのない日常的な仕事に自分を集中して行くと、緑は次第に、いつもの有能なデザイナーである下之条緑に帰って行くのであった。

緑がデパートでの仕事を済ませ、二つの生地をかかえて六本木の店に戻ったのは、七時半を過ぎていた。店は閉まっている時間だった。木曜はデパートではなく、店の方へ出ることになっている亜左子も、もう住いに戻って夕食の仕度をしているはずであった。だが緑が裏口へまわり、住いへの入口のベルを鳴らした時、出てくる人影はなかった。

緑はハンドバッグから鍵を取り出し、自分で扉を明け、階段を昇った。中は静かだった。不安が緑の胸に拡がった。

いや、ちょっと買物へでも行っているのだろう。緑は自分に言いきかせて、寝室へ行った。そして生地の包みをベッドの上に置くと、カーテンと窓を明け、レースのカーテンだけを引いた暗がりの中で、じっとりと汗ばんだ身体から窮屈な衣類を一枚一枚はがして行った。その時、きれいに作ってあるベッドの枕のあたりに一通の白い封筒が置いてあるのが見えた。ぼんやりと明るい夏の宵闇の中で、その白い小さな角封筒は生命あるものの如く鮮かに浮かび上っていた。

14

亜左子の手紙

もう夜中の二時だって言うのに先生は帰ってこない。亜左子は眼を赤く泣き腫して、窓から暗い外を見ています。夕方先生が出て行ってからずっと一人ぼっち。亜左子は一人でお店を仕舞い、一人でお食事の用意をし、一人で食べ、一人で後始末をして、一人でお部屋に坐っていました。少しでも気をまぎらわせようと思ってテレビをつけ、その前でまた一人で坐っていました。テレビで何か可笑しいことを言ったので、つられて笑って、気がつくとまわりに誰もいない空っぽの部屋で一人ぼっちで笑っていました。急に笑いがそのまま悲しさになって凍りついて涙がこぼれてきました。でもあたりが静かになってしまうのもこわいから、テレビを消す勇気もありませんでした。すると、一人ぼっちの亜左子のまわりで、テレビは流行歌を歌ったり、笑ったり、叫んだり、泣いたり、またコマーシャルソングを歌ったり、一人ぼっちの亜左子を尚更一人ぼっちにして嘲るのです。先生が居る時は、あんなに親切に亜左子を楽しませてくれるテレビなのに。いえ、テレビだけじゃないの。先生が居ないと、どうしてみんな亜左子に不親切なの。机も椅子もベッドも壁もカーテンも、みんな、なんてよそよそしいの。冷たく切り口上な横顔を見せて、私はこんな女の子は知らんよって、みんなで亜左子を突っ放すのです。先生。亜左子はこわい。淋しい。こわい。淋しい。こわいのよ。淋しいのよ。

でも亜左子には判ります。先生はもう亜左子のところへは戻ってこない。今晩だって先生はあの方とご一緒なんです。もう先生は亜左子なんてどうなってもいいのです。先生はあの方とご結婚なさればいいんです。誰だって女は、男の人と結婚することになってるんですもの。

ご免なさい、先生。亜左子は悪い子。だって淋しいんだもの。こわいんだもの。昔からいつだってそうだった。亜左子はいつも淋しがって、いつもこわがっていたの。亜左子のまわりのものは、本棚だって鏡だって電気スタンドだって何だってみんな、冷たい眼で亜左子を見るの。こんな子は知らんぞ。こんな子は知らんぞって。外へ出ると、男の人たちが亜左子を見るの。ちらっ、ちらっ、ちらっと見て、亜左子のお洋服を脱がせて、亜左子の身体を見るの。あんなに胸がふくらんでるな、お尻が丸いなって、じっと見て、判ってるぞ、洋服なんて着てたって判ってるぞって、冷たいけもののような眼で見つめながら囁き合っているの。亜左子は毎日、冷たい視線にさらされて、お洋服の中で冷え切った石になりました。石になれば、いくらお洋服の下まで見られたって平気だわって思いながら。でも、そう思いながら、こわくていつもふるえていたんです。

先生はひどい。ひどいわ。亜左子をまた一人ぼっちにするの。それ位なら、何で始めにあんな優しい眼をなさったの。石になって暮していた亜左子は、先生の優しい眼でやっと女の子の身体に戻れたのに。判ってるわ。亜左子も男の人を探しなさいって仰言るんでしょう。いいわ。町へ出て行って、行きあたりばったりの酒に酔った薄汚ない四十男とホテルへ行っちゃうから。そして、そのいぎたない男の腕に抱きすくめられて、こわいこわいって泣きながら、先生のことを恨みに恨んで、恨み死にします。

亜左子って馬鹿。こんなこと書きながら、少し笑っているのです。もう先生とは会うまいと決心しながら、こんなことを書いていると、まるで眼の前に先生がいらして、先生に甘えて駄々をこねているような気がして、少し楽しくなって笑っちゃっているんです。馬鹿。もう二度と先生のお顔を見ることはないかも知れないのに。馬鹿、馬鹿、亜左子の馬鹿。もう最後だ。これがお別れの手紙だと知っていながら、お手紙を書いていると、そのことで少し楽しくなってしまう。人間って、何て馬鹿なものなの。何てしようのないものなの。

でも信じられない。あの先生の優しい眼を見ることも、もうないなんて。先生のおそばで亜左子は仕合せだったわ。今思い出して泣きたい位。いいえ、もうぽろぽろ泣いています。先生の眼はいつも暖かかったわ。先生のおそばにいれば、いつも安心でした。石になった亜左子が暖かい血の流れる女の子に戻れたのです。先生のそばでなら、お仕事のお手伝いをしていても、お食事の仕度をしていても、テレビを見ていても、先生が疲れてお休みになるのをそばで黙ってじっと見ていても、亜左子は何をしてても、いつも安心で楽しかったのです。

でも、いけない亜左子。判ってますわ。そんなの、みんな亜左子の自己愛だったんです。先生のお邪魔してはいけないんです。さようなら、先生。亜左子はまた一人ぼっちでこわい淋しい世の中へ出て行きます。まわりの壁が、天井が亜左子を冷たく見おろしています。こわい。淋しい。でも仕方ないわ。亜左子はまた石になります。先生に郷里の家のお墓のこと、話したことあったかしら。川っぷちの湿地で、三月になって雪が解けると、冷たい水がお墓の土台をひたひたって浸すんです。

亜左子

先生へ

追記

いまベルが鳴りました。先生かと思って、飛んで出ると、――亜左子って、何て馬鹿。もう先生のお顔は見るまいって決心したばかりだのに――、この間のあの女の方でした。三木公子さん。

でも亜左子、意地悪なんかしませんでした。あの方はとても悲しそうな顔をしていました。先生がいらっしゃらないときいて、あの方のやつれた頰の翳がすうっと暗くなりました。それを見て亜左子の心の中で悲しさが、また二倍にも三倍にもなりながら、くるくるとまわりました。亜左子はあの方に上って頂いて、居間のソファーにベッドをつくって差上げました。あの方の悲しさと亜左子の悲しさが混じり合ったら、亜左子の意地悪なんか消えてしまったのです。でもあの方はお休みにはならないで、お隣りで先生へのお手紙を書いていらっしゃいます。さっき扉の隙間からそっとのぞいてみたら、あの方はスタンドを前にして頰杖をしていらっしゃいました。その横顔が本当に悲しそうでした。それは、今鏡に映っている亜左子の悲しい顔と同じ位、悲しい顔でした。

公子の手紙

人間が自らを知るのは、こんなにもむつかしいことなのでしょうか。いつか一度は、身も心も休めるため、自分のすべてを語るためにここに戻ってくると書き残したのは、わずか一日前のことでした。しかし、自らのすべてとは何かについて、私はあの時何ほどのことを知っていたのでしょうか。

私はただ一日の休息を願って、ここに来ました。お留守であるのならば、その願いを充たすことなく再び私の戦線へ戻って行かねばなりません。が、それがかなえられぬことが一体何でしょう。私は東京のこの一隅に、一日の休息を願うことができたのです。私が願いえたというその心の真実に比べれば、今お会いすることなく再び出て行かねばならぬことなど、一体どれほどの意味を持ちえましょう。

そうなのです。自分が如何にもろい人間であるかを知ったことなど、どれほどの意味がありましょう。真実はただ、すべての人が自らの心の声に深く耳を傾けるところにだけあります。自分一個の誤ち、迷い、欲望——、そうしたものが一体何でしょう。それらがただ、自分一個の偶然的なものに過ぎず、やがて捨て去られねばならないものであることを知るためには、人はひたすら自らの内なる声をきくのみでいいのです。それのみが真実なのです。

あのパーティの夜、何故か自分の周囲の人々への強い疑惑が私をとらえました。あの盗まれた金包みが今どこにあるのか、私は知りません。しかし、その疑惑に突き動かされて、私もあの金包みを自分の手に隠そうとしたのでした。何故私は人々を信頼できなかったのか。瞞《だま》されても信頼できなかったのか。信頼だけが信頼に耐えられる人々をつくり出すのだと語る自分の心を信じないで、一体何を、この小さな私がしようとしていたのでしょうか。あれからこの一週間、様々なことが起きました。手紙では書くことができず、信頼する人の前でその手を握り、その膝に顔を伏せてはじめて告白しうる事柄があることを、私はこの身に知りました。

しかし、それらすべては、一瞬私の心を横切ったあの疑惑の必然的結果にしか過ぎなかったのです。それらすべてのおぞましい事柄が、この世界で一体何でありえましょう。また、それを、貴女の膝の上で告白することができなかったことも、何ほどの意味を持ちましょう。すべては、私という一個人の身に起きた偶然的なことに過ぎないのです。必然的なるものは、すべての人々の心がその静かな深みにおいてみな等しく語ることのみです。そうした共通なものが、人々の心には確かにあるのです。なければならないのです。だからこそ、人は、あらゆる経験ののちにも、なお生きつづけることができるのです。

私の心が、もう行くべき時だと告げています。夜が明けてきました。明日は東アジア条約反対のデモが予定されています。それは、戦争に反対する私たち人民同盟の総力を挙げた闘いになるでしょう。私は右足の不具の故、まだデモに参加したことはありません。いつも常に計画し連絡をとり、準備をととのえ、そして人々をデモへ送り出す側でした。しかし明日は、初めてこの不自由な足で自分も歩きます。すべての疑惑を捨て、左右に歩く人々が力を合わせて私を支えてくれることを信じて、歩き出します。この小さな不具の私さえもが、人々を信ずることによって歩き出すことができる――そう自分の身で一度知りうるならば、そのあと激しいデモの中で何が起きようとも、弱い私の心もそれを怖れることはもうないでしょう。私の心は、今は歩き出すべき時だと語っています。

下之条緑様

三木公子

二通の手紙を読み終えた緑はそのままベッドの上に横たわると、長い間黙って天井を見ていた。彼女の頬を涙が濡らし、電燈の光がそこに白く光った。暫くして緑は起き上ると、ベッドの上に置いてあった生地の包みをとり、それをゆっくりと開いた。そして美しい二枚の生地を膝の上に拡げ、また長い間それを茫然と眺めていた。やがて緑は立ち上り、その二枚の生地を持って階下の店へおりると、引出しから使い慣れた裁ち鋏を取り出して仕事机の前に立った。緑は、そこに立って、今この二枚の生地を裁ちたいと思った。亜左子と公子のために裁ちたいと思った。二人の美しい装いのために裁ちたいと思った。デザイナーとなってからの緑は、自分で生地を裁つことは、普通にはないことであった。だが緑は、二人の美しさのために自らの手で裁ちたいと思った。型紙もなく寸法すらなしに裁つことは不可能であった。だが緑は裁ちたいと思った。

緑は、亜左子と公子の二人のいずれもが、もう決して自分のところへは戻らぬことを予感していた。戻ったとしても、その時は最早今の亜左子ではなく、今の公子ではないことを知っていた。だが、それだからこそ、緑は二人のために裁ちたいと思った。二人がそれぞれの仕方で、自分もまたこの生を知らねばならぬことを知り、そしてそれぞれの仕方で、各自、自分の生の中へ歩んで行こうとする今、緑はそれらすべてが避けることのできないことであったと知ればこそ、自分の手でその悲しみと苦闘の中にある二人の美しい装いを裁ちたかった。自分の心に浮かぶ美しい装いの想いを自分の手で現実の生地のうちに裁ち、人間の生きる悲惨さを美しさに化したかった。緑は亜左子にと定めた生地を手にとると、心をこらしてじっと亜左子の姿を思い浮かべた。緑はただひたすら亜左子の可憐な肢体にその思いを集めた。緑の祈りにも似た思いの中に、亜左子の姿が次第に手にふれられるような確かさで現われてきた。緑はその姿にじっと心を沈めながら、最初のひと裁ちを生地に入れた。そのあと、かつて裁ち縫うことに明け暮れた緑の手は、自らの想いの中に立つ亜左子と公子の姿に合わせながら、殆ど本能的に裁ち、かつ縫って行った。そして、その夜が白々と明ける頃、六本木の下之条緑の店の仕事場には、決して着る主を持たないであろう二着の美しいサマーワンピースが、ほんのおよそではあったが、ともかくも縫い上げられて、六月二十日金曜日、空前のデモ隊を迎えるであろう東京の初夏の日の明るい陽光を待っていたのだった。

終章　未完の大団円

1

同じ金曜日の朝は、大学の構内にあるバラック建ての二階、狭く乱雑な『大学の旗』編集室にも明けて行った。片隅にある半ばつぶれたような古いソファーには豊田豪次が眠っていた。彼の肉のよくついた顔は眠りのために安いハムのかたまりのように赤らみ、不精ひげの生えた顎は汚れた唾液に濡れてガラス窓から入ってくる朝の白い光にひかっていたが、しかし彼の深いどっしりとした眠りは、たとえジェット機が軒先をかすめても妨げられそうにもなかった。それは、やがて自分が目覚めた時なすべきことは何かを知っている人種、あの行動に生まれついた人間たちに特有な眠りであった。

ソファーとは反対側に狭い事務椅子を四つ並べて、その上でうつらうつらしていた鶴木康吉は、外のかすかな物音に浅い眠りを覚まされた。大学の壁の外を牛乳を運ぶ自転車が通り過ぎて行ったようであった。窮屈な姿勢のために肩も腕もこわばっていた。横になっている康吉のすぐ眼の前には武骨で太い事務机の脚があった。暫くそのままの姿勢でその黒ずんだ脚をぼんやり見ていると、次第に昨夜からのことが彼の意識に思い出されてきた。彼はそっと立ち上って、硬くなっている肩や手足を少しずつ動かしてみた。

大学の中はまだ眠っていた。本館の前の巨大なけやきの群れ葉を通して、六月の朝の光線が斜めに人気のない広い石畳を照らしていた。

無意味なことだ。康吉は思った。徹底的に無意味なことだ、今、俺がここにいるということは。あのパーティの夜以来この一週間俺がしてきたこと、そして、今、この俺とは何の縁もゆかりもない『大学の旗』の編集室の一室で窓の外をぼんやりと見ながら強ばった身体をさすっているということ、いや、ここ何年来俺が生きていたということ、それはみんな徹底的に無意味なことだ。俺はいつまでこうやって無意味に生きて行くのか。そして、いつかそれが無意味でなくなる日は来るのか。

彼はふり返って、ソファーの上の豊田豪次を見た。豪次は眼を閉じ、ぼってりした横顔をこちらに見せて、ゆっくり大きく息をしながら、泥沼の中に沈み込んだ重い大きな石のように、自分の眠りの中にまだしっかりと沈み込んでいた。

康吉は窓の外の広い石畳に目を戻した。本館前の玄関の階段に、昨日のビラが一、二枚落ちている。

あと四、五時間もすれば、この広場は数千人の学生で充たされることになるだろうと、康吉は考えた。都内の他の大学でも、同じように学生たちが集まってくる。その数は何万人にもなるだろう。しかし、そのうちの何人が今、この俺の後に眠る男のようなしっかりした眠りを眠っているのだろうか。

生きていることの無意味さ。人間の生きていることの無意味さ。その無意味さには誰もがさらされない訳には行かない。今日のデモのために朝の一刻をまだ眠り続ける何万の学生たちの眠りも、その無意味さにさらされない訳に行かない。彼らの多くが今眠る眠りはそれ故に浅い苦しい眠りだろう。その浅い眠りのうちに、あるものは今日の危険なデモのもたらすだろう興奮と昂揚の予感にうなされ、あるものは振り下ろされる警官の警棒に自分の献身が意味づけられる瞬間を悪夢の中で体験する。だが、この男の眠りだけは、その無意味さには何一つ妨げられることなく、ただ眠り自体を徹底的に深く眠っている。この男の眠りは、既に存在と化してしまっている。

政治的人間――。康吉は呟いた。その呟きには、非難の意味も、肯定の意味も、羨望の意味もなかった。それはただ、豊田豪次という人間の存在様式の確かさに対する驚嘆の呟きであった。昨夜、康吉は、その存在様式の一端を、はっきりと見せられたのだった。

2

昨日、康吉が豊田豪次にあのパーティの夜以来はじめて再会したのは、浅川勇太に導かれてであった。康吉は昨日緑と別れたあと短大での講義を済ますと、午後ホテル・スパルタカスに舞い戻った。それは、謎につつまれたパーティ売上金の行方を、あるいは勇太が知っているかも知れないと思ったからでもあった。売上金の行方が彼に何程の関係もある訳はないにせよ、その時彼の脳裡に焼きついたあの三木公子の姿は、康吉にそれを探すことを強いた。しかし、その時康吉をもっと強く動かしていた力は、それよりもまずその当の三木公子の行方を気遣う心だった、元より勇太にたずねて公子の居所が判るだろうという当てがあった訳ではない。だが康吉はそのために何かせずにはいられない気持だった。公子が既に緑の留守をたずねて、空しく帰ったことを知らぬ康吉は、その日一日、痛ましく傷ついた公子を見出して下之条緑にゆだねたい、公子が再び立ち上るための休息の時間を、緑の許で過ごせるようにしたいと、思い続けていた。

前夜、緑との会話に衝撃を受けた康吉は、自分が公子のために心配するのは殆ど傲慢に近いことを、ひそかに感じていた。彼がもし本当に心ひかれるのが、亜左子の影であるのなら、まず亜左子をこそ追い求めるべきなのだ。それがどんなに危険なことであれ、もし自分の心がそれを欲するのなら、亜左子に傾く自分の情念に身をまかせ、そのことによって、一度は、重猛がひたすら執着する人間内部の欲望の原生林を、自分自身で深く窮め知ってみるべきなのだ。それを我が身に知らないでは、重猛と公子の対決をどんなに間近に見、どんなに公子のために心を痛めようとも、所詮、二人の対立とは無縁な人間にしか過ぎない。だが、そのことを知りながらも、康吉はなお、公子の行方を追い求めずにはいられなかった。

康吉がホテル・スパルタカスについた時、浅川勇太は折よくそこにいた。応接間風の一室で待つ程もなく、勇太は康吉の前ににこやかに笑いながら現われると、いきなり待ち構えていたかのように話しかけた。

「ああよく来たねえ、鶴木さん。でも昨日はひどいよ。何故言ってくれなかった。飯森先生、放っといたら死んでしまうところじゃないか」

言われて初めて、康吉は倒れた飯森重猛のことを思い出した。だが、勇太は康吉に口をはさむ隙も与えずすぐ続けた。

「いいよ、いいよ。そりゃあ、あの先生、死んでもいい人かも知れんものね。信じて欲しいよ。私は飯森先生が何をするか、少しも知らなかったのよ。ただ部屋貸してくれ、あんたたち案内してくれって言うから、そうしただけだね。あの三木さんが細い腕で撲ったの、当然だよ。でもね、やっぱり、私のところで死なれたら困るね。私はゲジゲジと警察はきらいだよ」

康吉は公子の名を聞いて、一瞬息苦しいほどの感情の激動に襲われた。康吉は勇太の思い違いを訂正はしなかった。勇太の言う通り、重猛は公子に撲られても当然であった。前日、夜の町に消え去った公子の姿、公子の抱懐する人間の正しさについての観念の烈しさが、彼の心を揺さぶった。だが勇太はそうした康吉には構わず、言葉をついだ。「でも、いいよ。大した傷じゃなかったよ。風呂場で滑ったことにして、知合いのお医者のところに寝かせてあるよ。馬鹿げたことだね。人間のすることって、みな馬鹿げたことだね」

「三木さんがどこにいるのか」康吉は、突然口を開いた。「知っていたら教えて欲しいんだ」

勇太は康吉の唐突な言葉に一瞬驚いた表情だった。

「三木さんはどこにいるかね——。知らないよ。あんなに逃げ出さなくたって、私のところに来れば休む所も食べるものも、必要なら隠れ場所だって、何だって上げるのにだね。みんな、おたくたちのことで、私は知らないね」

「そんなら何で」康吉は苛立った。「あんたは『大学の旗』のことなんかに口をはさむんだ。あんたが飯森と組んでしようとしたことは一体何なのだ」

「それはもうあの晩言ったね」勇太は少しもたじろがず、ゆっくり答えた。「飯森先生には飯森先生の思惑があろうね。でも私は知らないね。私には私の理由があるよ。私は学生さんたちが好きだね。三木さんも、坂上さんも、豊田さんも、好きだね。それが理由だね。それ以上のことは、おたくたちのことも飯森先生のことも、私の頭の蠅ではないね」

「そんなはずはない」康吉は言い返した。「飯森の思惑は判る。だが、あんたの思惑は何なのだ。何の目的もなしに割の合わない広告を出すほどお人よしではないはずだ」

「鶴木さん。おたくは変わらないねえ。十年前とそっくりだ」

康吉の心を驚きが走った。浅川勇太は、かつて留津の英として一度見た康吉を覚えていたのだ。勇太は、康吉の驚きを楽しむようににやにやと笑いながら、言葉を続けた。

「私はね、一度会った人は忘れないよ。ましてやおたくみたいに、変にむきになる人は尚更だ。おたくは何かに夢中になると、そのまわりのことが判んなくなってしまう。昔のままだよ。それはことによったら、本当に夢中になることがなくて、一生懸命、夢中になることにしているからかも知れないね。人間、無意識のうちに馬鹿げたことをしている時は、案外突拍子もなく間違ったりはしないものだよ——。そりゃ、おたくの言う通り、私には私の思惑があるね。それがあることを隠したことは一度もないね。おたくが知りたけりゃ、教えて上げてもいいさ。世の中には金があって、あり過ぎて、色事にもあきてしまった可哀相なお年寄り連中がいるのだよ。例えば飯森先生のお知合いのお偉方などにね。連中が次にしたがるのは、ひとを見ることだね。それも商売人にあきると素人がよくなり、それもあきると、自分の娘のような女子学生がよくなる。あんなの、味もそっけもなくてどこがいいのかと思うけど、それを見たがる連中がいるってのは事実だよ。そのためには金に糸目をつけないね。自分でするよりずっと高い金を払うのだよ。私には判んないんだがね。人間って奇妙なもんだよ。もっとも連中、汗水たらして稼いだ金じゃなしね。名刺一枚出して、その端にちょろちょろって紹介状を書けば、それで軽く何万円、何十万円って奴らだからね。結構出し渋って文句は言うけど、結局は随分高い金を払うよ。だからあの広告代ぐらい何でもないね。だがだね、私は何もそんな吝《けち》な金のために、奴らにそんなサーヴィスするのじゃないね。金もいいさ。だがそれよりも、私はそれで奴らの首ねっこを押えてるのさ。私の本職は土建業だからね。私みたいなちっぽけな土建屋には、そういうコネは大事なのさ。うちもそのうちにはダムの工事位出来る大手になってみせるね。だがね。もう一度、だが、だけどね。だからと言って、私が三木さんや豊田さんを好きだってのも嘘じゃないね。本当に、心の底から、みんなの役に立ちたいと思っているのだよ。欲も得もなく好きだとは言わないよ。だけどね、欲も得もある中で、私はあの学生さんたちが好きなのだよ。人間が何かをするってのは、みんな欲も得もある中でだよ。だけど、だからって、そのことが嘘になる訳じゃないね」

　勇太はちょっと言葉を切ると、黙り込んでしまった康吉の方に好意のまじった嘲りの笑いを向けて言った。

「おたくの役にも立ちたいと思うよ。昔からのつき合いだしね。私はおたくが三木さんに会ってどうなるのか知らないね。三木さんはおたくに会う必要なんか少しもないと思うよ。けれどおたくが会いたいというのなら、居所を知ってさえいりゃ、お役に立ちたいよ。だけど、私は知らないのだよ。飯森先生や豊田さんやおたくたちのことも、本当に何も知らないのだよ。私の知ってるのは、三木さんが探していたあのパーティの売上金を隠したのが、豊田さんだってことだけだね。それも、知っているんじゃないよ。私がそう思うだけだね。だけど、それは確かだね。あの人だけだよ、金を隠す度胸があるのは。私はそう思うね。だけど、おたくが自分で会って確かめるといいね。あの人は夜遅くなれば多分大学だよ。新聞の部屋に泊っているらしいね。帰っていそうな時間になれば私が案内するよ。ことによったら三木さんの行方も知っているかも知れないね。まあ、それまで一休みして、ビールでもやっていてほしいね」

「あっは、鶴木先生のご到来か」

『大学の旗』編集室にひとりで腕まくりして電話機を摑んでいた豊田豪次は、勇太に連れてこられた康吉の顔を見ると親しげな嘲笑をあびせながら早速にまくし立てた。

「まあ、ゆっくり坐ってくれと言いたいが、ご覧の通りの散らかり様だ。勝手に片付けて、腰を下ろすところを見つけてくれ。俺はまだ二、三本電話をかけねばならない。何しろ明日のデモはメーデー事件以来の嵐を呼ぶのだ。如何に俺が孤独を好もうとも、電話まで放り出す訳には行かないからな」

浅川勇太は豪次のいるのを確かめると、何やら紙包みを豪次の手に押しつけて、すぐ康吉を送ってきた自分の大きなもぐらのような車へ戻って行った。

「おーい、おっさん、ありがとう」

豪次は窓から紙包みをハンカチのように振りながらその勇太に叫んだ。

「いや、まったく可笑しなおっさんさ。俺に会うたびに、小遣銭を置いて行く。いつもの晩なら、これで早速お前と飲みに行くところだが、今晩ばかりはそうもなるまい。明日二日酔いで現われたら、ポリ公ばかりか、本部派の連中にも馬鹿にされるからな。だがウィスキー位なら、そこにある。まあ飲んでいてくれ。俺は電話をかけてしまう」

康吉は言われるままにウィスキーを茶呑茶碗で飲みながら豪次を待った。豪次はものの三十分ばかりも送話器を摑みふりまわし、その前でしゃべり怒鳴り笑い叫んでいたが、漸く電話機を離れて康吉の前に坐った。康吉は豪次の前にもウィスキーを注いだ。豪次の顔にも、夜更けの疲れが見えた。

「俺が来たのは三木さんがどこにいるか、知っていたら教えてもらおうと思ってだ」

「三木さん？」豪次は疲れた眼を挙げた。「知らないね。まだ見つからないのか」

「三木さんは盗まれた金を探して行方不明になってるんだ」豪次のそっけない声に康吉はまた

苛立った。

「何だ、お前。折角来たら、文句を言いにか。彼女は行方不明なんぞじゃ、ありゃしない」豪次はいつもの饒舌を突然失って短く答えた。「人間は行方不明になど、なりはしない。お前が彼女の居所を知らない。俺が彼女の居所を知らない。それだけのことさ。本人には自分の居所はよく判っている。ことによったら、一番居るべきところにいるのかも知れない」

「だが彼女はパーティの売上金を探しているのだぞ。それでも君には関係ないのか——」

詰問するような康吉の口調に豪次はまた眼を挙げてじっと康吉を見た。

「——そうか。お前は嗅ぎつけたのか。お前らしからぬいい勘だったな。いや。ああ、そうか。あのおっさんだな、嗅ぎつけたのは。だが、いい、そんなことは誰でも——。そうさ。俺さ、あの金を頂いたのは。お前さんがあの小部屋から出て行ったあとで、新聞紙の札束とすり替えておいたのさ。それが悪いというのか。そうだろう。お前みたいに大学から捨扶持をもらい、それにしがみつき、プチブル道徳の泥沼の中に頭まで浸って、自分で自分の臭気が判らなくなっている奴はな。だがな、金は天下のまわりもの。一番有効に使える奴の手に落ちるのがいいのだ。あの金がなくとも、おっさんの広告代で新聞が出せる以上、何で無駄に使うことがある。——不服そうな顔をしてるな。よし。いい。教えてやろう。そりゃ、あの晩は俺もためらったさ、あの広告を載せるのを。『大学の旗』の将来を考えたのさ。俺はまだ明日の全国一斉のデモと首相官邸突入で国会を解散させ、東アジア条約をぶっつぶせるかも知れないと思っていたからな、あの時は。そうとなりゃ、『大学の旗』は大事に守り育てて、敵に中傷する隙など見せてはならない。俺自身は、あの広告が悪いとは少しも思っちゃいないがな。だからあの晩金は隠したが、一日二日はためらっていたんだ。だがそのあとで判ったんだ。条約はつぶせないってことがだ。畜生！　財界のお偉方と大臣どもの狸と狐の化し合いと肩の叩き合いは今に始まったことじゃないが、この一週間ほど連中の間で電話、会合、鳩首協議ってのが盛んだった時はちとなかったぜ。大臣たちは選挙の心配、警視総監は治安維持の自信なし。だが連中は断乎やりぬく決心を固めたらしいぜ。日曜日には極秘会談で、最悪の時は国防隊出動と決めやがったんだ。俺の情報網から、それが聞えてきた。何も国防隊がこわいんじゃない。国防隊を奴らが出すのは、奴らが東アジア条約っていう当面の破局を強行突破して、体制全体の崩壊へ突進するだけだってことさ。だが、しかしだな。国防隊を出すだけの決心を奴らがした以上、残念ながら当面の東アジア条約はつぶせない。と判れば『大学の旗』の将来なんてもう糞食らえだ。何故と言って、それはつまり我が人民同盟はつぶれ、『大学の旗』もつぶれるってことなんだからな。——勿論、明日のデモも官邸突入も予定通りさ。革命の前には血の日曜日が必要なんだ。各地で騒乱と弾圧。発砲。国防隊の出動。俺たちはそれに勝つ程にはまだ強くない。鎮圧されるだろう。血も流れるだろう。そして、連中が遂に国防隊を出動させてくること、流血なしには俺たちをとどめえないことにこそ、明日の意味があるんだ。だが、我が人民同盟はその時歴史的役割を果たし終えて、残念ながら崩壊する。何故と言って、我が同盟は反人民党本部ということと、当面の闘争のために集合している一時的連合に過ぎないからな。たとえ一応のものにせよ敗北を喫すれば、その連合を結びつけているものは解けてしまう。そして、それはそれでいいんだ。それを止めようはない。必要なのは、恋々と一つの組織にしがみついて、それをおセンチな同窓会にしてしまうことではなくて、それが崩壊する以前の今において、既にその次のことを考えておくことだ。つまり、この闘争の敗北と人民同盟の崩壊のあと、再び闘い続ける組織をつくることなのだ。この闘争の経験を蓄積して、新しい力に転化できる組織をつくることなのだ。そして、いいか。今そのところまで考えているのは、多分俺ひとりなのだ。国防隊出動の情報を正確に摑んでいるのも俺ひとりなのだ。としたら、その俺には誰よりも、その新しい組織を用意する神聖な義務がある。敗北したあと、その混乱の中で金切声を挙げても始まらないのだ。今既に用意しなければならない。新しい組織が呑み込む金も用意しなければならない。あのパーティの売上金も、『大学の旗』の当面の必要が広告でしのげるなら、その新しい同盟のための資金にまわして、何の悪いことがあるんだ——」

「——へん。お前のプチブル道徳からすりゃ、何故同志を瞞してるんだって言いたいんだろう。ああ、瞞しているさ。俺は、奴ら親愛なる同志たちも人間だと知っていて、奴らを人間として信頼していればこそ瞞しているんだ。俺は奴らを愛しているんだ。坂上も『大学の旗』の聖女さんも、その他の若い学生たちもね。——俺があの金を隠したことが判ったら、必ずいきり立つ奴が出てくる。いや、いきり立つ奴はいい。そうじゃなくて、これ幸いと足をひっぱる奴も出てくる。俺と俺のつくる新しい組織の足をだな。だが今一番肝要なのは、闘い続けるための組織を用意することなのだ。俺としては——、俺、豊田豪次個人としては、まったく心痛むことよ。あの若い連中をあざむいて、ありもしない金を探させるなんて。だが、運動のためには必要なんだ、それが。そして、俺は連中を愛しかつ信頼してればこそ、そういうことができるんだ。へん。判るか。ここのところが。つまり、俺は連中を信頼していればこそ、連中をいたわる必要がないのよ。政治はお涙頂戴じゃない。そして連中はお涙頂戴でない政治に堪えることができるんだ。そういう連中だってことを、俺は信頼しているのよ。何も一人一人おしめの面倒まで見てやんなきゃなんない連中じゃない。連中は俺に瞞されている。結構じゃなかろうか。いつか瞞されていたことに気づくにせよ、気づかぬにせよ、連中は自分の行くべき道を知っているよ。お前の心配する聖女さんだってそうさ。どこの道端でこもをかぶって寝ているか知らないが、たとえ売女になったって、それが彼女の道よ。彼女は聖女よ。お前なんぞの心配する幕じゃないさ。プチブル学者さん。連中が本当のことを知ったら、俺を憎悪するかも知れない。あるいは俺を尊敬するかも知れない。あるいは俺を愛し始めるかも知れない。が、そんなことはみんな、どうでもいいことよ。俺ひとりがどう思われるかなんぞには何の意味もありはしない。求めらるべきはただ不屈なる闘い、不断の闘い、容赦なき闘いよ」

3

六月二十日金曜日午前九時。初夏の太陽が濃い緑に反射する国会首相官邸周辺に、この日のデモの第一陣である青年労働者たちが現われ始めた。内閣打倒、東アジア条約反対のプラカードが、周辺地区の小広場に揺れ、徒歩で、交通機関で、人々の群れが都心を目指して移動を始めていた。同じ時刻、川崎、江東の工場地帯の数十の高い煙突から、突然、長い赤の垂れ幕が下がった。

「ブルジョア軍事政府打倒のため即刻の直接行動を。革命主義者団」

デモ隊は、革命主義者団とは何かといぶかりながら、各地の煙突の上に坐る若ものに声援と拍手を送って通り過ぎた。その煙突の上の若ものたちの中には、一週間前のパーティに不審な姿を見せたあの黒いシャツの学生たちの姿も見えた。

午前十時。国会首相官邸周辺は労組のデモ隊で半ば埋まり、条約反対、内閣打倒の叫び声が石造りの建物の奥にまでとどき始めた。都内各大学からは、学生たちのデモ隊が移動を始めた。蛇行、渦巻デモが始まり、急行した機動隊との間に早くも小競合が始まった。各地の煙突の垂れ幕は、附近のデモ隊の援護と、煙突の上に坐る若ものの危険な抵抗に守られて、初夏の風にはためきつづけた。

午前十一時。国会首相官邸周辺はまったくデモ隊で埋まり、学生たちは坐りこみを始めた。共闘会議は先着の労組デモ隊を銀座に送り、両手を拡げたフランス式デモで日本橋方向へ向けて進ませることを提案した。「我々の歌声を銀座一杯に拡がらせるのだ」と、議長は叫んだ。「反対!」と人民同盟派の学生が叫びかえした。警官隊の増援部隊は都心に集まり、手薄になった周辺地区では、革命主義者団の垂れ幕が青空に赤い何条もの流れとなっていた。

午前十一時半。国会首相官邸一帯は、すべて通行禁止になった。附近の道路は大型トラックと装甲車で遮断され、交通機関は途絶。地下鉄は附近三駅無停車運行になった。しかし人民同盟派の学生たちはそれ以前に、あるものは隊列を組んで、あるものはデモ隊を一応解散して個々の通行人として、既に官邸一帯に集まっていた。共闘会議は警官隊と交渉して出口を開けさせ、そこからデモ隊を他の地域に分散させはじめた。学生たちは「帰るな! 帰るな!」の叫びをくり返した。周辺地区の垂れ幕は依然として「ブルジョア軍事政府打倒のため即刻の直接行動を」という言葉を工場街の空になびかせた。

午後零時。学生の一群が首相官邸前のバリケードを破って、玄関前の広場に突入、警棒をふり上げる警官隊との間で乱闘となった。それに続こうとしたデモ隊の中へ周囲の警官隊が突入、石つぶてと催涙ガス弾との応酬、威嚇射撃の銃声が響いた。テレビとラジオは、暴力に屈せず法に基づいて自らの所信を貫くという首相声明、国防隊に出動準備を要請したという官房長官談話、そして、混乱のうちにデモ隊に一人の死者と数百の重傷者が出た模様であると伝えた。

その日、大学は殆ど休校同然となった。学生の持ってきていたラジオで衝突のニュースを聞いた康吉は、副手に研究室の留守番を頼むと、胸の中の不安に追いやられるように町に出た。大学の近辺の町は一見普段通りの生活に充たされているかのようであったが、飲食店のテレビの前に坐る客たち、家の中から流れるラジオに耳をすませる通行人たちの表情には、異様な興奮と緊張があった。

康吉はタクシーを拾って、都心へ急いだ。しかし道路は既に赤坂見附、溜池の線で固く遮断されていた。康吉は車を溜池から六本木の緑の店に急がせた。

緑は店を閉じ、寝不足の眼を血走らせて、テレビの前に坐っていた。康吉を見ると、黙って彼もテレビの前に坐らせ、公子と亜左子の二通の手紙を渡した。

康吉が二通の手紙を読む間も、テレビは国会首相官邸周辺の模様を写し出した。乱闘で血みどろになった学生たちは、官邸玄関の小広場に、玄関と向い合い、塀を背にしてスクラムを組んでいる。玄関前は警官隊の厚い人垣で守られ、装甲車のスピーカーが解散警告をくりかえし、その間を白い救急車がひっきりなしに出入りした。

「もう十分間の猶予を与えます。その間におとなしく解散して、家へ帰りなさい。法律で禁止されていることをするのではない。学生は学生らしく、おとなしく解散しなさい」

装甲車の指揮官の声が教訓を与えるかのように響くのが、テレビを通して聞えた。ヘリコプターの影が画面をかすめ、官邸の太い木の枝が一本、根元から折れて垂れ下がっていた。

亜左子の手紙を読み、公子の手紙を読み、康吉はその二通の手紙の強烈な印象に心を奪われ、茫然としていたのであろうか。突然、隣りの緑が叫び声を挙げた時、それが何の叫びか判らなかった。緑は一度短く叫んだのみで、もう言葉を発せずに、ただテレビの画面を指さしていた。見ると、緑の指さす画面の下部には、白い字幕が左から右へ流れて行くのだった。康吉はそれを読みとれなかった。だが、それはすぐくりかえされた。

「ニュース速報。先に死亡を確認されたデモ隊の女子学生は、三木公子さん（二一）と判明。重傷者氏名は目下調査中。ニュース速報終り」

康吉は六本木の緑の店を飛び出すと、騒然とした町の中をあてもなく歩き続けた。

何と馬鹿げたことだ。不具の足を引きずって、デモに参加するなんて。馬鹿げたこと。馬鹿げたことだ。だが、しかし、何と確かなことか、それは。康吉の心には、つい二週間程前、パーティ券を売りにきた時の公子、そして、その細い足を引きずって立ち去る後姿がちらついた。あの後姿には、既にある決意が見えていた。あれは、馬鹿げたことをも敢えてしようという決意だったに違いない。だから、彼女の姿は、いつもあんなに確かに見えたのだ。いつもそこに存在していたのだ。

俺のこの一週間、一ケ月、一年間、十年間。その無意味さ。不確かさ。大学での仕事、祐子との情事、あのパーティの夜の惑乱。そのあとの一週間の不安な彷徨。そのすべての無意味さ。曖昧さ。公子の生活もまた同じ生の無意味さにさらされていながら、その無意味さの中から、あんなにも確かな生をつくり出した。俺が三木公子を助けようとしたことは、何という思い上りだったただろうか。あの確かさを持った人間が、誰の助けを必要としただろうか。

自分の頭の蠅を追え——。勇太の嘲笑が康吉の心に響いた。

不意に康吉の心を、亜左子の影がかすめた。亜左子は、今、この広い東京の何処をさまよっているのか。石になって、どこかの路地にうずくまる亜左子の姿が、康吉の心に浮かんだ。

なおも、あてなく歩き続ける康吉の心のなかで、亜左子の姿と公子の姿が交錯した。緑からベッドを代るように言われ、眼を伏せて逃げるように彼の脇をすり抜けて行った亜左子が思い出された。パーティの夜、自分は踊らずに、じっと人々の踊る姿を見ていた公子の様子が思わ
れた。康吉は涙を流したいと思った。だが、彼の眼は妙に乾き、頬は渋紙のように突っぱった。

同じ頃、東京の周辺地区では、方々の兵器工場で時限火焔瓶から火の手が上り、消防自動車がサイレンを響かせて急行し、それを遙か下に見下ろす高い煙突の上には、二日でも三日でも動くまいとの決意を見せた若ものたちがなおも坐りつづけ、そして、彼らの足元には、「ブルジョア軍事政府打倒のため即刻の直接行動を」という赤い垂れ幕が、初夏の明るい空を背景に、まるで忘れ去られたかのように、はためき続けていた。

あとがき

私は今まで、自分の小説を本にする時、あとがきはつけないことを原則としてきた。つけた場合でも、本来ならば扉の裏にでも記すべき、初出等に関する簡単なメモにとどめていた。それは、小説は小説であって、それだけで独立したものであり、それ以上の、小説にまつわる様々な事柄は、小説にとって余計なものだと考えていたからである。

その考えは、今でも、根本においては変わらない。自分の小説は、小説として、よかれ悪しかれ、それ自体で、読んでもらいたいというのが、小説書きとしての私の願いである。ただ、もし小説についての私の考え方、というよりは、感じ方が最近少し変わってきたとすれば、それは、小説がやはり人間によって書かれ、人間によって読まれるものである以上、小説は小説であるという原則は原則として、その端っこのところでは、曖昧に人間の生活につながってきてしまうということを、認める気になってきたことである。小説もまた、詩や絵画、あるいは音楽などと同じように、独立した芸術作品であり、それ自体の内部からのみ理解さるべきであるというのが原則であるけれども、その原則を厳密に遂行しようとすると、小説の場合、詩、絵画、音楽などに比べて、はるかに余剰、あるいは夾雑物が出てしまう。それはおそらく、かの広津和郎の、小説は人生に最も近い芸術であるとの名言どおり、小説が他のどの芸術よりも、人間の俗世間に直接的な関心を抱くものであるせいなのだろう。

私は、自分の小説を、人生に近いにせよ、遠いにせよ、芸術であるなどとは、決して謙遜の意味ではなくて、まったく考えたことがないが、それはともあれ、小説がそうした雑駁なものであるのならば、あとがきという雑駁なものをつけるのも、さして避けるべきことではないと思うようになった。


この小説は、一九六六年一月号から一九六七年七月号まで、雑誌『文學界』に、「そしていつの日か……」という題名で連載されたものを、一九七二年夏から一九七三年夏にかけて、全面的に改稿したものである。改稿にあたって、題名も、そもそもの構想の時の題名「われら戦友たち」に戻した。

この小説の構想を最初に思い浮かべたのは、一九六二年夏、「されど　われらが日々――」を書き終えた直後であった。その一年ほど前に、六二年の夏の終りからドイツへ留学することが決っていたので、私は、三年来中断しつつわずかずつ書きついでいた「されど　われらが日々――」を出発前にともかく完成してしまうことを計画し、そして、私としては異例なことに、丁度出発の約一ケ月前、七月の末に、計画通り、それを完成することができた。ところが、その最後の部分を書いている頃から、新しい人物たちのイメージが、頭のなかにちらちらし始めた。

それは「されど　われらが日々――」の終り方と、文体との、二つの問題に関係する。必ずしも果たされなかった目論見を厚顔にも書きつけるならば、それは次のようなことであった。「されど　われらが日々――」では、様々に登場人物が現われ、その各々が自己の立場を、他者の立場との対比において、鮮明にすることが望まれていたのであるが、しかし最後には、その小説的構造からして、すべてがひとりの視点に収斂されざるをえなかった。それに対し、次の小説では、更に多様な登場人物たちが現われ、彼らの様々な視点から世界が見られ、たとえ主人公らしきものがいても、それは仮のものにしか過ぎず、世界はひとつの視点に収斂されずして、多様性に開いたまま放置さるべきである、というのが、第一の目論見であった。第二のそれは、そのことと密接に関連するが、「されど　われらが日々――」の、書いている本人にはいささか窮屈な文体を捨てて、幾分は出鱈目な文章を書いてみたいということだった。

内容的に言うならば、この時最初に私の頭にあったのは、催眠術対トランプ手品という観念の図式と、政治に関する相対立する幾組かの議論の萌芽と、夏の海でのデンスケ賭博のイメージだったような気がする。私は、これらの観念や議論やイメージを頭のなかで、あれこれとこねまわしながら、暑い八月の東京の町を、渡航手続や準備のために歩きまわっていた。それを実際いつ小説として書くか、留学中のドイツでそれを書くかどうかなどについては、私は何も考えていなかった気がする。出発の数日前、「されど　われらが日々――」を原稿で読んでくれていた親しい友人夫婦の家へ、名残りを惜しみに遊びに行って、新しい小説のことを話し、「われら戦友たち」という題名にしようと思っていると言ったところ、彼がわざわざ台所にいた奥さんに呼びかけ、「おいおい、柴田はまた小説書くんだってさ」と、呆れたような声を出したのを覚えている。

それから二年して、ドイツから帰ってきた時、私が置いて行った「されど　われらが日々――」は、何人かの友人、なかんずく、そのうちのひとりの友人のお蔭で、と言うべきか、それとも、彼に最大限の迷惑をかけつつ、と言うべきか、ともかく芥川賞になっていて、私は『文學界』から、連載小説を書いてみないかという誘いを受けた。そして、それから約一年後、私はこの小説を、『文學界』に連載し始めた。

連載を始めた時、題名を寸前になって変更し、「われら戦友たち」をやめて、「そして　いつの日か……」としたのは、私の不意の弱気のせいであった。この小説は、元来、特定の主人公なしの、あるいは数人の主人公たちを持つべき小説として目論まれていた。「われら戦友たち」という複数形は、それを意味している。ところが連載開始間際になって、一点に凝縮する主人公を持たずに、数人の主人公たちで、一年以上の連載の長丁場を保たせることができるかどうか自信がなくなり、急に、そのうちのひとりの比重を高めようかと考え出した。「そしていつの日か……」は、その主人公ひとりという状態に即した題名なのである。

また、まったく未経験のまま連載を始めてから、はたと気がついたのは、連載では、前回以前の掲載部分を書き直したり、訂正したりすることはできないということであった。これは、私のように、あとの方を書きながら、先に書いたところに始終戻って、あちこち直さずにはいられない書き方をする人間には、大変困ることであった。特に、この小説は一部分、推理小説仕立てのところもあったので、前後を照応させるのは、尚更厄介であった。連載中、『文學界』編集部は、さぞかし、はらはらしたことと思う。

一年七ケ月の連載が終った時、その間、『文學界』を金を出して買っていた人々に対してはまったく申し訳ないことだが、そこにあるのは、明らかに、いまだ未完成の小説であった。そのなかのいくつかの場面——今度改稿されずに残された場面の多く——は、作者にとって、今までの小説のどれよりも愛着の深いものであった。だが削られるべき場面、訂正されるべき場面、そして何よりも、書き加えられるべき場面も多かった。暫くの間を置いてから、全面的に改稿しよう、題名も旧に復そうというのが、連載を終った時の目論見であった。

その目論見は、どうやら遂行された。ただ、「暫くの間」が、いささか長びいて、六年になった。それには、色々の外的事情もあったが、一口に言えば、やはり私の怠惰のせいであった。改稿の第一稿を終った時、十一年前ドイツに行く直前に遊びに行った例の友人に電話して、「われら戦友たち」という題名に戻すんだと言ったところ、彼は、昔、私がその題名を言ったのを覚えていてくれたが、「あの時は、戦友、と言えば、それだけでイロニーが感じられたけれど、今じゃ、何か、ひどくまともに響いちゃうんじゃないかな」と心配してくれた。私も、その点は、同じ危惧を感じるのだが、しかし、本来、十年以上前に、私の脳裡に宿った人物たちを、今、解き放してやるのに、その時に考えた題名以上にいい題名は、思いつかないのである。

何はともあれ、長い間、中途半端につなぎとめておいた、私が心から愛する登場諸人物たちを、今、漸く、私の手から離そうと思う。

私は今まで、あとがきだけではなく、多くの著者が記す編集者への感謝の言葉も書いたことがなかった。それは、そういう感謝の言葉が、一度記されれば、忽ち慣用句、慣習となることを忌むためであるとともに、更にまた、著者がどれほど編集者に感謝するべきことを負っているにせよ、そのことは著者の、いわば私に属することであり、自らの金をもって本を購う読者の前に持ち出すべき事項ではないと考えていたからであった。だが、この点についても、最近私の考えは、少し変わってきたようである。およそ人間の営みが、その端においては、みな曖昧に関係し合い、溶け合っていて、決して十全に明解に切り離しえないものだとするならば、読者の前に、著者の個人的気持が洩れたとしても、さほど咎むべきことでもないだろう。

この小説が本になるまでには、文藝春秋社の多くの編集者に御迷惑をかけた。なかでも、松成武治氏は、連載を始めた時、『文學界』にあってお世話下さった担当編集者であったが、また、今度は、出版局の担当編集者として、私が、長い怠惰の末に、漸く第一頁の改稿に手をつけるところから、遅れに遅れ、直しに直して、やっと校正刷を手離すに至るまで、まさに忍耐と寛容をもって、つき合って下さった。私の知らないところでも、さぞや御迷惑をかけたことと思う。私と同世代者である氏の控え目で、辛抱強い励ましがなければ、この小説は、到底、今のような形では完成しなかった。この小説の始まりも完成も、ともに、氏の手をわずらわすことになったのは、この小説の仕合せであった。

また、その「始まり」から「完成」に至る間、「暫くの間」が六年間になるうちに、何人もの方がこの本の担当になられ、催促に足を運ばれ、怠惰な私が一頁も仕事をしないうちに、別の部署に移られた。その間の私の怠惰さはお詫びのしようがないが、この小説が、ここに、こうして完成するためには、その怠惰さも必要であったのだと強弁して、無駄足を運ばれた方々の御海容をお願いしたい。

更にまた、私には、原稿用紙の上ではなく、活字になって初めて、自分の文体がよく見えてくるという悪癖があるので、いつも校正刷で大幅に加筆訂正し、校閲、印刷の担当者に迷惑をかけるが、今回も例外でなかった。特にこの本では、初稿から残った部分と改稿した部分との間で、私の表記上の癖が変わった点が多く、校閲担当者にその統一のために余計なお手数をかけてしまった。記して、御礼を申し上げたい。

但し、表記の統一ということで言うならば、折角新旧の異同を指摘されながら、一度書いてしまったものを直すことができず、そのままにしてある箇所もいくつかある。表記上の不統一が見苦しいとすれば、それは校閲者ではなく、もっぱら著者の責任である。

一九七三年九月　柴田　翔

(単行本あとがきの再録)

（お断り）

本書は１９８７年に文藝春秋より発刊された文庫を底本としております。
あきらかに間違いと思われるものについては訂正いたしましたが、
基本的には底本にしたがっております。
また、底本にある人種・身分・職業・身体等に関する表現で、現在からみれば、
不当、不適切と思われる箇所がありますが、著者に差別的意図のないこと、
時代背景と作品価値とを鑑み、原文のままにしております。

柴田 翔（しばた しょう）
1935（昭和10）年1月19日―。東京都出身。東京大学大学院独文科修士課程修了。『されど われらが日々』で第51回芥川賞受賞。代表作に『贈る言葉』『鳥の影』など。

われら戦友たち

2017年8月13日　初版第1刷発行

著者　柴田　翔
発行人　林　正人
発行所　株式会社　小学館
〒101-8001
東京都千代田区一ツ橋2-3-1
電話　編集　03-3230-9355
販売　03-5281-3555
印刷所　昭和図書株式会社
製本所　昭和図書株式会社
装丁　おおうちおさむ（ナノナノグラフィックス）

ISBN978-4-09-352311-0

P+D BOOKS